PERSONNAGES PRINCIPAUX

FLAVIO FOSCARINI, *nobiluomo* vénitien

ASSIN-ANNA FOSCARINI, son épouse

NILUFAR, suivante et domestique d'Assin

MAHINOUR, suivante et domestique d'Assin

HASSAN, factotum des Foscarini

ERMINIA, cuisinière des Foscarini

ADRIANO, valet de Flavio

MAURO et RICCARDO, gondoliers des Foscarini

FRANCESCO et MAFALDA, chats de Flavio

GASPARO GOZZI, écrivain et ami de Flavio

LUISA BERGALLI, dite IRMINDA PARTENIDE, son épouse, poétesse

ROSALBA CARRIERA, pastelliste et miniaturiste

FRANÇOIS-AUGUSTIN PARADIS DE MONCRIF, écrivain, académicien français et lecteur de la reine Marie Leszczynska

LUCREZIA GRIMANI-CONTARINI DAL ZAFFO, *nobildonna*

COMTE GIORGIO CONTARINI DAL ZAFFO, *nobiluomo,* son époux

JEANNE CAMUS DE PONTCARRÉ DE LA ROCHEFOUCAULD, MARQUISE D'URFÉ, cabaliste et alchimiste française

LE MAGE DE PRAGUE

L'EGIZIANA

LA POLACCA

LE SYLPHE

PIETRO GRIMANI, doge de Venise

ALVISE FOSCARI, patriarche de Venise

ANZOLO PEMMA, *capitan grande* de la police vénitienne

BASILIO MOROSINI, sénateur

PATRIZIA TOSELLI, marchande de vin

FLORIANO FRANCESCONI, dit FLORIAN, cafetier *Alla Venezia Trionfante*

CATERINA SAGREDO BARBARIGO, *nobildonna*

GREGORIO BARBARIGO, *nobiluomo*, son époux

PATERNIANO CURTIS, marchand

BARTOLOMEO ERIZZO, *nobiluomo*

ENRICO CENTANI, *nobiluomo*

Un glossaire des termes italiens, vénitiens et français se trouve à la fin de l'ouvrage.

1

Cauchemars

La comtesse Contarini dal Zaffo ne parvenait pas à trouver le sommeil. Chaque soir, regagner sa chambre était devenu une épreuve. Luttant contre la fatigue, au retour du théâtre ou d'un souper, elle demeurait encore dans le petit salon où brûlait un bon feu dans la cheminée, seule ou avec son époux, à converser ou bien à parcourir quelques pages d'un livre. À quarante-cinq ans, la comtesse était encore une fort belle femme, avec une silhouette gracieuse, un fin visage surmonté de cheveux blonds et mousseux, où les yeux bleus immenses captaient aussitôt l'attention de quiconque se trouvait face à elle. Le comte Giorgio, plus âgé d'une dizaine d'années, possédait une aimable physionomie, et avait tendance à prendre un peu d'embonpoint. Ses cheveux noirs grisonnaient. Tous deux étaient assis dans des fauteuils de pur style Louis XV, devant les bûches qui crépitaient. Le comte fumait avec délices un cigare, et réchauffait dans sa main un verre de cognac français ; la comtesse faisait mine de lire un ouvrage de piété, mais elle ne parvenait pas à fixer son attention.

À présent, le comte observait son épouse et

s'étonnait de sa nervosité. Celle-ci répondait de manière évasive, donnant à chaque fois des motifs plus ou moins futiles pour justifier son état. La peur de ne pas pouvoir s'endormir si tôt dans la soirée. Le feu allumé trop tard, et la chambre encore bien humide. Une lettre à relire. Des instructions à noter pour les domestiques... Le comte, qui ne partageait ni la chambre ni le lit de sa femme, comme dans bien des couples de la noblesse vénitienne, liés par un *matrimonio di famiglia*[1] – autrement dit un mariage de raison –, finissait par se lasser, baisait la main de la comtesse non sans la regarder d'un air préoccupé car, s'il lui était infidèle, il tenait à la mère de ses enfants, lui vouait une sincère affection, puis il se retirait dans sa chambre. Que se passait-il donc, songeait-il ? Sa femme était équilibrée, elle adorait leurs deux filles, à présent mariées l'une et l'autre, n'avait pas d'amant, à sa connaissance, pas même de sigisbée ; elle ne jouait pas, tenait son rang dans la société et faisait honneur au sénateur de la République qu'il était. En aurait-il été autrement d'une femme issue tout comme lui d'une des plus prestigieuses familles vénitiennes, les Grimani ? Giorgio Contarini dal Zaffo hocha la tête, ne trouvant pas de réponse à ces questions, tandis que son valet l'aidait à se dévêtir pour la nuit.

Quand venait le moment où elle était bien obligée de se retirer, Lucrezia Contarini dal Zaffo regagnait chaque soir à pas lents ses appartements. Sa camériste l'avait précédée. Des bûches avaient été ajoutées dans

1. Le mariage de raison, en opposition avec le *matrimonio di capriccio*, le mariage d'amour. *(Toutes les notes sont de l'auteur.)*

l'âtre, le lit bassiné afin de chasser la fraîcheur humide des draps La chambre à coucher de la comtesse ne pouvait être plus agréable ; c'était l'une des pièces les plus charmantes de la Ca' Contarini alla Carità[1], en vérité. Une haute baie Renaissance donnait sur le Grand Canal, apportant dans la journée une lumière radieuse. De précieux tapis d'Orient couvraient en majeure partie le sol en *terrazzo.* Les murs, tapissés de soie olive, servaient d'écrin à plusieurs toiles de maître et, dans l'alcôve où était disposé le grand lit en bois peint, surmonté d'un baldaquin, une radieuse madone, où l'on reconnaissait au premier coup d'œil le génie de Giovanni Bellini, veillait sur la comtesse. L'ensemble des meubles laqués à motifs floraux : armoires, commode, secrétaire à multiples tiroirs, table basse, égayait cet intérieur très féminin, une paire de fauteuils était disposée près de la cheminée, et il y avait devant la fenêtre une banquette sur laquelle la comtesse Lucrezia aimait à s'allonger pour lire. Quelques bibelots complétaient la décoration, tout comme un magnifique miroir de Murano à cadre et parcloses de bois doré et sculpté. Quelques livres et un ouvrage de couture inachevé étaient posés sur un guéridon. Près de l'alcôve se trouvait une coiffeuse, sur laquelle étaient disposés des pots d'onguents, des flacons de parfum, des brosses d'argent et divers instruments de beauté.

Ce cadre chaleureux, où il faisait si bon vivre, Lucrezia Contarini dal Zaffo l'avait pris depuis quelque

1. Ca' Contarini alla Carità, de nos jours palais Contarini-Polignac, proche du pont de l'Accademia, qui n'existait pas au XVIIIe siècle.

temps en horreur. Tout ce que l'existence lui avait apporté de joies et de bonheur jusqu'à présent ne comptait plus, depuis que ces rêves affreux s'étaient mis à l'assaillir dans son sommeil. Lucrezia, en proie au cauchemar, y voyait en songe un inconnu au sombre regard. C'était un assez bel homme, sans doute un *nobiluomo,* d'après son allure, mais habillé comme un étranger dont elle ne parvenait pas à déterminer les origines. Le pire est que la rêveuse semblait attendre son arrivée avec impatience. Mais était-ce bien elle, Lucrezia, ou une autre femme qui avait vécu en ces lieux à une autre époque ? L'homme se faisait pressant, la femme cédait à ses caresses. Ce n'était certainement pas la première fois, car le couple semblait tout à fait accordé. Là, le cœur de Lucrezia se mettait à battre avec violence, car elle lisait dans le regard de l'homme une terrible détermination, qui n'avait rien à voir avec l'amour, ni même simplement avec la sensualité. Ces yeux étaient vraiment ceux d'un criminel. Lucrezia s'éveillait, baignée de transpiration, le souffle court, la nausée aux lèvres, tremblant d'une peur abjecte.

Ces rêves se répétaient à présent depuis près d'une quinzaine de nuits. La comtesse perdait le sommeil, l'appétit, la joie de vivre. Cette jolie femme n'était plus que l'ombre d'elle-même. En observant ce matin-là ses joues creuses, les cernes bleuâtres sous ses beaux yeux clairs, les tremblements qui agitaient ses mains lorsqu'elle voulut se saisir de sa tasse de chocolat, le comte Giorgio n'y tint plus.

— Ma chère, je vois bien depuis un certain temps que vous ne vous sentez pas bien. Je n'ai pas voulu vous ennuyer en commettant une indiscrétion, mais je suis très préoccupé.

Lucrezia lui lança un regard malheureux, comme pour le sommer de ne pas poursuivre.

— Avez-vous consulté notre médecin ? Sans doute parviendrait-il à vous soulager.

La comtesse fit un effort pour ne pas pleurer, tant elle avait les nerfs à fleur de peau, puis enfin, lisant beaucoup d'affection et d'inquiétude dans le regard de son époux, elle parla.

— Mon ami, je ne souffre de rien, pas d'un mal physique, en tout cas.

— Vous m'en voyez bien aise, Lucrezia, fit le comte, en prenant une de ses mains dans les siennes ; elle était glacée. Mais alors ? Avez-vous parlé avec votre confesseur ?

— Non, mon ami. Je suis en paix avec ma conscience. C'est ma pauvre tête, j'en ai peur, qui est responsable de ce désordre. Mon cerveau doit être malade, car il imagine des choses bien laides et qui me font grand peur, quand je m'abandonne au sommeil.

— Vous voulez dire dans vos songes ?

Le comte avait paru soulagé de cet aveu.

— Oui, Giorgio. Des rêves affreux, qui reviennent me persécuter chaque nuit. Voilà pourquoi je retarde l'heure de me coucher, tant je redoute ce qui m'attend et me menace tandis que je dors. C'est devenu pour moi un vrai martyre.

— Calmez-vous, ma chère. Il doit bien y avoir une explication à ces phénomènes. Une oppression due à l'air malsain de la lagune, ou quelque trouble de la digestion...

— Non, non, mon ami, dit-elle avec un pâle sourire. Cela se produit chaque nuit depuis bientôt deux semaines.

— Pouvez-vous me confier ce que vous voyez dans ces rêves ?

La comtesse eut un mouvement de recul, et son époux comprit qu'il s'agissait de quelque chose de trop intime. Il n'insista pas, en galant homme, et attendit, sans plus poser de questions, que Lucrezia lui raconte, par bribes, ce qui la tourmentait. Quand elle eut fini son récit, Giorgio Contarini dal Zaffo se leva, et fit quelques pas vers la baie vitrée donnant sur le Grand Canal.

Ce matin d'octobre, le soleil peinait à traverser la brume légère qui stagnait au-dessus de Venise. Sur l'autre rive, on distinguait assez bien le campanile de l'église San Vidal, les magnifiques baies gothiques du double *piano nobile* de la Ca' Gussoni-Cavalli[1], et celles, un peu plus modestes en comparaison, de la Ca' Barbaro. Toutes sortes d'embarcations se croisaient sur l'eau verte du Grand Canal, gondoles dont les occupants étaient protégés de la fraîcheur par l'intimité du *felze*, imposantes *peate* regorgeant de marchandises, petites barques et *bragozzi* utilisés par les pêcheurs.

Giorgio réfléchissait, tout en admirant ce spectacle dont il ne se lassait jamais, en bon Vénitien. Bien sûr, ces visions nocturnes relevaient peut-être chez son épouse d'un manque dont il était directement responsable... Pourtant, depuis plusieurs années qu'il ne faisait plus l'amour avec Lucrezia, celle-ci ne semblait pas en être affectée. Les relations physiques relevaient plus pour elle du privilège que l'on accordait à son époux. Non, c'était autre chose, une inquiétude liée

1. De nos jours palais Cavalli-Franchetti.

à cette chambre dans laquelle il se trouvait à présent. Giorgio se retourna. Sa femme regardait fixement sa tasse de chocolat à moitié bue, comme si elle tentait d'y lire l'avenir. Il se rapprocha d'elle, et vint s'asseoir.

— Chère Lucrezia, dit-il, ces visions qui vous assaillent, les avez-vous éprouvées ailleurs que dans cette chambre ?

Lucrezia écarquilla les yeux.

— Je veux dire : dans une autre pièce de cette demeure, ou même lorsque vous sortez dans la cité ?

— Oh non ! Cela n'advient qu'ici, aux petites heures de la nuit.

— C'est une bien étrange énigme, en vérité. Il ne vous est jamais rien arrivé de pénible en ces lieux ?

— Non, mon ami. À part les chagrins que la vie nous réserve, de temps à autre, je n'y ai que de beaux souvenirs. Votre affection, et la naissance de nos enfants, pour commencer, et tant de choses douces, par la suite. Une vie, en somme, que bien des femmes pourraient m'envier.

— Merci, Lucrezia, dit Giorgio en lui baisant une main. Ce serait donc cette pièce qui recèlerait quelque mauvaise influence...

À ces mots, la comtesse ne put s'empêcher de frissonner. Son époux la regardait avec intensité.

— Je me demande qui pourrait nous venir en aide, dit-il.

— Alors, vous me croyez ! cria presque Lucrezia.

— Bien sûr, ma chère. Je n'ai jamais douté de votre bonne foi. Vous êtes une femme sensée. Il doit bien y avoir une explication à votre tourment, et nous allons la découvrir.

— Mais comment ? Comment ?

— Je me demandais... commença le comte Giorgio.

— Quoi donc ?

— J'attends ce matin la visite de mon ami Flavio Foscarini. Il est, comme moi, collectionneur de pierres rares, et il m'a promis une surprise. Vous n'ignorez pas que le comte Foscarini se passionne pour les affaires mystérieuses. Il n'y a pas si longtemps, lui et son épouse étaient parvenus à mettre au jour un terrible complot contre la République[1] et à sauver l'ordre dans la cité.

— Qui ne s'en souviendrait ! Mais n'est-ce pas là une affaire bien éloignée de mes mauvais rêves ?

— Détrompez-vous, Lucrezia. L'homme est doté d'une rare sensibilité. En outre, j'ai suffisamment bavardé avec Flavio pour connaître son intérêt pour tout ce qui touche au domaine de l'étrange.

— Alors, sans doute avez-vous raison, Giorgio.

Le comte, heureux de voir que sa femme se pliait à son choix, se leva à demi pour l'étreindre. Dans ses bras, la malheureuse se laissait aller comme une poupée de chiffon.

— Vous verrez, dit-il sur le ton le plus rassurant, bientôt vous rirez de cette mésaventure.

— Dieu vous entende, mon ami, conclut Lucrezia dans un souffle.

Un instant plus tard, la gondole de Flavio Foscarini passait devant la Ca' Dario, puis la Ca' Venier. Flavio eut une pensée affectueuse pour Rosalba Carriera, la célèbre pastelliste qui vivait juste à côté, dans la modeste Ca' Biondetti. Comme cette partie du sestier

1. Voir *La Vestale de Venise.*

de Dorsoduro pouvait être calme, se dit Foscarini, ignorant ce qui l'attendait. Cette étroite langue de terre qui s'achevait par la Douane de mer était un enchevêtrement de palais, de jardins, et surtout d'églises et d'institutions religieuses : les Gesuati, la Carità, Sant'Agnese, San Vio, San Gregorio, Spirito Santo, et bien sûr Santa Maria della Salute[1], dont la haute coupole dominait toute l'île depuis sa construction, commencée en 1631, pour marquer la reconnaissance de Venise à la Vierge Marie, après la fin d'une terrible épidémie de peste. La monumentale église, dessinée par Baldassare Longhena, ne fut achevée qu'en 1687, à la suite de travaux titanesques. N'avait-il pas fallu immerger un million cent cinquante-six mille six cent vingt-sept troncs d'arbres dans le sol, là où s'élevaient auparavant l'église et le couvent de la Santissima Trinità, pour assurer ses fondations ? Certains vieux Vénitiens s'étonnaient encore de la présence de cet immense édifice baroque qui avait complètement modifié l'aspect de la pointe de Dorsoduro.

Le temps de songer au charme paisible et à l'atmosphère de recueillement de cette partie de Venise, et la gondole de Flavio venait s'amarrer aux *pali* faisant face à la porte d'eau de la Ca' Contarini. Tandis que Mauro, l'un des deux gondoliers des Foscarini, se tenait à côté de l'embarcation, Flavio pénétra dans le palais. L'homme approchait la quarantaine. Il était de taille moyenne, mais bien prise, car il ne se passait pas quelque jour sans qu'il partît ramer sur la lagune

1. C'est le pape Benoît XV qui élèvera l'église au rang de basilique mineure en 1921.

à bord de son *s'ciopon*, petite barque à fond plat et à rames qu'il dirigeait de main de maître à travers le dédale des canaux de la lagune. Ceci expliquait son visage hâlé, faisant ressortir l'éclat de ses yeux sombres. Contrairement à la plupart des *nobiluomini* vénitiens, Foscarini ne se maquillait point, portait rarement la perruque, et laissait libres ses cheveux noirs parsemés de fils d'argent, légèrement ondulés. L'homme était fort séduisant, et bien des femmes auraient aimé en faire leur amant, mais seule son épouse occupait son cœur et ses pensées – une rareté là encore à Venise !

Prévenu par un de ses valets, Giorgio Contarini dal Zaffo vint à la rencontre de Flavio, les bras ouverts pour l'accolade. Il se réjouissait de voir cet ami avec qui il partageait une passion pour la minéralogie. L'intérêt pour les sciences de la nature réunissait les deux hommes, Flavio étant également un expert dans l'art de faire croître succulents et cactées. Il possédait même trois plants de caféiers, ces divers végétaux rares poussant avec bonheur dans une partie du *portego* de sa demeure de Castello, aménagée en serre.

— Cher Giorgio, j'ai une petite surprise pour vous.

L'homme attendait, avec le visage d'un enfant prêt à recevoir ses étrennes. Non sans un clin d'œil, Flavio fit apparaître dans sa main une pierre plate étonnante, semblable au pelage d'un félin.

— Et voici un jaspe léopard.

— Étonnant ! Un quartz argileux ?

— Très exactement. Découvert dans le bric-à-brac de notre ami antiquaire de San Giacomo dell'Orio.

— Ah ! Flavio, comme vous me faites plaisir. Et

comme votre bienveillante amitié vient m'apporter du réconfort en un moment difficile...

À ces mots, et voyant la physionomie de son hôte s'assombrir, Foscarini se contenta d'étreindre d'une main l'épaule de Contarini, pour lui faire comprendre qu'il attendait la suite. Giorgio l'entraîna vers le cabinet où il serrait ses collections. Il posa la pierre sur son bureau et, d'un geste, indiqua un fauteuil à son visiteur. Tous deux s'assirent. Le comte cacha un instant son visage derrière l'une de ses mains, en proie à une légitime émotion. Flavio respecta son silence. Enfin, Giorgio reprit ses esprits.

— Il s'agit de Lucrezia...

Et il lui raconta tout ce que son épouse venait de lui confier. Flavio le laissa parler, sans l'interrompre, se contentant de hocher la tête ou de soutenir son regard, quand la narration s'interrompait.

— Qu'en pensez-vous, Flavio ? dit enfin Contarini.

— J'étais à cent lieues de m'attendre à pareil dérèglement. Votre épouse m'a toujours frappé par la sérénité qui émane de sa personne. Que lui est-il arrivé ?

— Je ne comprends pas, elle non plus, et je suis certain qu'elle ne me cèle rien. Peut-être arrive-t-elle à un âge difficile de sa vie de femme, avec les troubles que cela occasionne. Vous me comprenez...

Flavio hocha la tête. Il réfléchit un peu.

— La comtesse accepterait-elle de me recevoir ?

— Certes ! Je lui ai annoncé votre visite, et elle sait comme vous êtes apte à dénouer les fils des plus subtiles énigmes.

— En vous priant de bien vouloir excuser mon indiscrétion, Giorgio, serait-il possible de voir votre épouse dans sa chambre ?

— Mais... je pense que Lucrezia n'y verra rien à redire, puisque je vous accompagne.

Les deux hommes montèrent au second *piano nobile*, Giorgio passant devant, afin de prévenir son épouse de la présence d'un visiteur. Flavio le rejoignit, et vint baiser la main de la comtesse, qui lui adressa un faible sourire. Il fut aussitôt frappé par l'altération de sa physionomie, tout en n'en laissant rien paraître. Un silence gêné s'installa. Flavio en profita pour regarder autour de lui, découvrant le décor aimable de la vie quotidienne de Donna Lucrezia. Ses yeux se portèrent sur l'alcôve, les tentures, la belle toile de Bellini, le lit et ses boiseries peintes.

Tandis qu'il poursuivait son investigation, les époux Contarini observaient le silence, afin de ne pas le gêner ou l'influencer par leurs paroles. Flavio allait et venait, s'approchant des murs, frappant du pied sur le sol en *terrazzo*, lorgnant le plafond à caissons de bois, caressant un bibelot, et revenant, le regard brillant d'émotion, à la Vierge de Bellini.

— Une pure merveille, dit-il à l'intention de Lucrezia.

— Oui, dit la comtesse. Elle a toujours figuré dans la collection de peintures de ma famille, et je lui voue une admiration et une dévotion sans bornes. D'habitude, je trouve toujours le réconfort en priant devant elle. Alors pourquoi, à présent, ce sentiment d'abandon, cette frayeur ?

Sans répondre, Flavio inspecta de plus près l'alcôve. Quelque chose d'étrange dans les proportions vint aussitôt le troubler. L'assemblage des boiseries et des tentures, fait autour du lit, pour permettre au mieux d'éviter les courants d'air, masquait une inégalité dans la continuité du mur du fond de la chambre. Sentant les battements de son cœur s'accélérer, Flavio plaqua une main sur la cloison, puis de l'autre, frappa de ses doigts réunis.

— Cela sonne creux !

— Comment ? dit Giorgio en venant aussitôt le rejoindre.

— Voyez vous-même.

Le comte l'imita, et le mur du fond de l'alcôve renvoya le même son caverneux. À n'en pas douter, il y avait un espace vide derrière cette paroi. Les deux hommes échangèrent un regard.

— Si l'on veut en avoir le cœur net, il n'y a qu'une solution, dit Contarini.

Puis, se tournant vers son épouse, il ajouta :

— Ma chère, pour tenter de résoudre ce mystère, il va nous falloir démanteler votre alcôve. Souhaitez-vous que nous poursuivions ?

Pâle comme une morte, Lucrezia acquiesça d'un signe de tête, sans dire un mot.

Contarini sonna, et la camériste parut aussitôt. Il l'envoya chercher un valet, à qui il donna des ordres précis. Quelques minutes plus tard, l'homme de peine du palais, précédé par deux laquais portant des pièces de toile, entrait dans la chambre, chargé d'un maillet et de coins métalliques. Il s'inclina avec maladresse devant la comtesse. Puis, déposant ses instruments, il joignit ses forces à celles des laquais. Il s'agissait tout d'abord de sortir le lit de l'alcôve, de même que le chevet de bois. Pendant ce temps, par précaution, Giorgio, aidé de Flavio, décrochait la madone et allait la poser contre un mur, de l'autre côté de la pièce. Les tapis qui se trouvaient près du lit furent roulés et emportés, tandis que les laquais protégeaient les tentures en les recouvrant de vieilles toiles. En un moment, la paroi fut dépouillée du tissu qui la recouvrait, dévoilant une géométrie de briques réunies par un enduit blanchâtre. Tout était prêt. L'homme de peine attendait le signal de son maître pour entrer en action.

— Je t'en prie, mon brave Teodoro, lui dit-il, essaie de ne pas trop abîmer le mur.

— Oui, sior Conte, grommela l'homme.

Puis il pointa son coin de métal entre deux briques, et le maillet s'abattit d'un coup sec. On ressentit comme une sorte de vibration, mais rien ne bougea. En entendant le coup de marteau, la comtesse, toujours assise, avait instinctivement porté une main sur son cœur. Giorgio et Flavio se tenaient l'un près de l'autre, dans l'expectative. Le factotum reprit son élan, et frappa beaucoup plus fort. Une brique s'enfonça. L'homme la fit tomber de l'autre côté de la cloison, et approcha son visage.

— J'vois rien du tout. C'est noir, là-d'dans, dit-il. Tout juste une vague lueur.

Ajustant son coin, il recommença son travail. Plusieurs briques commencèrent à se desceller en même temps, la cloison entière en fut ébranlée dans son ensemble et, avant d'avoir pu réaliser ce qui arrivait, le malheureux reçut sur le dos tout le mur qui s'était effondré d'un coup.

Un épais nuage de plâtre envahit la chambre, tandis que Flavio et Giorgio se précipitaient pour tirer en arrière l'homme de peine, juste étourdi par l'avalanche d'un matériau fort heureusement assez peu pesant. C'est alors qu'ils commencèrent à distinguer ce qui se trouvait dans la partie de l'alcôve qui avait été murée.

Une silhouette, tout d'abord, environnée de particules de poussière qui flottaient dans l'air, et qu'un rayon lumineux, provenant d'un oculus situé dans le mur du fond, faisait scintiller. Puis l'image se précisa.

— *Dio santo!* lâcha Contarini.

Devant eux, se tenait une femme assise sur une haute chaise de bois. Enfin, ce qui avait été une femme, car il n'en subsistait pratiquement que le squelette, recouvert de chair desséchée et de lambeaux de peau, à peine voilé par les restes d'un vêtement de nuit. Le visage ressemblait à celui de ces momies d'Égypte que des voyageurs rapportaient parfois du Levant pour enrichir les cabinets de curiosité de nobles fortunés. Une abondante chevelure blonde couvrait le crâne de l'apparition, ajoutant une touche macabre de plus à l'ensemble. Les mains, osseuses, retenaient dans le giron de la femme, en un geste pathétique, les restes d'une poupée de chiffon. On eût vraiment dit la Mort elle-même, cachant mal ses traits hideux sous un masque de vieux cuir.

— Regardez! dit Flavio à Giorgio.

Du doigt, il lui indiquait un chevalet qui faisait face à la femme. Une toile encadrée y était installée. C'était une vanité, montrant un crâne humain entouré de fleurs, d'oiseaux, de fruits, de livres et d'un sablier. La silhouette d'un ange souriant occupait la gauche du tableau.

— La mort contemplant la mort, articula Giorgio avec peine.

— Ou tentant de l'apprivoiser, répondit Flavio.

Autour d'eux, l'homme de peine et les valets tentaient

de remettre de l'ordre et de dégager les décombres. Personne n'avait prêté attention à la comtesse, qui s'était approchée doucement de l'alcôve. En apercevant la morte qui, depuis toujours, dormait de son dernier sommeil presque contre son lit, et veillait sur elle depuis cette antichambre de l'au-delà, Lucrezia poussa un long cri effroyable et, avant que quiconque ait pu lui prêter secours, s'effondra à terre, en pâmoison.

2

Assin et Flavio

— Mon cher Flavio, j'ai l'impression que tu me racontes la fin de la pauvre Desdemona...

— Le drame d'Othello s'est lui aussi déroulé en partie dans une demeure de la famille Contarini[1], mais ce n'était point celle-ci.

— Eh bien, pour ma part, je trouve que ces gens-là ont une façon peu chrétienne d'en user avec les femmes !

— Ce qui me frappe, Assin, c'est que Giorgio pensait que son épouse affabulait alors que Lucrezia a permis, par ses rêves, de mettre au jour un drame du passé.

— Et que fais-tu de l'intuition féminine, mon aimé ?

Ce dialogue entre Flavio Foscarini et son épouse Assin, à propos du drame qui s'était joué ce même jour, avait lieu dans un petit palais situé au fin fond du sestier de Castello, tout près de l'Arsenal, la Ca' Celsi-Donà. Ceinte de hauts murs, dans une étroite *calle,* la demeure cachait jalousement son charme

1. Le palais Contarini-Fasan, situé sur l'autre rive du Grand Canal, non loin du bassin de San Marco.

presque campagnard. Passé la massive porte de bois, on pénétrait dans une galerie de briques rouges pavée de marbre noir et crème, bordée par une colonnade en pierre blanche d'Istrie, jouxtant un jardin auquel le maître de maison aimait donner l'apparence d'un espace retourné à l'état naturel. Ce savant désordre, où les lianes les plus rustiques et envahissantes s'agrippaient au tronc des palmiers, voisinant avec les buissons de lauriers-roses et de myrtes, était un havre de paix que goûtaient fort les deux chats de la maison, Francesco, le matou rouquin paresseux et vaniteux, et Mafalda, la *soriana* pleine de vivacité et dotée d'un caractère autoritaire. Les chats aimaient s'installer sur la margelle de puits due au ciseau de Bartolomeo Bon, et figurant plusieurs lames du tarot, jeu divinatoire sans doute né à Venise. Le sculpteur y avait représenté la silhouette d'un ancêtre de Flavio, qui faisait commerce d'objets de toilette et de beauté avec le Levant, sous la figure du Bateleur, entouré de deux couples de chats. Sans doute ce riche marchand avait-il contribué à ramener vers Venise un certain nombre de ces fameux félins tigrés de Sorie[1], appréciés pour leurs qualités de chasseurs de rongeurs, ainsi que les magnifiques chats blancs d'Ankara, que les nobles dames et les courtisanes vénitiennes achetaient à prix d'or et appelaient, en souvenir de l'ancien nom de la ville turque, des angoras.

Au-delà du jardin, l'*androne* du palais abritait plusieurs embarcations. Deux gondoles, bien sûr, l'une très simple, l'autre surmontée par le *felze*, cette sorte de cabine de bois sculpté permettant de se protéger

1. Ainsi appelait-on la Syrie (Soria) au XVIIIe siècle.

du froid humide mais aussi des regards indiscrets, puis un *s'ciopon* que Flavio pilotait à travers la lagune afin de conserver une bonne musculature. Il y avait là aussi une vieille chaise à porteurs, en bois peint et laqué, avec des guirlandes de roses sur un fond vert amande, qui ne servait plus guère qu'aux chats, comme abri pour leurs siestes, et dont l'aspect décoratif était une évidence. Au fond de l'*androne*, la porte d'eau s'ouvrait sur le petit rio de San Francesco della Vigna. Au pied des marches en pierre blanche d'Istrie étaient amarrées les deux embarcations à rames et à voile, un *cofano*, barque de dimensions moyennes, et un *puparin*, bateau à pont plus imposant. Le jeune Mauro et son aîné Riccardo, les deux gondoliers de la maison, veillaient à l'entretien de cette petite flottille.

Un escalier menait au *piano nobile*, s'ouvrant sur le *portego*, vaste pièce tout en longueur, où les ancêtres de Flavio avaient coutume de recevoir leurs clients et de traiter leurs affaires. Les murs étaient ornés d'une série de grandes toiles dues à l'école de Lorenzo Lotto, et contant la légende de San Giorgio. L'ameublement, plutôt austère, se composait de coffres en bois sculpté, de banquettes, et d'une table monumentale. Au plafond à poutres pendaient deux grands lustres de Murano équipés pour accueillir de nombreuses bougies. Des appliques en fer battu doré pouvaient compléter l'éclairage, lors des réceptions. Mais la comtesse Foscarini préférait organiser ses soupers dans un salon plus chaleureux.

Les deux extrémités du *portego* montraient l'évolution du style de la demeure à travers les âges. Si les baies tréflées donnant sur le canal prouvaient l'origine gothique du palais, celles qui ouvraient sur le jardin, de forme arrondie, attestaient des embellissements faits par la famille Foscarini au XVIe siècle. La mezzanine Renaissance avait été aménagée en serre par Flavio Foscarini, qui y faisait pousser succulents et autres végétaux rares, sans oublier les trois plants de caféier qui faisaient son orgueil. Il faisait bon se tenir dans ce jardin d'hiver, meublé de divans moelleux, de fauteuils et de tables basses. C'est là que se trouvaient Assin et Flavio, après un savoureux souper préparé par Erminia, la cuisinière de la famille. Avec sa silhouette imposante et ses traits enfantins, cette Frioulane, qui faisait venir bien des provisions de la ferme de ses parents, était une bénédiction dans une demeure où l'on aimait bien manger. Elle régnait dans sa cuisine, au *piano terra*, comme un aimable dragon, près de son potager[1] dans lequel elle enfournait le petit bois et les écorces permettant d'alimenter plusieurs postes de cuisson, et d'y disposer casseroles, poêles et fait-tout, faisant cuire, rissoler ou mitonner des plats savoureux et riches qui faisaient la joie de la maisonnée et des amis des Foscarini.

Un pas léger se fit entendre ; c'était Nilufar, une des deux servantes d'Assin, qui apportait le café et le *rosolio* ; mince et souple comme une liane, elle possédait un visage d'un ovale parfait, des yeux en amande, très asiatiques, et des cheveux noirs, aussi brillants que raides, qu'elle coiffait en une grosse natte qui reposait sur une de ses épaules. L'autre jeune femme, plus ronde, à la physionomie avenante, se nommait Mahinour. Toutes deux étaient d'anciennes esclaves

1. L'ancêtre de notre cuisinière moderne.

circassiennes[1] attachées à leur maîtresse, à l'époque où celle-ci était, contre sa volonté, l'une des épouses d'un pacha de Latakia, en Sorie. Flavio, appelé dans ce pays pour son commerce, était tombé follement amoureux de la jeune Assin Debanné, et l'avait enlevée avec l'aide d'un colossal Nubien, Hassan. Les deux esclaves avaient suivi leur maîtresse, Flavio mettant aussitôt le cap sur Venise, entraînant avec lui celle qui allait devenir son épouse. Plus jeune que Flavio d'une dizaine d'années, Assin était une chrétienne d'Orient ; achetée par un pacha alors qu'elle n'était âgée que de quinze ans, obligée d'abjurer sa foi et de devenir musulmane, Assin avait embrassé la religion catholique romaine lors de son mariage avec Flavio. Dans la société vénitienne, elle était connue comme la comtesse Anna Foscarini, mais dans l'intimité, elle restait Assin, pour son mari et ses proches amis. Hassan était devenu le *sofragi*, l'homme de confiance de la maison, et les deux Circassiennes servaient à présent leur maîtresse en toute liberté. Si elles assumaient les tâches domestiques, Mahinour et Nilufar étaient aussi des dames de compagnie et des confidentes pour Assin.

Flavio se servit une seconde tasse de café, dans une fine tasse de porcelaine de la manufacture Antonibon. Assin l'observait, en faisant miroiter dans la lueur des bougies la belle couleur du *rosolio*.

— Je te sens bien préoccupé par cette histoire.

— On le serait à moins ! Imagine-toi ce mur qui

1. Originaires du Caucase, les Adyguéens, également appelés Tcherkesses ou Circassiens, essaimèrent notamment jusqu'en Syrie.

s'effondre d'un coup, et cette vision spectrale qui s'impose aux regards, à trois pas de nous.

— Qui pouvait-elle bien être, Flavio ? Une ancêtre du comte ?

— C'est vraisemblable. Ce qui l'est moins, c'est qu'aucune mention d'un crime ne transparaît dans les archives de la famille. Je suis certain que Giorgio Contarini est sincère. Cela voudrait dire qu'il y a cinquante ou cent ans, une femme de la famille a été emmurée vivante tandis que l'on portait en terre un cercueil vide...

Assin lança à Flavio un regard vif.

— Qu'est-ce qui te dit que c'était une Contarini ? Cette chambre a peut-être été celle d'un comte Contarini, dans le passé, et il a tout aussi bien pu s'y débarrasser d'une maîtresse encombrante.

— Tu m'étonneras toujours, mon aimée, dit Flavio en baisant une de ses mains.

Assin était brune, plutôt menue mais dotée de formes harmonieuses, avec un petit visage triangulaire de chat, un sourire magnifique révélant de petites dents d'une blancheur parfaite, des yeux marron, et des cheveux noirs et légèrement bouclés qu'elle aimait maintenir sous des résilles d'or et de perles, quand elle n'était pas contrainte à porter la perruque. Flavio la couvait du regard. Cette femme sensible, belle, imaginative et courageuse était pour lui le plus beau cadeau que lui ait fait le destin. Le complément de sa personnalité, celle qui lui avait apporté la sérénité et un sens très précieux du bonheur. Dans une ville – et une République – où le mariage était presque toujours une association de deux noms et de deux fortunes, avec le devoir de produire des enfants qui siégeraient plus tard au Grand Conseil, Flavio avait refusé de suivre ce chemin tout tracé ; à l'inverse de celle de ses cousins, et de bien des hommes de la noblesse vénitienne, son union avec Assin détonnait, car elle était le fruit d'un amour partagé. Mais Flavio n'était pas un *nobiluomo* comme les autres. Il n'avait pas souhaité siéger au Grand Conseil, comme sa naissance lui en donnait le privilège, et préférait vivre caché, se consacrant aux livres qu'il aimait par-dessus tout, à la culture des plantes exotiques et à la collection de pierres et d'objets curieux. Sans oublier le théâtre, et les amis qui lui étaient proches.

— Toutes les hypothèses sont possibles, reprit Flavio. Ce qui est certain est que l'affaire a été étouffée en son temps.

— Pauvre femme... De quoi s'était-elle rendue coupable pour mériter une fin aussi atroce ? Combien y a-t-il d'épouses adultères parmi la noblesse vénitienne ?

— Et de maris ! J'y vois le reflet de l'évolution de notre société, de plus en plus décadente. Aujourd'hui, tromper son conjoint ne signifie plus rien. Sans doute dans le passé en a-t-il été autrement. Giorgio semble désireux de trouver la clef de l'énigme...

— ... et tu t'es empressé de lui proposer ton aide, n'est-ce pas ?

Assin souriait, sachant d'expérience que Flavio était incapable de résister à l'attrait du mystère. Avec son jeune ami, le poète Gasparo Gozzi, l'un des fils du comte Iacopo Gozzi et de la *nobildonna* Angela Tiepolo, son mari avait déjà résolu plusieurs énigmes, en particulier celle du cercle des Amazones[1], qui avait fait vaciller l'équilibre de la cité. Pour être tout à fait honnête, Assin devait reconnaître qu'elle-même n'avait pas hésité à leur prêter main forte, une touche de sensibilité et de séduction féminine n'étant jamais de trop, dès lors qu'il fallait poser des questions indiscrètes ou se mêler à une société particulière.

Flavio réfléchit un instant avant de répondre.

— Ma conscience est nette : c'est le comte Contarini dal Zaffo qui m'a sollicité. Ma réputation semble établie, dès qu'il s'agit d'affaires étranges. D'ailleurs, j'ai promis de ne parler à personne de cette découverte, donc tu es la seule à qui je puisse m'en ouvrir. Giorgio a fait jurer à ses gens de garder la chose secrète. Tu connais la subtilité de notre police en la matière !

Le rire cristallin d'Assin fit tendre l'oreille aux deux chats, qui dormaient lovés l'un contre l'autre, bien calés entre plusieurs coussins. Flavio tendit une main pour caresser le pelage soyeux de Francesco, ce qui lui valut un œil quelque peu jaloux de Mafalda, peu satisfaite de perdre ne serait-ce qu'un instant son statut de favorite. Tout en caressant ses chats, Flavio reprit son récit.

— Giorgio était très choqué, ce matin. Lucrezia se trouvait dans un tel état de nerfs... Le plus extraordinaire est que, depuis quelque temps, elle ne pouvait plus dormir, car elle rêvait sans cesse d'un meurtre qui aurait été commis dans sa chambre.

— Ce qui est curieux, dit Assin, c'est qu'elle n'ait

1. Voir *La Vestale de Venise.*

pas fait ce cauchemar auparavant. On n'a pas déposé ce squelette dans son alcôve il y a deux semaines !

— Giorgio m'a fait comprendre que depuis peu la comtesse avait ses vapeurs.

— Ce qui expliquerait une plus grande sensibilité à des phénomènes étranges. J'aimerais aller dans cette chambre, et y tirer les cartes avec Mahinour. Je suis certaine que je pourrais entrevoir la clef de l'énigme.

— Il faudrait le faire discrètement. J'ai peur que ce bon Giorgio ne prenne cela pour de la sorcellerie.

— Allons donc !

— Ce matin, la première chose qu'il a ordonnée fut d'envoyer quérir un prêtre, afin de réciter des prières pour le repos de la défunte – qui qu'elle fût, et quelle qu'ait été sa faute.

— C'est une réaction normale pour un bon chrétien. Mais une fois encore, Flavio, qui te dit que cette malheureuse ait été la coupable ? Peut-être s'est-elle trouvée là à un mauvais moment, et a-t-elle été le témoin involontaire de quelque liaison qui devait rester cachée ?

— Cela reste à découvrir. En attendant, si nous allions nous coucher ? La nuit, dit-on, porte conseil.

Adriano, le valet de Flavio, parut et vint emporter verres et tasses, avant de souffler les bougies. Flavio le renvoya, précisant qu'il n'avait plus besoin de lui, pas plus qu'Assin n'avait retenu ses servantes, puisqu'elle portait une tenue orientale ne nécessitant pas d'aide pour se dévêtir. La domesticité était logée au troisième étage du palais, le deuxième se divisant en plusieurs petits appartements, dans lesquels Flavio et Assin logeaient la famille ou des amis de passage à Venise, de manière occasionnelle.

Le couple se retira dans la chambre nuptiale. Éperdument amoureux l'un de l'autre, ils n'avaient jamais envisagé de faire chambre à part, comme il était d'usage, dans la noblesse de la cité. La pièce reflétait, de manière plutôt chaleureuse, la tradition vénitienne. Sol en *terrazzo* recouvert de précieux tapis orientaux, plafond à fresque où des nymphes faisaient fête au dieu Apollon dans un crépuscule où le bleu du ciel s'irisait de rose, de bleu et de mauve, meubles en bois peint et laqué ; aux murs, de petites scènes familières qui auraient pu être peintes par Pietro Longhi, un très beau portrait d'Assin, ses cheveux noirs retenus par une résille d'or parsemée de perles fines, exécuté par Rosalba Carriera, et des torchères de fer battu doré. L'alcôve tendue de soie vert émeraude servait d'écrin à un lit majestueux, en bois doré, surmonté de *putti*. Deux chevets à motifs floraux complétaient ce décor, très différent des appartements de chacun des époux.

Flavio disposait d'une garde-robe où il serrait ses costumes, son linge et ses chaussures, sans oublier les perruques qu'il se devait parfois de porter, c'est-à-dire fort peu souvent ; son domaine était une pièce vouée à l'étude, avec de nombreuses bibliothèques croulant sous les ouvrages rares, et un cabinet de curiosités rassemblant les objets les plus insolites et hétéroclites.

Les appartements d'Assin étaient plus inattendus. Pour combattre la nostalgie de sa Sorie natale, Flavio lui avait fait aménager un petit salon oriental à l'atmosphère apaisante. Une table et des fauteuils de style rocaille, des tapis de Perse à motifs floraux, des panneaux de marbre précieux, des écrans de nacre, des lanternes en verre coloré et des soieries chatoyantes donnaient l'illusion de pénétrer dans un palais des *Mille et une nuits*.

Au centre du salon, il y avait même une petite fontaine d'où jaillissait un minuscule jet d'eau – grâce à un ingénieux système hydraulique, mis au point par Flavio, ayant également permis l'installation d'un hammam, dans ce qui avait été un simple cabinet de toilette. Assin profitait aussi d'un boudoir, avec un lit de repos, où elle aimait se livrer à quelques-uns de ses passe-temps favoris : la lecture, surtout celle des poètes, les arts divinatoires, pour lesquels Mahinour lui apportait aussi son expérience, et l'élaboration des menus qu'elle soumettait à Erminia, toujours soucieuse de bien faire et de concilier son art culinaire frioulan avec les fantaisies orientales de sa maîtresse, parfois nostalgique des plats de son pays natal.

Pour le moment, Assin et Flavio avaient regagné leur lit et, très vite, ils soufflèrent les chandelles et s'endormirent dans les bras l'un de l'autre. C'était l'instant que les chats attendaient pour s'installer à leur tour sur le lit, pelotonnés dans les plis des chaudes couvertures. Bientôt, le silence fut complet.

Il devait être entre trois et quatre heures du matin lorsque, soudain, Mafalda et Francesco s'éveillèrent d'un coup, scrutant les ténèbres à peine éclairées par les braises qui rougeoyaient encore dans la cheminée. Leurs yeux lancèrent des éclairs verts. Après avoir tourné la tête en tous sens, les chats quittèrent le lit, et partirent en rampant, ventre à terre, pour aller se cacher.

Leur instinct ne les avait pas trompés. Quelques minutes plus tard, une secousse ébranlait le palais jusque dans ses fondations. Cela commença par un craquement sourd, puis un mouvement d'escarpolette sembla affecter la bâtisse tout entière. Par chance, dans la cité lagunaire, toutes les constructions reposaient sur des pilotis enfoncés dans la boue, ce qui leur assurait une assez grande souplesse en cas de tremblement de terre. Néanmoins, au gré du mouvement imprimé par le séisme, les vitres grincèrent dans le cadre des fenêtres, sans se briser, car aucun mastic ne les empêchait de bouger librement, puis verrerie et vaisselle se mirent à tintinnabuler dans les placards, divers objets churent, tandis que les lustres à pendeloques de cristal produisaient un son de clochettes, tout cela provoquant le réveil inopiné de Flavio et de son épouse.

— Que se passe-t-il ? murmura Assin.

— La terre tremble, j'en ai bien peur, lui répondit Flavio, se levant aussitôt.

À la lueur d'une chandelle, il enfila un chaud vêtement d'intérieur. Le silence nocturne fut bientôt ponctué d'aboiements et de longs hurlements poussés par les chiens des environs, puis on entendit les cloches de Santa Giustina, de San Martino et de San Francesco della Vigna sonner en une étrange cacophonie : c'était le mouvement du sol qui les actionnait indirectement. En bas du palais, l'eau du rio de San Francesco della Vigna battait furieusement les marches de pierre. Flavio, assis sur le bord du lit, attendit que le balancement s'arrête. Il dura à peine une minute de plus, puis tout se calma. Des pas s'approchaient dans le *portego.*

On frappa à la porte. C'était Nilufar. Sa lourde chevelure noire, d'habitude réunie en une tresse, tombait librement autour de son visage ovale. Elle s'inquiétait de savoir si ses maîtres n'étaient pas blessés.

— Nous n'avons rien, lui dit Assin. Et vous, tout va bien là-haut ?

— Oui, maîtresse. Mahinour console Erminia, qui tremble de peur. Elle dit qu'elle n'a jamais vu une chose pareille dans le Frioul.

— Ça m'étonne ! répondit Flavio en riant. Il faudra demander à Hassan de grimper sur le toit, tout à l'heure, pour vérifier si les cheminées ont bien tenu le coup.

— Je le lui dirai, répondit Nilufar avant de s'éclipser.

Flavio fit le tour de la pièce, pénétra dans le *portego*, puis se dirigea vers la mezzanine. Il ramassa un pot qui s'était renversé sans se casser, passa dans son cabinet de travail sans y voir de dégâts, à part une pile de livres tombés sur un tapis, et qu'il remit à leur place, puis il regagna la chambre. Les chats n'avaient toujours pas reparu. Il en fit la remarque à sa femme.

— Tu as vu comme ils sont sensibles à ces phénomènes ? Quand la terre a tremblé, ils étaient certainement partis se réfugier dans un lieu sûr un moment plus tôt. Je pense qu'ils doivent ressentir les vibrations du sous-sol bien avant qu'elles ne nous soient perceptibles.

— Des petits devins, en quelque sorte, dit Assin.

— C'est drôle, comme comparaison, mais très juste.

— Un peu comme cette pauvre comtesse Contarini, qui a senti la présence de la morte derrière le mur de sa chambre.

— Si les chats pouvaient parler, peut-être nous donneraient-ils la clef de l'énigme...

Après avoir remis du bois dans la cheminée, Flavio s'était recouché, tout près d'Assin. Il se mit à rire, provoquant la surprise de son épouse.

— Qu'y a-t-il de si drôle ?

— La terre se met à trembler, Venise est peut-être sur le point de s'abîmer dans les flots de l'Adriatique, et nous sommes là à évoquer les pouvoirs surnaturels de nos chats et de Lucrezia Contarini dal Zaffo !

— La vie est une farce, mon aimé, mieux vaut le savoir. Cela permet de goûter au bon moment le charme des choses en apparence anodines.

— Comme tu as raison, Assin. Après tout, ces tremblements de terre ne sont pas exceptionnels dans la cité. Nous sommes protégés par les pilotis qui suivent le mouvement et atténuent la violence des convulsions souterraines. Peut-être y a-t-il eu en revanche des dégâts sur la terre ferme. Nous saurons cela un peu plus tard. La seule chose qui me préoccupe est que les chats ne reviennent pas. Y aurait-il un nouvel accès de fracas et de fureur en vue au royaume de Pluton ?

— Tu parles comme dans un opéra de Cavalli, à présent ? dit Assin en riant.

— Cela s'y prête assez bien, ne trouves-tu pas ? Allons il est bien tôt. Essayons de nous rendormir. Si cela devait recommencer, nous nous réveillerons, de toute façon.

Flavio souffla la chandelle, passa un bras autour des épaules d'Assin qui se blottit contre lui, et un moment plus tard ils dormaient. Le silence était retombé sur le palais, et dans la cité.

Bien que la porte de la chambre ait été laissée entrouverte à leur intention, Francesco et Mafalda ne reparurent pas de la nuit. Ce n'est qu'à l'aube qu'ils surgirent, comme par magie. Personne n'aurait pu deviner où ils avaient pu se cacher auparavant.

3

Danse macabre

Le jour se lève sur Venise, et bien des habitants de la cité commentent déjà la secousse que chacun a ressentie dans la nuit, ceux et celles, du moins, dont le sommeil n'était pas trop profond, alourdi par l'abus de vin ou l'excès de fatigue. En ce dimanche matin de la fin du mois d'octobre, un timide soleil transparaît à travers une légère brume ; l'air est assez frais, et le petit peuple vénitien se presse déjà à travers *calli* et *campi*, charriant des marchandises, portant des paniers pleins de victuailles ou des outils pour aller travailler. Les hommes s'arrêtent dans les *bacari,* boivent déjà une *ombra* ou deux de vin du Frioul, ou un bouillon chaud, pour se donner du cœur à l'ouvrage. Comme d'habitude, on parle, on s'exclame, on rit, on jure dans ce dialecte vénitien si haut en couleur, à la fois chantant et guttural, mais l'inquiétude se fait sentir, surtout dans les propos des femmes. Qu'elles se retrouvent, à deux ou par petits groupes, au bas des maisons, à balayer devant leur porte, ou encore aux étages, dans ces *calletti* étroites, étendant leur linge qui vient d'être lavé à des fils tendus d'une fenêtre à l'autre, elles bavardent sans trève avec leurs voisines et échangent les dernières nouvelles Les enfants, à qui l'on a fait la leçon, se tiennent par les épaules, blottis les uns contre les autres, à l'intérieur des modestes habitations de Santa Croce, Cannaregio et Castello.

Dans certaines *calli*, il faut faire un petit détour car des cheminées se sont effondrées. Ces hautes constructions de briques, si semblables à de gigantesques champignons, sont des proies vulnérables, quand la terre entre dans une colère violente. Pour le moment, ce ne sont plus que des amas de briques et de terre cuite pulvérisée, que les hommes regardent en hochant la tête. Le froid et l'humidité seront bientôt là, et il va falloir reconstruire au plus vite si l'on veut pouvoir se chauffer sans danger. Les maisons, en revanche, ont bien tenu le coup, ce qui n'est pas le cas sur la terre ferme. Des pêcheurs, venus de Mestre, racontent que certains pans des murailles du Castelnuovo, déjà en piteux état, se sont écroulés.

Sur la Piazza, l'atmosphère est assez différente. Les boutiques de café sont déjà ouvertes, et se préparent à accueillir une tout autre compagnie, en particulier la plus courue d'entre elles, *Alla Venezia Trionfante*, où messer Floriano Francesconi, que ses clients appellent familièrement Florian, donne ses ordres aux commis qui s'activent dans les deux petites salles situées sous les arcades des Procuraties neuves. Il faut nettoyer les grands miroirs, veiller à charger les poêles à bois, tenir l'eau et le lait bien au chaud sur les fourneaux, mettre d'aplomb les tables et les larges fauteuils et, peut-être, si le soleil persiste, installera-t-on quelques guéridons et des chaises à l'extérieur.

C'est que *le grand salon des Vénitiens*, comme on

appelle partout en Europe la Piazza San Marco, est plutôt tranquille en cette période de l'année. Le carnaval s'est arrêté vers la fin du mois de juin ; il ne recommencera qu'à la Santo Stefano, c'est-à-dire le 26 décembre. Pendant les six mois de calme relatif, le cœur de Venise n'en reste pas moins très fréquenté, par les Vénitiens, qui viennent s'y montrer, s'y croiser, s'y séduire ou parler affaires, se rendre au palais Ducal pour les divers conseils, et bien sûr par les nombreux visiteurs étrangers, soucieux d'admirer les monuments vantés à juste titre, et de se mêler à cette noblesse locale qui, contrairement à celle de toute l'Europe, est bien plus facile à observer, car elle se déplace à pied ou en gondole, alors que dans tous les autres pays, elle va à cheval ou en carrosse. Ce qui permet de la côtoyer et de songer à une possible égalité des classes...

Les cloches du campanile sonnent neuf heures du matin. C'est ce que martèlent un tout petit peu plus tard les deux *mori*, du haut de la tour de l'Horloge. Au palais Ducal, tout est calme ; point de réunion du Grand Conseil le dimanche. Dans ses appartements, le doge se prépare pour ses dévotions dominicales. Le vieil Alvise Pisani est mort, le 17 juin 1741. Celui qui lui a succédé, le 30 juin suivant, élu dès le premier scrutin, se nomme Pietro Grimani. Le nouveau doge a soixante-quatre ans. Il est bien différent de son prédécesseur. Brillant ambassadeur à Vienne et à Londres, c'est dans cette dernière ville que, féru de cette science, il a été reçu docteur *honoris causa* à l'Académie royale d'astronomie par le fameux Isaac Newton. Ce n'est pas tout. Cet homme affichant l'air aimable d'un bon vivant est poète à ses heures, et connu en Arcadie sous le pseudonyme d'Armiro Elettreo, quand il ne signe pas ses sonnets, comédies et drames du nom de son gondolier ! L'anticonformisme de ce doge poète, qui est resté garçon, et à qui l'on ne connaît point de compagne, n'inspire pas la sympathie au peuple vénitien, qui brocarde sa manière de consacrer beaucoup d'argent aux festivités, et son avarice, quand il s'agit d'en débourser pour le bien-être de ses concitoyens.

À présent, vêtu de brocart doré, avec une cape du même tissu, bordé d'hermine, le *corno* sur la tête, Pietro Grimani se rend à la messe, dans la basilique où le patriarche Alvise Foscari, qui a remplacé Francesco Morosini, mort presque en même temps que le doge Pisani, vient à sa rencontre.

Sur la Piazza, plusieurs petits groupes déambulent d'un bout à l'autre, portant *tabarro* et tricorne, mais ils ne sont pas masqués. Des femmes, leur perruque poudrée cachée par une voilette, se pressent de pénétrer dans la basilique pour aller écouter l'office religieux. Vers le Molo, l'agitation est plus intense. Diverses embarcations à voile croisent sur le bassin de San Marco ; marins et marchands s'interpellent dans un langage fleuri, on débarque des dames-jeannes de vin, des caisses de fruits, provenant des îles de la lagune ou du marché du Rialto, tandis que des gondoles se faufilent en direction du Grand Canal. C'est l'animation quotidienne de la Piazza et de ses abords qui se perpétue.

Soudain, le bruit sourd que l'on a entendu la nuit passée revient aux oreilles des personnes présentes. Un grondement qui semble venir de partout et de nulle part, et les promeneurs sentent les dalles de la Piazza vibrer sous leurs pieds. Apeurés, ils ont l'impression de se trouver sur la lagune, comme par cet hiver si rude où elle avait gelé, et que l'on pouvait y marcher, en sentant la glace se contracter et craquer tandis que l'on s'y déplaçait. Mais cette fois-ci, c'est bien le pavage de trachyte qui se cabre, comme si un dragon monstrueux, caché dans les profondeurs, s'arquait de toutes ses forces pour transpercer la surface et surgir au grand jour. Dieu merci, point de male bête en vue, juste une grande frayeur, car aussi vite cela était venu, aussi rapidement l'effet se dissipe. Une cloche tinte faiblement dans le campanile de San Marco, point d'orgue de cet épisode effrayant, heureusement sans conséquences.

Mais c'est alors qu'une autre rumeur, dont il est difficile de deviner l'origine, se fait entendre. Tandis que les gens qui se trouvent sur la Piazza tendent l'oreille pour comprendre, songeant tout d'abord que la terre va de nouveau trembler, on voit surgir depuis la Piazzetta une foule de bateliers, portefaix, marchands et passants qui courent comme s'ils avaient le diable aux trousses, en poussant des cris. Le mugissement s'accentue encore, et bientôt, le péril est en vue. Provoquée certainement par la secousse souterraine, c'est une vague gigantesque qui se profile dans le bassin de San Marco. La voici qui gonfle en s'approchant, comme si les chevaux de Neptune s'étaient tous réunis pour courir à la surface des flots. Sur son passage, la vague fait chanceler et tanguer les plus grosses embarcations, renverse impitoyablement les plus frêles esquifs et les gondoles.

En un rien de temps, la muraille d'eau vient frapper le Molo. Une gondole, projetée en l'air, s'écrase contre la colonne de San Todaro. Plusieurs barques sont emportées jusque sur la Piazzetta. Celles et ceux qui n'ont pas eu le temps de fuir sont culbutés comme des fétus de paille et emportés par l'eau rageuse qui se déverse à présent sur la Piazza et pénètre jusque dans les *calli* adjacentes. La soudaineté de ce déluge prend de court les commerçants qui avaient déjà ouvert leurs boutiques. D'ordinaire, quand survient l'*acqua alta,* ils ont le temps de s'y préparer. Mais là, c'est différent. L'eau saumâtre entre en furie à l'intérieur des négoces, éclaboussant tout. La voici qui se glisse à l'intérieur de la basilique, dans la cour du palais Ducal. Sur la Piazza, on crie, on s'interpelle et, tandis que l'eau reste à présent étale, les plus jeunes viennent au secours des personnes en difficulté. Il y a sûrement des noyés, parmi celles et ceux qui se trouvaient à proximité de la riva degli Schiavoni et du Molo. À présent, l'eau commence à se retirer, laissant derrière elle des cadavres désarticulés et des bateaux brisés comme des jouets d'enfant.

Dans les autres parties de Venise, des événements tout aussi terribles se sont produits. Au même instant, dans l'église Sant'Andrea della Zirada, au bout du sestier de Santa Croce, en pleine célébration dominicale, la statue monumentale de saint André a été prise de tremblements. Les paroissiens pensèrent tout d'abord à un miracle, mais il fallut bien déchanter quand l'apôtre de marbre et sa croix s'abattirent sur un groupe de femmes, les écrasant sans pitié. Le reste des fidèles se sauva, hurlant de peur, laissant le prêtre seul et désemparé devant ce spectacle inconcevable.

À Castello, non loin de l'Arsenal, dans l'église de San Martino, le bedeau s'était rendu dans le campanile pour sonner la cloche, quand la terre trembla. Le linteau de bois auquel la masse de bronze était fixée se fissura, libérant la lourde cloche qui tomba comme une masse sur le malheureux sacristain, le coiffant tout net pour l'éternité. Le poids énorme et la vitesse de la chute firent que la cloche s'encastra profondément dans le sol. Quand, après plusieurs heures, on parvint à la soulever, on constata que le pauvre homme avait été réduit à l'état d'un petit ballot de chair sanguinolente.

En plusieurs points de la cité, le feu s'était déclaré, conséquence des chutes de bougies et de lampes à huile, des âtres et des fours secoués par les spasmes terrestres, et qui avaient laissé échapper des bûches et des braises ardentes. Plusieurs maisons étaient la proie des flammes, et hommes et femmes faisaient la chaîne depuis les canaux jusqu'aux modestes demeures, se passant de main en main des seaux pleins d'eau que l'on déversait à travers d'épais rideaux de fumée, dans l'espoir de circonscrire le feu ou, tout du moins, de limiter les dégâts.

Près du campo Santo Stefano, tandis qu'une foule de fidèles sortait de la messe, célébrée dans la grande église gothique, le sol fut pris des mêmes convulsions que sur la Piazza. Les fenêtres des demeures avoisinantes se mirent à trembler et à grincer. Le petit canal passant sous l'église fut agité de grosses vagues. Les mendiants faisant plus ou moins mine d'être infirmes, postés sur les marches de l'église, prirent leurs jambes à leur cou, en direction de la calle del Pestrin, suivis par une bonne part des gens qui ne savaient vers où se diriger. À gauche se trouvait le campiello dei

Morti[1], dont le sol en pente cachait mal la destination qui avait été la sienne, jadis : c'était le cimetière de la paroisse Santo Stefano.

Quand la terre se mit à trembler violemment, le pavage, sans doute déjà ébranlé par les secousses de la nuit passée, commença à se craqueler sous les yeux effarés des passants. Les dalles s'éloignaient les unes des autres, la rumeur souterraine enflait et, soudain, il y eut comme un horrible bruit de succion, et une partie du *campiello* disparut d'un coup dans les profondeurs, tandis que des flots de boue étaient projetés vers la surface, giclant à la figure des passants qui se trouvaient là, maculant leurs vêtements d'une boue malodorante. Comble de l'épouvante, au milieu de cette vasière à l'odeur délétère, surgissaient, les uns après les autres, des squelettes et des cadavres décharnés, qui se dressaient, poussés vers le ciel par cette terrible force qui triturait le sous-sol, comme si les trépassés cherchaient enfin à fuir le purgatoire qui les retenait sous la terre. En l'espace de quelques minutes, et tandis que les tremblements s'arrêtaient, il n'y eut plus, devant ce groupe d'habitants épouvantés, que cette danse macabre exécutée par une cinquantaine de morts prisonniers de la vase limoneuse, tendant vers la lumière leurs crânes aux orbites vides et les os de leurs bras et de leurs mains qui s'agitaient de façon spasmodique.

1. De nos jours, campiello Nuovo o dei Morti. Le cimetière fut en partie vidé de ses « occupants » vers 1683. Par la suite, on recouvrit le *campiello* de terre, afin de faire disparaître toute trace du cimetière. Ce changement de niveau, par rapport aux rues adjacentes, est encore visible. Il faut monter plusieurs marches pour accéder au *campiello*.

À San Zanipolo, l'horreur frappa de manière tout aussi affreuse. La terre se mit à trembler pendant la messe dite par les dominicains. Les monumentales colonnes du grand vaisseau gothique ne bougèrent pas, mais il n'en fut pas de même des murs de briques, qui semblèrent épouser pendant quelques longues minutes le tressautement souterrain. Les fidèles, jusque-là abîmés dans leurs dévotions, en furent tirés de manière brutale. Les visions paradisiaques allaient céder la place aux tourments de l'enfer, tandis que les vibrations allaient et venaient. Le religieux qui célébrait l'office, impassible, continuait comme si de rien n'était, encourageant les fidèles à redoubler de vigueur dans la récitation des prières. Mais lorsqu'un craquement se fit entendre sur la gauche de la nef, tout le monde se tut.

Les regards des fidèles convergeaient vers le point d'où ce bruit sinistre venait de se faire entendre. À quelques mètres de hauteur, sur les murs intérieurs de l'église, étaient disposés un certain nombre de tombeaux des représentants des plus illustres familles vénitiennes, la plupart ayant occupé la fonction de doge. Soudain, l'un de ces monuments funéraires se désolidarisa en partie du mur, basculant tout en restant fixé par un côté. La dalle faisant office de couvercle chut bruyamment sur le pavage de l'église, se fractionnant en plusieurs éclats de marbre ; le cercueil en fit autant. Comme le bois était vermoulu, il se pulvérisa en touchant le sol, laissant apparaître un squelette vêtu d'oripeaux rouges aux dorures fanées. Le choc violent libéra le crâne du défunt qui, projeté en l'air, rebondit sur les dalles du bas-côté, comme une vulgaire balle, pour finir sa course macabre dans le giron d'une vieille femme. La dévote en fut si épouvantée qu'aucun cri ne sortit de sa bouche, pourtant grande ouverte, à l'unisson avec la mâchoire du doge qui la contemplait avec malice de ses orbites vides. Les yeux de la vieille se révulsèrent, et elle s'affaissa d'un coup en arrière, raide morte.

Partout, à travers la cité, on se racontait ce que chacun avait pu observer. Les vagues qui avaient envahi le Grand Canal, mettant en danger les nombreuses embarcations qui s'y trouvaient tandis que la terre tremblait. Les chiens qui hurlaient à la mort. Les chats qui avaient disparu l'on ne savait où. Les briques qui pleuvaient dans certaines *calli* où se trouvaient les habitations les plus pauvres. L'étrange rumeur qui accompagnait les secousses de la terre. Puis, bien sûr, ce qui frappait le plus l'imagination, ces événements macabres qui s'étaient produits en divers endroits de la cité, avec les tombeaux qui se fracassaient, les cimetières qui s'affaissaient, et les morts qui reparaissaient soudain à la lumière du jour. Pourquoi se manifestaient-ils donc ? Qu'avaient donc fait les Vénitiens pour mériter un tel châtiment ?

Au marché du Rialto, l'animation ne cessait jamais, pas même le dimanche. Poissons et coquillages frétillaient ou frémissaient sur les étals des poissonniers, tandis que toute la palette des couleurs de l'automne était réunie chez les marchands de légumes et de fruits. L'animation du marché, de la *pescheria* à l'*erberia*, était un vrai spectacle, preuve s'il en fallait que le peuple vénitien éprouvait le besoin de se jouer sans cesse la comédie, même dans les occupations du quotidien. Chacun s'interpellait, on échangeait des plaisanteries, des *petegolezzi*, on riait, on criait, tout cela accompagné d'un bol de bouillon chaud ou d'une *ombra* de vin pour se donner du cœur à l'ouvrage. Tandis que les clients allaient et venaient, tâtant la marchandise, discutant les prix, un attroupement s'était formé parmi les échoppes, et les uns et les autres évoquaient l'apparition des squelettes à Santo Stefano, chacun y allant de son commentaire.

— C'est pour annoncer la fin du monde ! lança un boucher.

— Non, répliqua le marchand de volailles, la fin de la République.

Il y eut un grand éclat de rire général.

— Grimani peut bien se tenir, alors ! fit une commère.

— Il n'a pas besoin que la terre tremble pour se casser la gueule ! répliqua une autre, provoquant de nouveaux rires gras.

— Et si ces apparitions de nos morts étaient un avertissement ? dit un jeune marchand de légumes, sur un ton plus inquiet.

— Il a raison ! répondirent plusieurs voix.

— Les défunts ne reviennent pas par hasard. S'ils ne trouvent pas le repos, c'est notre faute, fit une vieille vendeuse de beignets en se signant.

— De quoi sommes-nous donc coupables ? interrogea une petite voix.

La marchande considéra la toute jeune fille qui avait posé la question avec un regard maternel.

— Nous, les gens du peuple, de pas grand-chose.

Mais la noblesse de Venise ! Ce qu'ils fabriquent dans leurs beaux palais, crois-moi, il y a de quoi faire se retourner les morts dans leur tombe.

— Comment le sais-tu, *amore* ? lança un poissonnier mal embouché. Tu y as pris du bon temps, dans les palais, ma belle ?

Les rires reprirent de bon train, tandis que chaque commerçant continuait à servir sa pratique. La marchande de beignets lança un regard noir au poissonnier.

— Pas plus que toi ! Mais j'ai des yeux et des oreilles, et il m'est arrivé plus souvent qu'à mon tour d'aller y livrer mes douceurs, et de parler avec les cuisinières et les domestiques. C'est très instructif, je puis te l'assurer. Les intrigues, et toutes les saletés que ces gens peuvent imaginer...

Autour d'elle, hommes et femmes hochaient la tête. Qu'y pouvait-on faire ? La classe aisée faisait vivre la classe laborieuse. Chacun devait rester à sa place, subir, et se taire. Mais cet enchaînement de mauvais présages, tout de même... La terre qui remue, les morts qui sortent de leurs tombes... Il ne manquait plus que l'invasion de sauterelles pour détruire la cité ! La mauvaise conduite des *nobiluomini* y était-elle vraiment pour quelque chose, ou bien étaient-ce des signes avant-coureurs de la fin de la cité lagunaire, décrétée par les puissances célestes ?

— Moi, je dis que tout a une fin, et que Venise terminera là où elle a commencé : sous les eaux. Écoutez les présages. Repentez-vous. L'issue est proche.

L'homme qui avait proféré ces paroles était long et maigre, vêtu de bure, comme un moine, mais quelque chose dans son attitude laissait entendre qu'il ne l'était peut-être pas. Une sorte de violence dans sa façon de s'exprimer, et dans laquelle la charité chrétienne n'avait à l'évidence aucune place.

Autour de lui, le silence se fit, tandis que les uns et les autres regardaient l'oiseau de malheur. Un pêcheur fit les cornes dans sa direction, comme pour se protéger du mauvais sort. La vieille marchande lui tendit un beignet, qu'il engloutit sans même la remercier. Puis il s'éloigna soudain, disparaissant aussi vite qu'il était apparu, laissant planer derrière lui une sensation de malaise.

— *Disgraziato !* lâcha un des marchands. Va voir les filles, ça te soulagera. Les Carampane[1] sont tout près. *Va' in mona[2] !*

Cette saillie ramena d'un coup la bonne humeur, et chacun reprit ses activités, se consacrant aux clients qui affluaient.

La matinée se déroulait, heure après heure, et le calme semblait revenu. La terre avait cessé de s'agiter, et les Vénitiens allaient et venaient, commençant déjà à évaluer les dégâts et à déblayer les quelques cheminées et les corniches fracassées dont les débris jonchaient le sol. Il y avait en fait assez peu d'édifices endommagés, vu la violence des secousses. En revanche, on constatait d'autres effondrements dans d'anciens cimetières paroissiaux, et l'apparition inopinée de restes humains. Comme si les morts tentaient de communiquer avec notre monde, se disaient bien des habitants de la cité.

1. Quartier réservé des prostituées, proche du Rialto.
2. Expression obscène souvent entendue. *Va'* = va, et *mona* signifiant en argot dialectique le sexe féminin...

Le doge, mis au courant des divers épisodes macabres, y compris la chute du tombeau d'un de ses prédécesseurs à San Zanipolo, fit dépêcher des hommes par Anzolo Pemma, le *capitan grande* de la police, afin qu'ils rendent plus sûrs les abords des cimetières au moyen de barrières de bois, promptement réclamées aux charpentiers de l'Arsenal. Il ne s'agissait pas que des enfants tombent là-dedans en jouant et aillent s'y enliser.

— Votre seigneurie n'ignore pas, en outre, que ces cimetières recèlent sans doute encore les restes des victimes de la grande peste de 1348, dit le policier, provoquant l'inquiétude du doge.

— Mon Dieu ! Je n'y avais point songé. Il faut faire enlever ces dépouilles au plus vite, et les transférer à l'ossuaire de Sant'Ariano[1].

— Je vais alerter les *provveditori sopra la Sanità*[2], afin qu'ils prennent au plus vite les dispositions qui s'imposent.

— Fort bien. Puis il faudra combler les terrains et les consolider.

— Naturellement. Est-ce tout, votre seigneurie ?

— Ah oui ! Que l'on n'oublie pas notre illustre prédécesseur, à San Zanipolo. Après cette... fugue inopinée, il s'agit de le replacer dans sa dernière demeure, et de faire disparaître toute trace de ce terrible incident.

1. L'îlot de Sant'Ariano, situé au-delà de Torcello, et qui abritait à l'origine un monastère, fut transformé en ossuaire vers 1565. On y transféra de nombreux ossements provenant des cimetières paroissiaux de Venise.

2. Magistrats veillant en particulier à l'hygiène publique et au contrôle des maladies contagieuses et des épidémies.

— Ce sera fait, votre seigneurie, dit le *capitan grande* en s'inclinant.

Tout en se retirant, Anzolo Pemma se dit que Pietro Grimani, avec sa « fugue », était bien un poète !

Le jeune homme marchait à grands pas à travers la cité. Très grand, mince avec de longues jambes qui faisaient irrésistiblement songer aux pattes de l'aigrette garzette, oiseau souvent croisé dans la lagune, il était vêtu d'un honnête habit, hélas bien élimé, et portait la perruque à rouleaux prisée par les écrivains, dont les ailettes battaient et se soulevaient au rythme de ses enjambées, le faisant ressembler à quelque grand chien. Un chien de bonne race, car son visage grave brillait d'intelligence. Homme de plume, il l'était, ce Gasparo Gozzi, fils aîné du comte Iacopo Gozzi et de la *nobildonna* Angela Tiepolo. Comme tous les Gozzi, d'ailleurs. Ne disait-on pas que la littérature s'était répandue au sein de la famille comme une épidémie ? Agé de vingt-neuf ans, Gasparo avait épousé une femme de lettres, Luisa Bergalli, poétesse connue en Arcadie sous le nom d'Irminda Partenide, et qui écrivait aussi des textes pour le théâtre et l'opéra, tout en faisant un nombre remarquable de bambins. Luisa avait dix ans de plus que Gasparo, mais l'amour éperdu que ce dernier éprouvait pour elle s'était joué de cet écueil. Le couple tirait le diable par la queue, tout comme le père du jeune homme. Le comte Gozzi, ruiné, vivait tant bien que mal avec femme, enfants et petits-enfants, dans un palais glacial à San Cassiano.

En cette fin de matinée, n'ayant pour ainsi dire pas mangé grand-chose, Gasparo marchait vite pour se réchauffer. Il allait rendre visite à son ami et mentor,

Flavio Foscarini. Une profonde amitié liait les deux hommes, scellée par le goût des livres, de la bonne chère, de la conversation, mais aussi par une passion commune pour l'observation de Venise, des Vénitiens et des mystères qui planaient sur la cité. Ensemble, ils avaient démêlé l'énigme du Cercle des Amazones[1], que la police n'était pas parvenue à résoudre. Tout en rédigeant mémoires et documents pour des avocats, commerçants et magistrats, afin de survivre, Gasparo Gozzi, dont l'imagination était toujours en chasse de quelque nouveau prodige, courait voir son ami Foscarini pour s'entretenir avec lui du tremblement de terre.

Après avoir traversé le campo Do Pozzi, il parvint corte Donà, et frappa au heurtoir de la porte. La puissante silhouette de Hassan apparut, et un sourire étincelant illumina le noir et sévère visage du Nubien.

— Le maître est chez lui, dit-il, en s'effaçant pour le laisser entrer.

— Merci, Hassan.

Gasparo arpenta en quelques pas la galerie longeant le jardin, salua Mauro et Riccardo, les deux gondoliers, occupés à repeindre l'une des embarcations, puis il grimpa en vitesse jusqu'au *piano nobile*, manquant renverser la chatte Mafalda qui feula de colère pour le rappeler aux bonnes manières, avant de pénétrer dans le *portego* et, de là, d'aller frapper à la porte du cabinet de travail de Foscarini. Une voix lui dit d'entrer. Flavio lisait au coin du feu. L'arrivée de Gasparo était visiblement pour lui un plaisir.

— Ah ! Cher garçon, tu tombes bien. Je pensais à

1. Voir *La Vestale de Venise.*

toi. Figure-toi que j'ai eu vent, pas plus tard qu'hier, de certain mystère dont je voulais t'entretenir.

— Vraiment ? C'est curieux, Flavio, je sentais que vous vouliez me voir. J'avais moi-même des choses à vous narrer.

— Assieds-toi, près de la cheminée. Je vais te raconter. Tu resteras dîner[1] avec nous. Assin sera heureuse d'avoir des nouvelles de ta famille, et Erminia se réjouira de voir un homme qui apprécie sa cuisine avec autant d'enthousiasme.

Gasparo eut un bref instant l'air gêné, mais le sourire de Flavio lui fit comprendre à quel point cette remarque était dénuée de malice. Foscarini savait que l'on mangeait peu et mal chez les Gozzi. C'est à cet instant qu'Assin pénétra dans la pièce, l'illuminant aussitôt de son sourire. Gasparo allait lui baiser la main, mais l'épouse de Flavio fut plus vive que lui et, faisant fi de tout protocole, prit ses deux mains entre les siennes pour lui souhaiter la bienvenue.

— Cher Gasparo ! Je suis bien aise de te voir. Comment va Luisa ? Et vos petits ?

— Tout le monde se porte bien, puisque nous sommes heureux. Pour le reste...

Flavio et Assin échangèrent un bref regard. C'était decidément terrible, que deux êtres aussi doués de talent passassent leur temps à se débattre dans des ennuis d'argent.

Le repas fut servi sans façon dans le jardin d'hiver du *portego.* Il y faisait chaud, et Gasparo goûta

1. Au XVIIIe siècle, le déjeuner est notre actuel petit déjeuner, le dîner notre déjeuner, et le souper notre dîner.

particulièrement le *risotto alla zucca*, auquel la citrouille donnait une belle couleur orangée, et une saveur légèrement sucrée, relevée par la noix de muscade, qu'Erminia avait grattée en abondance juste avant de servir. Puis vint une *faraona alla peverada*, où la pintade rôtie était accompagnée d'une farce au poivre.

— De quoi affronter avec calme les premiers frimas, déclara Flavio, en remplissant le verre de Gasparo d'un Pinot noir puissant.

— Je suis au paradis, articula l'écrivain entre deux bouchées. Quelle chance j'ai d'avoir des amis comme vous.

Assin sourit. Elle qui, jusqu'à présent, n'avait pas eu d'enfant, sentait étrangement un sentiment maternel s'éveiller en présence de Gasparo. Mais elle savait aussi que ce grand jeune homme – qui était déjà père de trois marmots – allait encore entraîner son époux, et elle-même très probablement, dans une nouvelle aventure extravagante. Son instinct ne la trompait point.

— Alors, Flavio, vous m'avez promis une histoire.

— Cela s'est passé hier, chez les Contarini dal Zaffo...

Et Flavio narra tout, à un Gasparo médusé : les états d'âme de la comtesse Lucrezia, sa discussion avec le comte Giorgio, puis la découverte de la femme emmurée, à laquelle il avait assisté.

— Cette morte qui est là, tapie dans l'obscurité, criant sans doute vengeance, au point de communiquer à celle qui dort tout près d'elle ce sentiment d'angoisse qui l'oppresse, c'est vraiment extraordinaire, commenta Gasparo.

— Oui, une défunte qui revient, reprit Flavio, et

au même moment, la terre tremble, les flots s'emportent, le feu éclate, les morts de la peste surgissent du vieux cimetière de Santo Stefano, un doge sort de sa tombe à San Zanipolo, et d'autres encore font mine de revenir parmi nous. Je ne me souviens pas d'avoir vu Venise en proie à tant d'événements inquiétants et mystérieux dans un même laps de temps. S'agit-il de présages annonçant la fin de la Sérénissime ? Que veulent dire ces morts privés de repos ?

— Dans le cas de la femme, dit Assin, sans doute veut-elle dénoncer son meurtrier ?

— Mais tous les autres ? Ce qui me trouble, c'est la concomitance entre ces faits macabres, précisa Flavio. Je n'ai point pour habitude de croire à tout bout de champ à la moindre billevesée, mais je ne suis pas non plus fermé aux prétendus signes de l'au-delà.

— S'agit-il d'une soif de vengeance, ou tous ces êtres surgis du passé viendraient-ils nous mettre en garde contre un danger qui nous menace ?

C'est Gasparo qui avait parlé. Assin et Flavio le regardèrent avec une pointe d'inquiétude.

— Plaise au ciel que tout cela ne soit que le fruit du hasard, lança Flavio.

— Et que comptez-vous faire à propos de l'affaire Contarini ?

— C'est délicat. Le comte Giorgio tient à ce que tout cela reste voilé du plus grand secret, il l'a même fait jurer à ceux de ses gens qui étaient au courant.

— Pourtant, il vous a demandé de lui venir en aide ?

— Dans la plus extrême discrétion. Les Contarini sont une des plus grandes familles de Venise. Il n'est pas question qu'un scandale, fût-il venu du passé, vînt éclabousser l'un de ses membres.

— J'entends bien, dit Gasparo, mais alors que comptez-vous faire ?

— Essayer de comprendre. Il faudrait avoir accès aux archives paroissiales. Peut-être nous diraient-elles quelque chose sur la mort prématurée d'une des aïeules du comte...

— Je vais m'en charger.

— Assin et moi sommes invités demain Ca' Contarini pour une soirée prévue depuis plusieurs jours, reprit Flavio. Il s'agit, si j'ai bien compris, d'accueillir à Venise une dame française très en vue à la cour, dont le nom m'échappe. Giorgio n'a pas voulu annuler la fête, et il pense que le fait de voir du monde fera du bien à Lucrezia.

— Je n'en suis pas si sûre que ça, dit Assin, qui compatissait aux émotions par lesquelles était passée la comtesse.

— Quoi qu'il en soit, mon jeune ami, conclut Flavio, nous ouvrirons nos yeux et nos oreilles, et tenterons d'en savoir plus. Retrouvons-nous après-demain, pour comparer nos découvertes.

Gasparo se leva et prit congé. L'idée de se remettre à enquêter sur un mystère touchant sa cité le captivait au plus haut point.

4

La marquise française

Giorgio Contarini dal Zaffo avait décidé de faire bonne figure, quoi qu'il advînt. Après tout, cette découverte, si affreuse fût-elle, renvoyait au passé. La chose devait rester secrète. Il avait fallu débourser un certain nombre de sequins pour acheter le silence de plusieurs personnes, placer la dépouille de cette malheureuse femme dans un léger cercueil, le garder quelques heures dans la chambre de Lucrezia, à présent désertée, puis l'acheminer nuitamment jusqu'à la petite église de San Vio[1], voisine de quelques dizaines de mètres de la Ca' Contarini. On avait dû agir très vite. Le confesseur de la famille, déjà appelé au palais pour bénir la dépouille que l'on venait de découvrir, attendait dans l'église, aux petites heures de la nuit, par chance sans lune, l'arrivée du cercueil, des porteurs, et du comte. Le petit groupe passa inaperçu, pendant les quelques minutes nécessaires pour aller du palais jusqu'au campo San Vio. Une porte de l'église s'entrouvrit, comme mue par un automate ;

1. Située là où se trouve de nos jours une petite chapelle privée, elle fut détruite en 1813.

le prêtre attendait depuis un instant. Dans le chœur, à la lueur chiche de deux quinquets à huile, on souleva une dalle, puis le cercueil fut descendu dans un espace qui abritait la sépulture de plusieurs membres de la famille. Le prêtre murmura quelques prières afin que la suppliciée pût enfin trouver le repos éternel. Ensuite, tels des conspirateurs, les hommes se retirèrent avec discrétion. Le comte fit une offrande considérable à l'église San Vio. Pour lui, l'affaire était close. Du moins l'espérait-il. Mais qui pouvait bien être cette inconnue?

Il s'agissait à présent de faire disparaître, dans le palais, les traces du crime. La comtesse ne pouvait plus occuper cette chambre. Sa santé, fragilisée par plusieurs semaines de forte anxiété et le choc de l'horrible découverte, avait été mise à mal. Tandis que le comte ordonnait à ses gens de remonter la cloison détruite, et de replacer les tentures, il choisit une pièce qui faisait office de petit salon, au même étage du palais, et jouissait également d'une belle vue sur le Grand Canal ; elle devint la nouvelle chambre de Lucrezia. En un rien de temps, on y fit porter le lit, les meubles, les tapis, les tableaux, les livres et les bibelots. La comtesse, le cœur plein de crainte, s'y rendit pour la première fois au bras de son époux, mais quand elle vit avec quelle habileté le décor qu'elle aimait avait été reconstitué, elle le remercia chaleureusement de cette attention, les larmes aux yeux, et accepta avec reconnaissance de s'y installer.

Tranquillisé, le comte put se consacrer à un projet qui lui tenait à cœur. Depuis plusieurs semaines, il avait projeté de donner une soirée prestigieuse à laquelle assisterait la fleur de la noblesse vénitienne.

L'occasion était la suivante : la visite à Venise d'une dame française de haut lignage, venue s'installer dans la cité pour quelque temps. Elle était la fille d'un premier président du Parlement de Rouen, et il était naturel de lui faire rencontrer les représentants des grandes familles de la cité, afin qu'elle ne se sentît point dépaysée. La dame était veuve et mère de trois enfants, et demeurait une beauté en dépit d'un âge critique : près de quarante ans, disait-on. Elle était, de plus, fort riche. Mais là où les choses se gâtaient un peu, c'est qu'elle était considérée comme excentrique. Ne traînait-elle pas dans son sillage d'étranges personnages qui avaient, paraît-il, initié la marquise de La Rochefoucauld, car tel était son nom, aux arcanes de l'alchimie ?

Jeanne Camus de Pontcarré, une fois veuve de Louis-Christophe de La Rochefoucauld-Lascaris, marquis de Langeac et d'Urfé, s'était plongée à corps perdu dans l'occultisme. Elle se sentait irrésistiblement attirée par ces sciences, car elle entendait de façon régulière des voix qui lui parlaient, et était certaine d'être guidée par des esprits de l'air, qui l'entouraient et veillaient sur elle. Sa fortune et sa crédulité attiraient les aventuriers, qui monnayaient fort cher leur science et leurs prodiges. Avec celle que tout le monde appelait désormais Madame d'Urfé, ils avaient la part belle. La recherche de la pierre philosophale, la transmutation des vils métaux en or pur, le secret de l'éternelle jeunesse et d'une beauté jamais flétrie, voici quelle était devenue la quête de cette curieuse et fantasque créature. Ayant entendu des amis lui raconter que Venise était une cité où tous les mystères de l'Orient et de l'Occident se mêlaient pour mieux s'exprimer, Madame d'Urfé avait décidé, laissant la garde de ses enfants à une gouvernante, de venir s'y installer afin de poursuivre son étude des sciences secrètes. Des amis lui avaient assuré la jouissance d'un petit palais situé le long du rio Marin, en face de la Ca' Soranzo-Cappello. La marquise ne souhaitait pas s'installer dans une demeure donnant sur le Grand Canal, car elle tenait absolument à pouvoir disposer d'un jardin clos agrémenté d'un petit pavillon, tout cela en un endroit discret de Venise. Sa volonté avait été exaucée, grâce à des amis versés comme elle dans l'occultisme, et Madame d'Urfé y était arrivée depuis quelques jours, accompagnée de sa suite : caméristes, domestiques, cuisinière, valets, et de nombreuses malles. Outre ses vêtements, flacons, ongents et objets indispensables pour les soins de beauté, elles contenaient de nombreux livres, ainsi qu'un étrange et encombrant matériel où un chimiste aurait pu reconnaître et nommer creusets, cornues, athanor, soufflets, vases florentins et autres flacons, et savoir l'usage que l'on pouvait en faire. Madame d'Urfé, en adepte de l'art d'Hermès Trismégiste, ne se séparait jamais de ses instruments de travail.

À peine débarquée de la gondole, et en dépit des longues journées passées sur les routes et des nuits dans des auberges, Madame d'Urfé s'était précipitée pour découvrir les lieux. Le palais était de dimensions modestes, en comparaison avec les prestigieuses demeures du Grand Canal, mais il lui convenait, avec son *piano nobile* possédant, outre le *portego*, un appartement dont la chambre donnait sur le rio Marin d'où pénétrait un flot de lumière, et un joli salon de réception, dont les fenêtres ouvraient sur le jardin.

Celui-ci n'était guère étendu, mais clos de hauts murs, et la marquise constata avec satisfaction qu'aucun vis-à-vis ne pourrait observer ses allées et venues. Enfin, il y avait, au fond de cet espace de verdure, un petit temple à colonnes, en fait le casino privé du palais. On y accédait par quelques marches en pierre d'Istrie, débouchant sur une pièce en rotonde, décorée de fresques de Gianantonio Guardi montrant des scènes de carnaval, dans un décor champêtre, où les personnages masqués jouaient à se séduire dans une atmosphère de gaieté. Madame d'Urfé hocha la tête, rassérénée. Ici, elle pourrait installer son laboratoire, et y faire venir d'autres adeptes du Grand Œuvre...

Ce même soir, sur le Grand Canal, la façade de style lombard de la Ca' Contarini alla Carità, illuminée par de nombreux flambeaux, se reflète dans l'eau noire. Les gondoles approchent, accostent devant le palais, les occupants en descendent, aidés par une escouade de valets en livrée et perruque poudrée, les embarcations repartent, d'autres arrivent de nouveau, et tout cela recommence en un ballet montrant toute l'habileté des gondoliers, habitués à accomplir ce genre d'exercice sans anicroches.

C'est Riccardo, l'aîné des deux gondoliers des Foscarini, qui assure ce soir le service, et tient à donner lui-même la main à la comtesse Anna, tandis que Flavio saute d'un bond sur l'appontement. Puis, tous deux pénètrent dans le vaste *androne*, décoré pour l'occasion de feuillages automnaux, où les laquais les dirigent vers l'escalier menant au *piano nobile.* On entend les accents d'un petit ensemble à cordes, des voix et des rires.

Le comte Contarini dal Zaffo a vraiment bien fait les choses. La réception reflète le goût des grandes familles vénitiennes pour la fête, et leur sens de l'hospitalité. Le *portego*, où les quelques musiciens sont installés à un angle, ainsi que les salons attenants, sont décorés aux couleurs de la saison. C'est une véritable symphonie de feuillages rougeoyants et dorés, de fleurs et de fruits, de plumages, qui se joue sur les tentures, dans les lustres de cristal, sur les longues tables du banquet disposées de part et d'autre de la grande pièce d'apparat. Le comte et la comtesse Contarini dal Zaffo ont harmonisé leurs tenues à ce concert automnal.

Madame d'Urfé était arrivée assez tôt, et le comte Contarini dal Zaffo s'était empressé de lui souhaiter la bienvenue.

— Madame la marquise, a-t-il dit dans un français parfait, en lui baisant la main, qu'elle a petite et potelée, il manquait à Venise une perle rare pour que sa splendeur fût parfaite. Permettez-moi, au nom de mes concitoyens, de vous souhaiter un heureux séjour dans notre cité.

— Monsieur le comte, répondit-elle avec grâce, je ne sais comment vous remercier. Si tous les habitants de Venise en usent comme vous avec autant de civilité, je vois bien que je vais couler des jours enchantés dans la Versailles de l'Adriatique.

Le comte sourit à ce compliment un peu ampoulé, et prit le bras de sa femme.

— Puis-je vous présenter mon épouse, Lucrezia ?

Celle-ci, fort pâle en dépit des fards, s'inclina

légèrement. La marquise prit avec spontanéité l'une de ses mains dans la sienne, constata qu'elle était glacée mais n'en laissa rien paraître et, au contraire, sourit avec grâce.

— Madame, comme il est aimable de votre part de me recevoir ainsi dans votre demeure. Je ne me sens déjà plus une étrangère, et vous en remercie de tout mon cœur.

La comtesse, touchée par ce témoignage d'amitié, perdit un peu de sa raideur. Comme son mari, elle s'exprimait dans un français presque parfait.

— C'est moi qui vous rends grâce, madame la marquise, d'apporter avec vous le charme de Paris.

— Chère comtesse, répondit celle-ci, je sens que nous allons devenir les meilleures amies du monde.

— J'en serais très heureuse, madame la marquise, répondit Lucrezia, sans voir le petit éclair de triomphe qui brillait dans le regard de Madame d'Urfé.

Un laquais vint offrir des coupes de vin de *sciampagna.* On but aux noces de Venise et de Paris, puis le comte s'inclina légèrement.

— Mesdames, je vous laisse un moment à votre conversation. Je me dois d'aller accueillir d'autres invités.

À peine s'était-il éloigné que la marquise, faisant miroiter le vin doré devant ses yeux bleus, fixa la comtesse.

— Madame, dit-elle, pardonnez ma franchise, mais je sens chez vous une grande détresse.

Lucrezia manqua défaillir. Madame d'Urfé la soutint, et la guida vers une causeuse.

— Venez. Ainsi nous pourrons parler avec plus de tranquillité. Je vous prie de bien vouloir excuser ma spontanéité mais, voyez-vous, il m'arrive d'avoir certaines visions, et de ressentir ce que le commun des mortels ne peut appréhender.

— Vous voulez dire... commença la comtesse, trop troublée pour continuer.

— Que j'ai le don de commercer avec les esprits, continua la marquise, tout en souriant aux invités qui s'inclinaient en passant devant les deux femmes.

— Ce doit être un bien pesant fardeau, articula avec peine Lucrezia.

— Parfois, je vous l'accorde. Mais c'est aussi un bienfait. Cela donne un sens à mon existence.

Lucrezia écoutait, fascinée. Madame d'Urfé, voyant qu'elle avait capté l'intérêt de son hôtesse, décida de s'en tenir là.

— Chère comtesse, dit-elle, je ne voudrais pas priver vos invités de votre présence. Mais je serais bien heureuse de recevoir votre visite. Je suis à peu près installée, à présent, et attends d'ici peu la venue d'un personnage fascinant, que j'aimerais vous faire rencontrer.

— Qui est-il ? demanda la comtesse.

— On l'appelle le Mage de Prague. Vous n'ignorez pas que cette ville a toujours été le creuset de l'alchimie et des sciences secrètes...

— C'est une cité bien prodigieuse, m'a-t-on dit.

— C'est la vérité, chère comtesse. Je vous en reparlerai bien vite.

Madame d'Urfé prit Lucrezia par le bras pour l'aider à se lever, et les deux femmes revinrent ainsi en devisant vers le *portego*, où le souper d'une soixantaine de convives allait bientôt se dérouler.

Ce fut en tout point exquis, et les plats se succédèrent pendant deux heures d'horloge, tandis que les conversations ne tarissaient pas. Tout en savourant potage de cardons, risotto aux fleurs de courgettes, cigales de mer, faisans rôtis, canards farcis, civets de lièvre, tourtes, salades, crème de lait et autres douceurs, le tout arrosé d'excellents vins de Vénétie, les invités du comte Contarini dal Zaffo prirent un plaisir extrême à ce souper, chacun se tordant le cou pour mieux observer cette fameuse marquise française, qui répondait en souriant aux questions de son hôte, et interrogeait avec un air candide la comtesse.

— Comment se fait-il, madame la marquise, que votre séjour dans notre cité se déroule en dehors des jours joyeux du carnaval ? demanda le comte.

— C'est que je souhaitais avant tout goûter au calme d'une existence retirée, et ne point être troublée par les échos perpétuels des fêtes, même si j'apprécie infiniment de me trouver ce soir parmi vous.

— Nous autres, Vénitiens, sommes bien heureux d'être les enfants d'une ville construite sur l'eau, répondit le comte. Nos palais sont des navires à l'amarre, et la mer Adriatique berce nos nuits et nos jours. Vous avez cent fois raison, madame la marquise : Venise vous apportera la paix de l'âme.

— Tel est mon vœu le plus cher, dit Madame d'Urfé, consciente du fait que la comtesse l'observait avec curiosité.

Après le souper, lorsque Assin et Flavio pénétrèrent dans un salon tendu de soie dorée aux motifs floraux, dont le ton chaud était encore avivé par l'éclat des chandelles des lustres, la marquise s'y trouvait déjà installée. Elle était assise dans un fauteuil, face à une véritable cour de *nobiluomini,* paradant tous comme des coqs devant cette Française autour de laquelle planait une légère aura de mystère. Comment se faisait-il qu'une riche veuve, somme toute encore parée des charmes de la jeunesse, et ayant conservé intacte toute sa grâce, n'ait pas trouvé un homme de bien pour l'aider à élever ses trois enfants ? Les femmes l'observaient, certaines à la dérobée, d'autres sans contrainte, tentant de détecter quelque défaut de peau, une trace de vieillissement, une tare mal cachée. En vain. Madame d'Urfé, à trente-sept ans, offrait à ses hôtes vénitiens le spectacle d'une beauté épanouie et sans équivoque. Blonde, le teint clair, les yeux bleus, elle avait un visage d'un ovale parfait, le nez un peu fort, la bouche petite mais sensuelle. Vêtue à la dernière mode de Paris, elle montrait une gorge parfaite, des épaules menues mais rondes. Sa voix était douce mais bien posée, sa conversation agréable. Bref, de quoi faire enrager certaines femmes, et donner toutes les audaces à leurs époux.

Tel n'était pas l'objectif de Flavio Foscarini, qui se contenta d'admirer, en tout bien tout honneur, la marquise.

— Comment la trouves-tu ? demanda-t-il tout bas à Assin.

— Ravissante. Sa manière de déployer son charme sans presque rien faire est fort habile. Ce qui me fait penser qu'elle joue la comédie. Regarde-la. Elle sourit par habitude et a l'air absente. J'ai la nette impression que ces mondanités l'indiffèrent au plus haut point.

— Oh oh ! Une aventurière déguisée ?

— On la prétend alchimiste et cabaliste.

— Ce qui expliquerait sa venue dans notre cité, où l'on trouve toutes sortes d'illuminés. Peut-être as-tu raison. Comme toujours, mon aimée ! dit-il, en riant et lui baisant une main avec fougue.

Sur ces entrefaites, la comtesse Contarini dal Zaffo était entrée dans le salon, échangeant quelques mots avec deux *nobildonne* qui l'accompagnaient. Lucrezia aperçut Flavio et Assin, et vint à leur rencontre.

— Chers amis, comme c'est gentil à vous.

— Tout le plaisir est pour nous, Donna Lucrezia, dit Flavio, s'inclinant pour faire le baise-main. Anna s'inquiétait de votre santé.

— S'il est quelque chose que je puisse faire pour vous, Donna Lucrezia, ajouta Assin, ce sera avec joie.

La comtesse les regarda avec un sourire affectueux.

— Que de gentillesse autour de moi ce soir... Cher Flavio, vous savez le choc que je viens d'éprouver. Je crois qu'il vaut mieux à présent oublier tout cela.

Flavio ne put s'empêcher d'être surpris par le changement de ton de son interlocutrice.

— Je pensais que vous souhaitiez découvrir...

— Et que pourrais-je bien apprendre ? fit la comtesse en le coupant. Il ne s'agit même pas d'une parente, puisque cela touche forcément la famille de mon mari. Mieux vaut prier pour l'âme de cette malheureuse et songer aux vivants. Ne croyez-vous pas, chère Anna ?

Celle-ci acquiesça, tout en remarquant le léger tremblement qui agitait les lèvres de la comtesse, preuve s'il en fallait de sa nervosité, et du fait que ses paroles contredisaient sa pensée. Il aurait été malséant d'insister. Assin et Flavio complimentèrent Lucrezia pour la beauté de cette réception et, après avoir vainement tenté d'approcher la marquise de La Rochefoucauld, décidément trop sollicitée, le couple passa de pièce en pièce, afin de savourer la belle atmosphère automnale évoquée à travers le palais, jusqu'au moment où, d'un accord commun, tous deux décidèrent de rentrer chez eux.

Riccardo attendait patiemment, amarré à une *bricola*, et les apercevant, à la porte d'eau, vint les y chercher. Protégés par le *felze* du froid humide qui tombait, Assin et Flavio, serrés l'un contre l'autre, regardaient défiler dans la pénombre les façades des palais du Grand Canal. Ils doublèrent l'ombre majestueuse de la Salute sur leur droite, puis parvinrent en vue du bassin de San Marco. Ils étaient tout proches du palais Ducal. Riccardo progressait avec rapidité, car à cette heure tardive, on comptait peu d'embarcations en vue.

Assin étreignit le bras de Flavio.

— La comtesse cache quelque chose. J'ai bien vu qu'elle tremblait, en nous disant que tout allait pour le mieux.

— J'ai eu la même impression. Et cette étrange manière de se désolidariser de la famille de son mari...

— Curieux. Comme si on lui avait fait la leçon.

— Giorgio, sans doute. Face à la possibilité du scandale, il préfère se méfier de chacun, y compris de ses amis.

— Que comptes-tu faire, Flavio ?

Il la regarda en souriant. Elle se mit à rire. Assin était bien placée pour savoir que son mari, une fois sa curiosité éveillée, ne lâchait pas volontiers sa proie.

5

Le Mage de Prague

Gasparo était revenu plutôt bredouille de ses recherches dans l'amas des registres paroissiaux. A priori, après avoir compulsé plusieurs volumes, il n'avait rien découvert de sensationnel concernant les parents et les ancêtres de l'actuel comte Contarini dal Zaffo. Les femmes étaient mortes à un âge raisonnable, voire plutôt remarquable.

— À moins, bien sûr, qu'une de ces déclarations n'ait été falsifiée, dit Flavio, en tendant à Gasparo une petite corbeille de beignets encore tièdes, qu'Erminia venait de confectionner.

Le feu brûlait dans la cheminée du cabinet de travail de Flavio, les deux chats étaient pelotonnés l'un contre l'autre pour ne pas perdre une miette de chaleur. L'odeur des bûches se mêlait à celle du chocolat chaud et des pâtisseries, voilant un peu celle, assez poussiéreuse, des nombreux livres alignés sur les rayons des bibliothèques, sans oublier le parfum de la cire avec laquelle le mobilier avait été nettoyé.

Gasparo s'étira. À l'évidence, il avait peu ou mal dormi.

— Tes enfants t'ont réveillé, mon pauvre ami? demanda Flavio.

— Le petit dernier. Il fait ses dents.

— Ce qui veut dire que d'ici peu il va devenir plus vorace, et que tu vas devoir travailler encore plus!

Gasparo hocha la tête. C'était vraiment difficile de concilier vie familiale et littéraire. Pour ramener de l'argent à la maison, le jeune homme devait rédiger des documents administratifs, traduire des textes latins et français, au lieu de se consacrer à la poésie, à l'art dramatique, et à un projet de gazette consacrée à la vie de la cité[1]. Il se demandait comment Luisa, son épouse, parvenait à écrire autant, tout en s'occupant si bien de leurs trois enfants.

Flavio but son chocolat, reposa la tasse, et continua son raisonnement.

— Chacun sait qu'il suffit parfois de graisser la patte à un prêtre ou à un tabellion pour modifier un acte.

— Certes. Mais j'ai l'habitude de compulser beaucoup de ces vieux registres, et je n'ai rien vu d'anormal. Ni ajout ni retrait suspects, pas de changement d'encre ou d'écriture. Ce qui tendrait à prouver que la femme emmurée n'était pas une épouse, mais une maîtresse.

— Assassinée par une femme jalouse?

— Pourquoi pas, Flavio? Il y a des femmes capables de tuer. Nous en avons fait l'expérience avec nos amies les Amazones[2]!

— Tu as raison. Mais il aurait fallu qu'elle eût des

1. Gasparo Gozzi créera et animera la *Gazzetta Veneta*, à partir de 1760.

2. Voir *La Vestale de Venise.*

complices dans la demeure. Tu imagines une femme seule capable d'en assommer une autre, le temps de bâtir une cloison de briques, et de l'installer dans un fauteuil, avec une peinture en face d'elle en guise de viatique pour l'au-delà ?

— En effet, c'est impensable. Cette histoire doit en cacher une bien plus importante...

Gasparo prit un beignet, le porta à sa bouche, mais s'arrêta avant que ses lèvres entrouvertes ne lui fassent un sort. Son œil brillait.

— Et s'il s'était agi de masquer une liaison qui ne touchait pas forcément un ancêtre de Giorgio, mais un haut personnage de la République ?

— Tu veux dire que l'on aurait amené cette malheureuse au palais Contarini pour la faire disparaître loin du lieu où on la connaissait ? Le palais Ducal, par exemple ?

— Et pourquoi pas, Flavio ?

— J'ai du mal à y croire. Imaginons qu'un doge ait eu une maîtresse, il n'y a pas là de quoi émouvoir l'opinion publique.

— À moins que la dame n'ait été au courant de secrets mettant en danger le doge lui-même, et de ce fait, le gouvernement de la Sérénissime...

— Alors, il me semble que faire disparaître la femme dans les méandres du palais Ducal, voire dans les profondeurs du canal Orfano, eût été plus simple et plus discret !

Les deux hommes peinaient à imaginer la suite, et ne trouvèrent rien à ajouter. Le regard de Gasparo se porta vers le meuble où Flavio exposait sa collection de curiosités, parmi lesquelles, bien sûr, se trouvaient deux beaux exemples de vanités.

— Ou alors... commença-t-il.

— Quoi donc, Gasparo ?

— Votre cabinet de curiosités me ramène encore à ce tableau qui se trouvait exposé face à la femme. Peut-être est-ce une piste qu'il ne faut pas négliger.

— J'y ai songé, bien sûr, dit Flavio. Je n'ai pu le regarder longuement, comme tu t'en doutes, lorsque la découverte du corps s'est produite. Mais j'ai tout de même constaté que cette peinture évoquait en moi le style de Carpaccio, en tout cas d'un peintre vénitien de la même époque.

— Une œuvre inconnue du maître, peut-être ?

— Je n'irais pas jusqu'à l'affirmer. Un air de famille, c'est certain, avec les œuvres que nous connaissons de Carpaccio. Il faudra que je demande à Giorgio de me montrer la toile plus tranquillement.

La scène si étrange de cette femme morte dans un fauteuil, face à une vanité, dans les ténèbres où filtrait juste un rai de lumière, le tout dans une pièce murée, ne cessait d'enflammer l'imagination des deux amis. Qui était donc cette inconnue, et qu'avait-elle bien pu faire de si terrible pour mériter un tel châtiment ?

La gondole s'immobilisa en douceur le long d'un quai du rio Marin, une silhouette portant *tabarro* et un tricorne agrémenté d'une voilette masquant en partie le visage en descendit, aidée par le gondolier qui demeura auprès de l'embarcation. Lucrezia Contarini dal Zaffo tenait à ce que sa visite à Madame d'Urfé demeurât discrète. Elle actionna le marteau placé sur la porte du palais, et un valet vint presque aussitôt lui ouvrir. Tout en le suivant dans l'escalier de pierre, Lucrezia entrevit le jardin, d'où se détachaient les taches rouges-orangées des fruits de plusieurs grenadiers, et le petit temple à colonnes de marbre qui en était l'ornement. Mais déjà, en haut des marches, sortant du *portego*, Madame d'Urfé venait à elle les bras tendus.

— Chère amie ! Chère Lucrezia ! dit-elle en l'étreignant. Me permettez-vous d'user de votre prénom, ainsi qu'il sied entre deux amies ?

Comment la comtesse aurait-elle pu refuser, devant une preuve si spontanée d'affection ?

— Mais... avec joie, s'entendit-elle répondre.

— Alors, faites-moi le plaisir de m'appeler Jeanne.

Déjà, Madame d'Urfé l'entraînait à travers le *portego*, quelque peu sinistre, avec ses parois boisées, vierges de tableaux, pour la faire pénétrer dans un petit salon dont les fenêtres donnaient sur le jardin. La pièce laissait entrer le doux soleil d'automne, et un bon feu qui brûlait dans l'âtre achevait de donner une sensation accueillante.

— Nous serons mieux ici pour causer, dit Madame d'Urfé.

De la main, elle lui indiqua un fauteuil. La comtesse, après avoir enlevé sa cape, s'y installa, remonta sa voilette, découvrant un visage tendu, malgré les fards. Le salon était agréablement meublé et décoré, il y faisait chaud. Lucrezia soupira, puis tenta de sourire à sa nouvelle amie, qui l'observait de ses yeux bleus que l'on aurait pu croire candides.

— Détendez-vous, ma chère, dit Madame d'Urfé. Je sens que vous avez été durement éprouvée, vos yeux me l'ont dit dès que je vous ai rencontrée.

— Vous êtes donc clairvoyante ? fit Lucrezia, troublée.

— Je me pique de savoir lire au-delà de ce que disent les paroles.

— C'est là un don bien singulier, Jeanne. Il ne me plaît point trop d'évoquer ce qui me tourmente. Mais je puis vous rassurer en vous disant que cela ne touche que le passé de la famille de mon époux.

À ces mots, les pupilles de la marquise s'étrécirent subitement, à la manière de celles des chats, lorsqu'ils s'apprêtent à bondir sur leur proie. Mais Madame d'Urfé était trop subtile pour franchir d'un bond la limite de ce qui aurait été une indiscrétion. Elle se contenta de hocher la tête, et de sourire à sa visiteuse, avec l'air ému de celle qui compatit.

Cette pause dans la conversation laissa le temps à Lucrezia de reprendre empire sur elle-même. Elle sourit à son tour à son hôtesse, puis lui posa une ou deux questions que l'on fait en général aux visiteurs de la Sérénissime. Si elle en appréciait l'atmosphère, la splendeur des églises et des palais... Si elle sentait qu'elle allait s'y plaire... Madame d'Urfé répondait avec enthousiasme, semblant prendre grand intérêt à cet échange frivole, mais son regard se portait ailleurs, dans le fond de la pièce. Après un instant, Lucrezia ne sut plus que dire. Le salon était bien chauffé, alors pourquoi ressentait-elle soudain un tel froid ? Et voilà que Madame d'Urfé se taisait à présent. La comtesse Contarini se sentit prise d'un vertige. C'était comme si la pièce se mettait à tournoyer autour d'elle. Sentant qu'elle allait tomber, elle s'agrippa aux bras du fauteuil, tentant de respirer avec plus de calme.

C'est alors qu'elle devina une présence. Quelqu'un l'observait à son insu. Serait-elle tombée dans quelque piège ? Lucrezia se retourna, et son sang se glaça dans ses veines. Dans un recoin sombre du petit salon, assis sur un siège en bois, elle devinait la silhouette d'un homme dont elle ne pouvait qu'imaginer les traits. Lui, en revanche, contemplait avec avidité son visage. S'appuyant sur ses mains, il avança un peu son buste, qui entra ainsi dans la lumière, et la comtesse vit alors l'inconnu. Il était très brun, portait ses cheveux noirs et lisses un peu longs, sans perruque, et sa face maigre de christ médiéval était illuminée par les plus extraordinaires yeux verts qu'elle eût jamais vus. L'ombre d'une moustache et une petite barbiche complétaient le tableau, conférant à sa physionomie un étrange mélange d'ascétisme et de sensualité. Cet homme était en même temps fascinant et pour le moins inquiétant, et sa singulière beauté, songea Lucrezia, semblait faire de lui un envoyé de l'autre monde.

L'homme se leva avec lenteur. Il était assez grand et mince, vêtu d'un habit noir, d'une sobre élégance. Tandis que Madame d'Urfé, toujours silencieuse, observait la scène, il vint à la rencontre de Lucrezia Contarini dal Zaffo, toujours pétrifiée sur son fauteuil, et s'inclina devant elle. La comtesse attendait qu'il se mît à parler, espérant au moins l'aide de la marquise, mais celle-ci ne bougeait point. Alors le Mage de Prague, puisque c'était lui, s'exprima, d'une voix grave et bien timbrée, dans un italien assez recherché, aux tournures curieuses ou maladroites montrant qu'il ne maîtrisait pas tout à fait la langue, son accent trahissant, mais de manière fort séduisante aux oreilles de Lucrezia, ses origines de Bohême.

— Honorée comtesse, je vous prie de bien vouloir pardonner la frayeur que j'ai pu vous causer. J'avais demandé à notre hôtesse la permission d'observer votre aimable personne avant que nous fussions présentés, afin de découvrir quel esprit vous accompagnait.

— Un esprit ? articula avec peine Lucrezia.

— Oui, comtesse, un esprit, reprit le Mage. Je puis vous révéler que c'est un être lumineux, habitant de l'air, et qu'il veille sur vous, surtout en ces instants où votre âme a été mise en danger.

— Que voulez-vous dire ?

— La mort est venue rôder près de vous, dame comtesse. Mais elle s'éloigne à présent.

Lucrezia sentit ses tempes palpiter, et pensa qu'elle allait défaillir. Cet homme ne pouvait savoir ce qu'elle venait de vivre.

Madame d'Urfé se leva prestement, et vint la prendre dans ses bras.

— Là ! là ! Ma chère, remettez-vous. Voulez-vous respirer des sels, ou peut-être boire un verre d'eau fraîche ?

Lucrezia fit non de la main, respira aussi profondément qu'elle le pouvait en dépit du corset qui entravait les mouvements de sa poitrine. Elle reprenait possession d'elle-même. Pendant ce temps, le Mage n'avait cessé de la dévisager, échangeant un ou deux brefs regards avec Madame d'Urfé.

— Chère Lucrezia, dit-elle alors, j'espère que vous me pardonnerez d'avoir pris cette liberté. Le Mage aime à savoir quel bon génie nous entoure, et pour cela, il importe qu'il nous aborde sans avoir été présenté. Le croirez-vous ? C'est aussi un esprit de l'air qui m'accompagne. La vision du Mage est infaillible. C'est un *ipsissimus*, savez-vous ?

— *Ipsissimus* ?

— Un être de lumière, parfait, ayant atteint le plus haut degré de la sagesse.

Lucrezia se contenta de hocher la tête. Le Mage, pour sa part, ne dit rien. Puis il s'approcha de la comtesse, et prit une de ses mains dans les siennes. À son contact, Lucrezia ressentit un fourmillement étrange, comme s'il lui communiquait une mystérieuse énergie qui se déversait en elle par ce simple contact. La sensation était loin d'être déplaisante, et la comtesse pensa soudain, malgré sa grande honte, qu'il ne ferait pas bon tomber amoureuse d'un tel homme, car elle serait absolument incapable de lui refuser quoi que ce fût.

Le Mage passait l'un de ses doigts sur la paume ouverte.

— L'ange de la mort s'éloigne, je le confirme, mais il faut vous rapprocher de votre génie de l'air pour conjurer le péril. Avez-vous déjà entendu parler des sylphes, dame comtesse ?

Lucrezia sourit faiblement. Le Mage lâcha sa main et recula à distance respectueuse.

— J'ai lu le conte[1] de Monsieur Crébillon, là s'arrête ma connaissance du sujet.

— C'est un début, même si cet auteur français considère plutôt l'aspect libertin de la communication avec les esprits. Oubliez cela. La chasteté importe avant tout dans nos rapports avec les esprits élémentaires.

— Les sylphes existeraient-ils donc ?

— Bien sûr, honorée comtesse. Ils sont les génies de l'air. Un peu ce que sont les anges, mais plus près

1. *Le Sylphe (1730).*

de nous. D'ailleurs, ils ont un visage humain. Ils souhaitent ainsi se rapprocher de notre domaine, car leur commerce avec les hommes leur assure l'immortalité, qu'ils recherchent à notre image.

— Tout cela me semble bien compliqué à entendre.

— Ah ! Dame comtesse, je ne puis vous enseigner les arcanes de la cabale en un instant. Sachez cependant que cette science peut vous apporter la paix de l'âme, qu'il me semble, vous avez perdue.

Lucrezia se cabra soudain. Elle eut une fois encore la terrible impression que le Mage lisait en elle comme sur les pages d'un livre ouvert. Ce trouble n'échappa pas à Madame d'Urfé.

— Le Mage est venu à Venise à ma demande, reprit cette dernière. Il connaît mes recherches, et tout comme moi, il pense que la cité de Venise est le lieu par excellence où se conjuguent les influences occultes.

— De quelle manière ? demanda naïvement la comtesse.

— Venise est l'endroit du monde où les quatre éléments s'épousent de la manière la plus intime, dit le Mage. C'est ici que les esprits de l'eau, du ciel, de la terre et du feu surgissent et se mêlent en une ronde sans fin.

— Et nous voulons entrer dans la danse, chère Lucrezia, et y inviter tous les êtres éclairés, comme vous, qui vivent dans cette illustre cité.

À présent, la marquise et le Mage s'étaient assis vis-à-vis de la comtesse. Une femme de chambre entra dans le petit salon, et déposa sur une table des tasses remplies d'un café fumant, ainsi que des fruits confits et des biscuits confectionnés sur l'île de Burano.

Madame d'Urfé joua les hôtesses parfaites. C'était comme si, tout d'un coup, l'intermède mystérieux n'avait jamais eu lieu.

Le café et les douceurs rendirent un peu de couleur aux joues pâles de la comtesse. La marquise lui posait des questions sur la vie quotidienne à Venise, et s'émerveillait de ses réponses. Elle ne tarissait pas d'éloges quant à la beauté des palais, la luminosité du ciel, la gentillesse des habitants. Le Mage se contentait d'écouter, mais était-il vraiment attentif, ou son esprit vagabondait-il ailleurs ? Comme il était difficile de savoir quelles émotions se cachaient derrière ses yeux verts... Si tant est qu'il ait pu en éprouver !

Soudain, sans en avoir l'air, après avoir mis Lucrezia en confiance, Madame d'Urfé revint au sujet qui la préoccupait. Le Mage allait s'installer pour quelque temps à Venise, et son entourage devait bientôt l'y rejoindre. À cet effet, elle s'était mise en quête d'un palais tranquille où cet être magnifique pourrait méditer dans le calme. On lui avait recommandé une demeure actuellement inoccupée, près de la Madonna dell'Orto, la Ca' Mastelli.

— Le palais du Chameau ? dit Lucrezia, avec surprise

— Est-ce ainsi qu'on le nomme ? répondit Jeanne d'Urfé.

— Si vous ne l'avez jamais vu, vous ne pouvez en effet savoir... Il s'agit d'une vieille demeure construite jadis par de riches marchands orientaux. La décoration extérieure tranche sur celle de tous les autres palais vénitiens. Si le second *piano nobile* affiche les baies gothiques tréflées traditionnelles, le premier en dénote l'origine byzantine, et on y voit un curieux bas-relief représentant un chameau, chargé de marchandises, guidé par un marchand enturbanné. On distingue aussi une grosse colonne ornée de trophées, ainsi qu'une fontaine, placée à hauteur de l'eau, destinée aux bateliers qui passent sur le rio della Madonna dell'Orto. Les frères Mastelli venaient du Péloponnèse. Ils faisaient commerce de soieries et d'épices. D'ailleurs, ils se sont fait représenter statufiés contre les murs du palais donnant sur la rue. C'est très étrange, ces trois personnages, et leur serviteur, dont les effigies de pierre semblent surgir des façades.

— Mais comment savez-vous tout cela, Lucrezia ?

— La famille de mon époux possède, non loin de là, vers la Misericordia, un tout petit palais. C'est presque une villa, comme nous, les Vénitiens, en possédons aussi sur la terre ferme. La Ca' Contarini dal Zaffo est très modeste, mais elle possède un merveilleux jardin, qui s'achève au bord de la lagune. De là, on y a une très belle vue sur le petit monastère de San Michele in Isola, ainsi que sur l'île de Murano, où travaillent nos maîtres verriers. Il y a aussi, tout au bout du jardin, cet édifice que l'on nomme depuis longtemps à Venise Casin dei Spiriti[1], le Casino des Esprits.

En entendant ce nom, le Mage releva le visage, et Madame d'Urfé redoubla d'attention.

— Casino des Esprits ? De quels esprits s'agit-il donc, ma chère ?

— Les beaux esprits, ceux que Venise s'enorgueillissait

1. C'est le nom en dialecte vénitien ; en italien, on dit Casino degli Spiriti.

de compter parmi son élite, à la Renaissance. Certains se réunissaient dans ce *ridotto,* ou casino : ce sont des noms dont nous usons ici pour désigner une petite maison, un pavillon, ou même un appartement, conçus pour recevoir des amis, y jouer aux cartes, s'adonner aux plaisirs de la conversation, dans un cadre plus intime que celui des vastes demeures qui longent le Grand Canal...

— L'on affirme à Paris que la noblesse vénitienne aime à s'y donner des rendez-vous galants, me suis-je laissé dire, continua Madame d'Urfé.

Lucrezia sourit un peu. Il était difficile de prétendre le contraire. Si elle-même s'était toujours abstenue de fréquenter les *ridotti* dont les propriétaires se rendaient complices de certains agissements peu conformes avec la morale, elle n'était pas naïve au point d'ignorer pourquoi certaines de ses amies y fréquentaient, accompagnées de leur sigisbée, avec ou sans l'accord de leur mari.

— C'est parfois le cas, répondit-elle. Lorsqu'un de nos plus fameux écrivains, Pietro Aretino, avec l'exceptionnel architecte Sansovino, et ces immenses peintres que furent Titien, Giorgione, Véronèse, se réunissaient au Casino des Esprits, vous imaginez que c'était avant tout pour des joutes oratoires, intellectuelles et artistiques. Même si ces messieurs y recevaient aussi leurs bonnes amies ainsi que des courtisanes, ajouta Lucrezia avec l'ombre d'un sourire.

— Eh ! Ma chère, comment se passer de la compagnie des femmes ! Nous sommes la principale source d'inspiration des hommes, il ne faut pas l'oublier. Mais dites-moi, Lucrezia, qu'est devenu ce *ridotto* ?

— Nous l'ouvrons parfois, à l'occasion de fêtes.

C'est assez rare. Les Vénitiens sont très casaniers, et pour les nobles familles qui vivent à proximité du Grand Canal, se rendre au nord de Cannaregio est considéré comme une expédition. Un véritable voyage ! Alors que ce sestier ne se trouve qu'à quelques dizaines de minutes de la Piazza, par la voie des eaux.

— Comme c'est amusant. Alors que nous autres, Parisiens, nous rendons si facilement à Versailles...

— C'est ainsi, et c'est bien dommage, car le jardin est à lui seul un véritable enchantement.

— Dites-moi, Lucrezia, je me permets de vous en parler, car je sais la délicatesse de notre ami le Mage, mais je songeais que ce casino aurait pu fournir l'écrin idéal à des expériences spirituelles qui, je le crois sincèrement, pourraient passionner vos amis vénitiens.

Lucrezia regarda le Mage, qui demeurait impavide et silencieux, tandis que Madame d'Urfé attendait une réponse.

— En effet. Le lieu est tranquille, le jardin propice à la méditation. Il faudrait que j'en touche un mot à mon époux.

— Je suis certaine que vous trouverez les mots justes.

— Que dois-je lui dire, exactement ?

Madame d'Urfé, qui se trouvait déjà à Venise au moment du tremblement de terre, et était au courant des divers épisodes macabres survenus à cette occasion, dans les cimetières, ainsi que dans la basilique San Zanipolo, sut en tirer profit dans sa réponse.

— Eh bien, je pense qu'il faut expliquer au comte Contarini dal Zaffo que le Mage de Prague trouvera les mots, lors de cette réunion, pour rassurer les Vénitiens à propos de ces manifestations des défunts que l'on a pu observer dernièrement dans Venise. Grâce à ses guides spirituels, il saura apaiser les esprits des morts et ramener la sérénité au sein de la cité. J'ajoute en outre que la troupe d'artistes pragois qui accompagne le Mage donnera à l'événement une haute tenue. Qu'en pensez-vous ?

— Que c'est certainement une merveilleuse manière de décider mon mari.

La comtesse sourit, comme si un poids venait de lui être ôté de la poitrine. Alors il ne s'agissait que de cela : trouver le théâtre adéquat pour y présenter un spectacle ? Au fond d'elle-même, elle crut bien sincèrement que ces deux êtres, en l'associant à leur beau projet, allaient lui permettre de chasser de son cœur l'angoisse que la découverte de la femme emmurée y avait déposée.

Si elle avait mieux observé l'échange des regards entre Madame d'Urfé et le Mage de Prague, elle eût peut-être compris que les choses allaient se passer tout autrement, et qu'elle venait de mettre la main dans un dangereux engrenage qui pourrait bien la broyer tout entière.

Dès qu'elle fut rentrée à la Ca' Contarini alla Carità, Lucrezia, très agitée à la suite de sa visite, attendit le retour de son époux pour évoquer sa rencontre avec Madame d'Urfé. Elle n'insista pas sur les éléments personnels qui l'avaient bouleversée, ni sur l'aspect mystérieux de l'étrange personnage dont elle avait fait la connaissance. Lucrezia s'interrogeait sur la signification des révélations faites par le Mage. Jusqu'à présent, elle pensait avoir mené la vie d'une bonne chrétienne, même si elle ne s'était jamais posé la question de savoir si sa foi était authentique, ou simplement le fruit rassurant d'une longue habitude de piété. Était-il possible, alors, qu'il existât, en dehors de Dieu et de ses saints, un univers peuplé de créatures éthérées, proches de l'homme, mais évoluant dans le monde invisible ? Elle était bien perturbée, surtout après ces semaines d'angoisse qui s'étaient achevées par l'affreuse découverte, dans sa chambre...

Prenant sur elle-même, Lucrezia peignit son après-midi sous des couleurs aimables, omettant ce qui aurait pu inquiéter Giorgio, L'important était de faire passer le message d'apaisement apporté par le Mage de Prague, dont la comtesse brossa un portrait intrigant.

— Voilà un singulier personnage ! dit le comte.

— Je suis certaine qu'il vous intéressera, répondit Lucrezia, ainsi que la plupart de nos amis. Le Mage se propose de familiariser le public vénitien avec les mystères venus du passé de sa ville. Pour ce faire, il lui faudrait un lieu qui permette de rassembler un public choisi. J'ai songé au Casin dei Spiriti. Nous ne l'ouvrons guère souvent.

— C'est vrai. Notre *ridotto* de San Beneto[1] est plus commode, plus accessible.

— Qu'en pensez-vous, Giorgio ?

— Pourquoi pas, après tout... À cette période de l'année, sans la bousculade du carnaval, ce divertissement d'un genre original pourrait être une diversion qui changera un peu du théâtre, de l'opéra et des *ridotti.*

1. Casino Contarini, sur le Grand Canal, attaché au palais Contarini, à San Beneto (San Benedetto).

Giorgio Contarini dal Zaffo regarda sa femme d'un air un peu préoccupé.

— Ma chère, êtes-vous sûre que ce divertissement fantasmagorique ne va pas vous perturber ? Vous avez été bien secouée, et je ne voudrais pas que ce genre de spectacle puisse nuire à votre équilibre.

— Ne vous tourmentez pas, Giorgio. Je fais confiance à Madame d'Urfé. Je sens en elle une véritable amie.

— La marquise m'a l'air, en effet, d'une femme charmante. Mais vous n'ignorez point qu'elle traîne après elle une étrange réputation.

— Balivernes ! Jeanne est éprise d'absolu, et c'est là le vrai but de ses recherches alchimiques.

— Tout cela est pour moi du latin, répliqua Giorgio. Enfin, je vous fais confiance. Je me réjouis de vous voir reprendre goût à la vie. Je vais donner céans ordre à nos gens de rouvrir et de nettoyer le petit palais de Cannaregio. Si tout cela vous agrée et vous redonne des couleurs et de l'enthousiasme, tant mieux. Rien ne saurait me faire plus plaisir, dit le comte en étreignant son épouse.

— Je vous en suis infiniment reconnaissante, murmura-t-elle.

Les dés étaient jetés.

6

Comme une chape d'ombre

Tandis qu'approchent les derniers jours du mois d'octobre, et que l'automne apporte les premiers frimas, accompagnés par des nappes de brume qui envahissent soudain les canaux pour disparaître un instant plus tard, voici la température qui baisse et, dans les petites maisons et les logis des pauvres gens, cela veut dire qu'il va falloir survivre pendant plusieurs mois en luttant contre le froid et l'humidité. L'humidité surtout... Elle se glisse partout, aggravée par le sel qui mange les murs, imprimant sa marque dans les briques et le crépi comme la lèpre sur un corps humain. L'odeur d'iode se fait plus forte. Celle de moisissure aussi. À Venise, les habitations doivent être sans cesse entretenues, réparées, assainies, aérées, restaurées, sous peine de pourrir, de s'affaisser, puis de se laisser glisser dans la lagune, matrice à la fois nourricière et meurtrière, toujours prête à recueillir en son sein ce qu'elle a enfanté. Il n'est pas rare de voir une maison s'écrouler tout d'un coup dans le canal qui la borde.

Depuis que la terre a tremblé, les Vénitiens pansent les plaies ouvertes dans leurs demeures. Il y avait, en fait, relativement peu de dégâts, et c'est plutôt une frayeur viscérale qui affecte les habitants de la cité des eaux. Ces apparitions sépulcrales, personne ne les a oubliées. Comment le pourrait-on ? Les Vénitiens sont superstitieux. Les statues qui s'écroulent, les cloches qui tombent, les morts surgissant de la terre, le doge précipité au bas de son tombeau et se jetant sur une vieille femme pour l'entraîner avec lui dans l'au-delà : ils sont peu à avoir assisté à ces diverses scènes d'horreur, mais chacun les raconte, sans répit, dans les *bacari*, au marché, dans les ateliers et les échoppes, les tavernes, et à bord des barques, en les enjolivant, en les rejouant, et à la fin, c'est comme une armée de fantômes qui rôde dans une Venise inquiète, et dont les habitants se demandent ce qu'ils ont bien pu faire pour mériter de subir ces manifestations plus terribles les unes que les autres.

Le clergé en profite pour blâmer l'impiété des Vénitiens, leur fièvre de plaisir, qui ont provoqué le courroux divin. Les sermons se font plus sévères, promettant l'enfer à quiconque persistera dans cette mauvaise voie. Il n'est pas rare d'apercevoir, à travers la cité, des processions organisées par certains ordres monacaux, pour demander à Dieu de prendre Venise en pitié. Des silhouettes encapuchonnées de noir ou de blanc, de brun ou de gris, déambulent sur les *campi*, et le long des *calli*, dans tous les sestiers de la cité, par ces matinées fraîches et légèrement brumeuses, qui confirment le changement de saison. Sur leur passage, les hommes se taisent, les femmes se signent, et même les enfants, effrayés par ces sombres silhouettes qui psalmodient, cessent de jouer et éclatent en sanglots. Le malaise est tangible.

Il y a aussi ce moine – mais en est-il vraiment un ? – qui apostrophe les habitants de la cité, que ce soit au Rialto, à San Marco, à Santa Margherita, Santa Maria Formosa ou ailleurs, toujours pour leur promettre les affres de l'enfer et la damnation, s'ils ne se repentent pas à temps. Il y a une telle flamme dans son regard, tant de fièvre dans ses paroles, qu'à chacune de ses apparitions les gens restent figés de stupeur, à l'écouter malgré eux. Même les plus mal embouchés restent sans voix. Cet homme surgi de nulle part leur fait peur. Alors les femmes font les cornes avec leurs doigts, tandis que les hommes, se détournant un peu par discrétion, se touchent l'entrejambe d'une main, histoire de conjurer de manière plus radicale le mauvais sort. Mais les imprécations de l'inconnu ajoutent encore au sentiment d'inquiétude qui pèse sur les Vénitiens.

Car ce n'est pas tant la religion qui gagne la partie, face à cette peur qui envahit la cité lagunaire, mais bien les superstitions. Certaines Vénitiennes du peuple, plus que jamais, font des présages d'après le vol ou le cri des oiseaux, placent des amulettes sur la porte de leur logis, et consultent les empiriques ou les sorcières, qui procurent toutes sortes de potions, de plantes et de supposés bons conseils pour écarter le mauvais œil.

Dans les palais du Grand Canal, il en va bien différemment, mais au fond, l'angoisse est la même. Ceux-là auraient plus à perdre que le peuple, à l'évidence, si la ville venait à s'effondrer dans la lagune... Bien sûr, certains esprits forts s'amusent encore des événements des jours passés, comme si ces facéties jouées par des statues, des cloches et des squelettes se rattachaient à l'esprit burlesque et aux variations comiques de la *commedia dell'arte.* D'autres y trouvent pourtant matière à avoir peur et à réfléchir. Venise est née des eaux ; mais viendra fatalement un jour où, longtemps après avoir surgi des ondes, la cité y retournera. Et si cette fin du monde approchait, et que le tremblement de terre, et les manifestations macabres qu'il a entraînées, en étaient un premier avertissement ?

Mahinour tire les cartes, et demande à Assin d'en choisir une. Toutes deux sont assises sur les fauteuils de style rocaille, au milieu du salon oriental de la Ca' Celsi-Donà, dans les appartements où l'épouse de Flavio peut retrouver l'atmosphère de son pays d'origine, la Sorie, quand elle éprouve le besoin de s'isoler, pour lire les poètes, rêver, ou s'adonner aux arts divinatoires. Le bruit du minuscule jet d'eau qui sort de la vasque anime le silence de la pièce. Mahinour réfléchit, abat deux cartes, lève les yeux vers Assin, qui a déjà compris.

— C'est mauvais, n'est-ce pas ?

— Il y a une grande menace qui plane sur la cité. Comme un nuage noir.

— Vois-tu une parade possible ?

La Circassienne recommence à placer ses cartes, à en couvrir une, à en replacer une autre. Assin se penche vers la table où les vénérables tarots aux images colorées se détachent de la surface de nacre, et tend un doigt vers les figures du Diable et du Bateleur.

— Est-ce l'un des deux, l'assassin de cette femme ?

Mahinour hésite, regarde les cartes voisines.

— C'est bizarre, maîtresse. Je vois bien un homme, très puissant, mais ce n'est pas lui qui a tué. Pas encore.

— Qu'est-ce que ça veut dire ? Il y aurait deux meurtriers ?

— Je ne sais pas. Les cartes sont très confuses aujourd'hui.

— Le Diable ou le Bateleur ?

— Il y a deux figures puissantes, maîtresse, l'une est peut-être dans le passé, l'autre semble se mouvoir dans le présent. À moins qu'il ne s'agisse de la même entité.

Au même instant, Flavio, accompagné de Gasparo, vient d'arriver Ca' Celsi-Donà. Tous deux ont fait ensemble une longue promenade dans la cité, pour se rendre compte par eux-mêmes du climat délétère qui a envahi Venise. Le malaise, la tristesse sont tangibles, et l'on entend bien moins de rires, d'interpellations joyeuses, comme si la population craignait d'être entendue, prise en flagrant délit de gaieté, alors que l'heure est à l'inquiétude. À l'intérieur de la basilique de San Zanipolo, les deux hommes ont pu voir que la réparation de la sépulture du doge est déjà bien avancée. À Sant'Andrea della Zirada, les fragments de la statue encombrent encore le chœur de l'église, tandis qu'à San Martino, le sanctuaire le plus proche de la Ca' Celsi-Donà, la cloche ensanglantée repose toujours sur le sol du campanile. Ce qui a le plus frappé les deux hommes, c'est ce qu'ils ont pu voir à Santo Stefano, où le spectacle du cratère bourbeux provoqué par la secousse demeure impressionnant. On a dégagé, en dépit de grosses difficultés, les restes humains surgis du sous-sol, mais la terre continue de temps en temps à vomir des ossements, comme si cette danse macabre ne devait jamais s'interrompre.

À présent, tandis qu'ils montent les escaliers pour se diriger vers le *piano nobile*, les deux hommes commentent ce qu'ils viennent de voir, l'horreur à ciel ouvert de ce *campo santo* recrachant littéralement ses occupants.

— Je ne me souviens pas qu'un tel événement se soit déjà produit, dans le passé, fait Flavio. On pouvait imaginer que tous les morts enterrés dans Venise avaient déjà été exhumés et transportés jusqu'à Sant'Ariano.

— Que voulez-vous, Flavio. Les Vénitiens aiment trop leur cité pour la quitter ! Ce serait un bon thème pour une comédie très noire.

— L'homme de lettres que tu es ne cesse jamais d'imaginer !

— Écrire continuellement, c'est le rôle que je devrai jouer, jusqu'à la dernière scène[1].

— Tu n'en es pas là, mon ami.

— Oh si ! À Venise, l'âme et le cerveau se vendent à meilleur compte que la viande de bœuf et de cochon. Je suis condamné à débiter ma prose pour un prix ridicule, si je veux avoir du temps et les moyens d'écrire aussi les vers qui me tiennent à cœur.

— Cesse de te désoler ainsi. Viens, allons nous réchauffer et nous restaurer.

Flavio entraîna Gasparo dans son cabinet de travail. C'était donc la pièce où il aimait se retirer, pour écrire ou réfléchir. Les murs étaient recouverts de bibliothèques croulant sous les livres ; il y en avait même des tas, un peu partout, posés sur le sol. Plusieurs

1. Cette réplique et la suivante sont vraiment de Gasparo Gozzi.

vitrines et un secrétaire contenaient la collection de curiosités de Flavio : vanités, sceaux et intailles, ossements et bijoux, et un nombre important de minéraux, parmi lesquels se trouvait ce qu'il appelait sa pierre de réflexion : un cristal orangé, de forme arrondie, provenant d'Amérique du Sud, déniché chez un antiquaire de San Giacomo dell'Orio. Quand on tenait cette pierre dans le creux de la main, elle se réchauffait et laissait apparaître, à l'intérieur de sa structure, un fin réseau de veinules noires, semblables au spectre d'une feuille. Quand Flavio avait un problème à résoudre, il aimait s'asseoir près du feu, entouré par ses chats, la pierre en main, et accomplir ce cérémonial qui l'aidait à se concentrer et à trouver la clef de l'énigme qui le préoccupait.

Adriano avait bien fait son office ; un bon feu brûlait dans la cheminée. Gasparo et Flavio s'installèrent dans des fauteuils, à proximité de l'âtre. Francesco et Mafalda, enfouis entre deux coussins, ouvrirent un œil puis se rendormirent. Un moment après, le serviteur entra en silence, portant un plateau avec le café fumant, et quelques friandises. Les deux amis continuèrent à deviser, tout en reprenant des forces. Flavio reposa sa tasse, puis revint au cœur de ses préoccupations.

— C'est étrange, tout de même, cette apparition de la femme emmurée, aussitôt suivie par tous ces morts qui refont surface, si j'ose dire.

— À croire que tous les trépassés de Venise cherchent à se rappeler à notre bon souvenir ! dit Gasparo.

— Pourquoi cette conjonction de divers événements

semblables ? Je n'arrive pas à croire au fruit du hasard, c'est tellement improbable.

— Les caprices de la nature rejoignent ici ceux d'un noble sans cœur.

— Mais pour nous donner à lire quel message, Gasparo ? Regarde notre cité, en proie à la peur et à la superstition, alors que de nombreuses familles y vivent dans une opulence que je juge plutôt indécente. Et puis voici cette Madame d'Urfé qui annonce à grand renfort de boniments les évocations de l'au-delà accomplies par un mage venu de Prague.

— Prague a toujours eu la réputation d'attirer alchimistes et magiciens, que ce soit dans le quartier juif, ou au château du Hradschin, à l'époque de l'empereur Rodolphe II.

— Bien sûr. Il y eut ce fameux rabbin Lœw, un vrai sage, très respecté dans la communauté juive mais aussi par le pouvoir, et qui anima le Golem, une statue de glaise appelée à la vie par une formule magique, et venue en aide au peuple juif de la ville ; puis, plus tard, les deux alchimistes anglais, John Dee et Edward Kelly, dont l'empereur attendait qu'ils produisissent pour lui de l'or.

— Ce qui n'advint pas !

Flavio s'était levé, puis était allé fouiller le long d'une des étagères de sa bibliothèque. Il en tira un vieil ouvrage qu'il montra à Gasparo, puis revint s'asseoir.

— Néanmoins, il existe une tradition d'occultisme très vive dans cette ville, dit-il, et elle semble ne point s'être éteinte. Je me demande aussi pourquoi cette marquise, qui se pique d'être alchimiste, a convoqué le Mage pragois à Venise, et non à Paris ?

— Peut-être n'y est-elle plus en odeur de sainteté ?

Il semble qu'elle traîne un parfum de scandale après elle. Et sans doute a-t-elle flairé une bonne affaire dans notre cité. Quelle impression vous a faite cette Madame d'Urfé, Flavio ?

— Mon Dieu, c'est une fort jolie femme, plutôt discrète et presque modeste dans sa blondeur diaphane. Mais peut-être le feu se cache-t-il sous la glace de ses yeux bleus ?

— Ce ne serait pas la première fois ! Vous pensez qu'elle joue un double jeu ?

— En tout cas, elle s'est fait aussitôt une amie de Lucrezia Contarini dal Zaffo, ce qui me surprend un peu, la comtesse n'étant pas une femme impulsive, et la marquise s'est aussitôt attiré, par son entremise, le patronage de Giorgio. Madame d'Urfé s'improvise directrice de scène, et grâce à elle, le Mage de Prague va bientôt donner des représentations de son théâtre nécromancien au Casino des Esprits. Tout un programme. Ce ne sont pourtant pas les divertissements qui manquent à Venise !

— Ni les auteurs ou les compositeurs. Nul doute que la fine fleur du théâtre et de l'opéra vénitiens va faire grise mine devant cette compétition inattendue.

— C'est possible, Gasparo. Mais je pense que le spectacle que l'on nous annonce touche une corde sensible, à la suite de tous les événements étranges qui ont affecté la ville. Les Vénitiens vont s'y précipiter, du moins ceux qui seront invités.

— Moi, j'aimerais bien assister à cette représentation.

— Assin et moi avions l'intention de vous y emmener, Luisa et toi.

— Ah ! Merci Flavio. À condition que ma mère accepte de prendre soin des enfants, dit Gasparo, penaud. Vous savez que nous ne pouvons nous permettre une nourrice.

— Ne t'inquiète pas. Je demanderai à Assin de vous envoyer une personne de confiance, ce soir-là.

— C'est vraiment gentil à vous, Flavio. Je ne sais comment ma chère Luisa va réagir à cette réunion ; elle est persuadée qu'il s'agit d'une soirée consacrée à la poésie.

— Ah ! bien sûr, la tradition littéraire du Casino des Esprits !

— On dit que le doge, lui-même poète à ses heures, honorera l'événement de sa présence.

— Je suis vraiment curieux de voir comment les choses tourneront.

Tous deux se regardèrent. Gasparo semblait consterné. Flavio ne put s'empêcher de sourire, puis tous deux furent secoués par un fou rire incoercible. C'est le moment que choisit Assin pour passer la tête dans l'entrebâillement de la porte.

— Il y a au moins deux hommes qui rient dans Venise !

Gasparo se leva et vint lui baiser une main qu'il conserva ensuite dans les siennes. Le jeune écrivain éprouvait toujours le besoin de montrer l'admiration sans bornes et la vive affection qu'il ressentait pour l'épouse de Flavio, qui l'appréciait beaucoup.

— Et avec un sourire comme le vôtre, chère Assin, la République est sauvée d'avance du marasme.

— Quel flatteur tu fais, Gasparo ! répliqua-t-elle, tandis qu'elle venait s'asseoir elle aussi près de la cheminée.

— Nous étions en pleine évocation poétique, dit Flavio.

— Vous m'avez surtout l'air de deux conspirateurs se préparant à de nouvelles enquêtes.

— On ne peut rien te cacher !

— Dangereuses, de préférence.

Flavio leva les yeux au ciel. Gasparo triturait une aile de sa perruque. Assin fit mine d'être fâchée, juste pour la forme, de voir son mari se lancer dans une aventure qui pouvait s'avérer périlleuse, mais en réalité le mystère excitait sa curiosité. Flavio raconta à son épouse leur marche à travers la cité, et parla de la soirée qui s'annonçait au Casino des Esprits. On allait donc voir ce Mage et assister à ses évocations. Tandis qu'il parlait, Flavio vit soudain Assin se troubler.

— Le Bateleur !

— Que veux-tu dire ?

— Avec Mahinour, nous étions en train d'interroger les tarots, pour tenter de savoir qui avait assassiné la femme de la Ca' Contarini. Deux cartes revenaient sans cesse : le Diable, et le Bateleur. Comme s'il y avait deux coupables. Mais Mahinour a vu les choses autrement : le Diable, c'est sans doute le passé, et le meurtre de la femme blonde ; le Bateleur, c'est le personnage maléfique et très habile qu'il faut craindre dans le présent.

— Et ce serait le Mage de Prague ? interrogea Gasparo.

— Je ne puis le dire. Peut-être est-ce tout simplement ainsi qu'apparaît le tremblement de terre dans les cartes : comme une créature très puissante qui se joue des humains.

— Si cela se trouve, conclut Flavio pour calmer les

esprits, peut-être allons-nous assister à un divertissement charmant dont nous reviendrons enchantés.

Gasparo le regarda sans rien dire. Que penser ? Tous trois se turent. Il allait falloir attendre cette soirée pour se faire une idée.

Les choses étaient allées très vite, après l'assentiment du comte Giorgio. Plusieurs domestiques s'étaient rendus jusqu'à la petite Ca' Contarini dal Zaffo, à la Misericordia, pour nettoyer, frotter, chasser toiles d'araignées et souris, faire briller l'intérieur du palais et du pavillon, tandis que les jardiniers taillaient hautes herbes et buissons sauvages dans le vaste jardin. Puis un jeu de clefs avait été remis à Madame d'Urfé, qui se portait garante pour le Mage de Prague, dont personne, pas même la marquise, ne semblait connaître le nom exact.

Le mystérieux personnage s'était installé dans la Ca' Mastelli, où l'avaient rejoint les deux personnes composant son entourage très restreint. Plusieurs voitures à chevaux, lourdement chargées, étaient arrivées à Fusina, en provenance de Prague. De là, caisses et malles avaient été acheminées jusqu'à Cannaregio, rio della Madonna dell'Orto, sur une *peata* à voiles, tandis que les voyageurs arrivaient à bord d'un *puparin*, plus rapide et confortable. Les rares passants et curieux qui se trouvaient ce matin-là sur le campo dei Mori virent débarquer deux *nobildonne*, ainsi qu'un certain nombre d'hommes, sans doute des valets et des assistants du Mage. Aucun d'entre eux ne semblait désirer engager la conversation, et les gens du voisinage en furent pour leurs frais. Ils n'aimaient pas s'attarder près de cette Ca' Mastelli, abandonnée jusqu'à ces derniers temps, et à propos de laquelle circulaient les plus étranges histoires. On la disait hantée, et l'on racontait que, la nuit, dans le silence qui régnait dans cette partie très tranquille de Cannaregio, on entendait des sonnettes s'agiter dans le palais. Puis c'était le bruit caractéristique de pièces d'or tombant dans des seaux de bois. C'est du moins ce que rapportait la rumeur publique. Qui donc, dans ce quartier modeste, surtout peuplé de pauvres gens, avait l'habitude d'égrener des sequins ? Pourquoi disait-on que ces pièces remplissaient des baquets ? Le choix de ce mot montrait surtout la jalousie qu'avait dû éprouver jadis le voisinage envers la fortune faite par les trois frères Rioba, Sandi et Afani, venus de Morée[1], et dont le nom de famille, à l'évidence italianisé, évoquait le récipient en question[2].

Le Mage et son entourage prirent donc possession des lieux, avec ou sans fantômes. Il est plus probable qu'ils amenaient les leurs. Rien ne transparut, en tout cas. Les nouveaux occupants se faisaient très discrets. Tout juste aperçut-on une ou deux fois, au balcon gothique du *piano nobile*, deux très belles femmes s'accouder à la balustrade et contempler la Madonna dell'Orto, les barques et les gondoles qui passaient sur le rio, et le petit peuple déambulant sur la *fondamenta*. Le cénacle s'était installé et prenait ses habitudes. L'on vit des domestiques se rendre au marché du Rialto, mais aussi dans certains commerces proches du palais du Chameau. Ils parlaient très peu, mais payaient rubis sur l'ongle. Que répliquer à cela ?

1. L'actuel Péloponnèse.
2. Mastello (plur. mastelli) signifie baquet.

Dans les jours qui suivirent l'arrivée des voyageurs de Bohême, le Mage, accompagné de plusieurs de ses serviteurs, se rendit à la Ca' Contarini dal Zaffo, qui ne se trouvait qu'à quelques centaines de mètres de la Ca' Mastelli. Il y retrouva Madame d'Urfé, avec qui il eut une conversation. La marquise tenait à savoir si l'homme à qui elle avait fait ouvrir les portes de la bonne société vénitienne avait tout ce qui lui était nécessaire. Satisfaite des réponses qu'elle obtint, elle monta à bord de sa gondole et s'en fut, laissant le Mage à ses préparatifs. Il ne fallait pas perdre de temps : la fameuse séance devait avoir lieu dans les jours à venir.

7

Arrivée des esprits

Les Vénitiens n'aiment guère les surprises, et tiennent à leurs habitudes. L'ordonnancement des soirées, soupers et bals était toujours le même, dans les fêtes privées de la Sérénissime. Autant dire que, pendant les quelques jours qui précédèrent le spectacle organisé par Madame d'Urfé et le Mage de Prague, les langues allèrent bon train, dans les demeures du Grand Canal, les boutiques de café de la Piazza, les *ridotti,* et jusque dans les couloirs – fort nombreux – du palais Ducal. On ne parlait que de cela, de préférence pour dénigrer l'événement, puisqu'il n'était pas possible de savoir de quoi il s'agissait exactement. Celles et ceux qui avaient été conviés par Madame d'Urfé faisaient des gorges chaudes. Les autres rageaient d'être tenus à l'écart. Les *nobildonne* se demandaient, entre elles, comment s'habiller pour une telle mascarade. Car c'était probablement de cela qu'il s'agissait, n'est-ce pas ? En y songeant, leurs époux envisageaient déjà quelque chose de licencieux, et se demandaient comment ils allaient pouvoir se divertir sans trop donner l'alarme à leur femme.

Cela étant dit, il y avait en somme très peu de

laissés-pour-compte parmi la noblesse, à part quelques malheureux *barnabotti*[1], et la marquise pouvait se vanter d'avoir invité tout ce que Venise comptait de noms célèbres, y compris le doge. Pietro Grimani, en poète et ami des arts, se montrait fort curieux d'assister à une soirée originale. Comme l'épouse de Gasparo Gozzi, Luisa Bergalli, le doge Grimani sacrifiait aux rimes dans la poétique Académie de l'Arcadie vénitienne[2]. Luisa y était Irminda Partenide, tandis que Pietro Grimani s'effaçait sous le doux nom d'Armiro Elettreo. Comme Luisa et quelques autres Arcadiens, le doge pensait que le Mage concoctait pour ce soir-là un concile poétique, et se tenait prêt, si on l'y invitait, à déclamer quelques-uns de ses vers.

Le soir tant attendu, le temps était fort heureusement clément. Ç'avait été l'une de ces belles journées d'automne, où la lumière est d'une telle douceur qu'elle semble saupoudrer de bleu, de rose et d'or tout ce qu'elle touche, palais, canaux, églises... Au crépuscule, le ciel s'était embrasé un bref instant, comme sur une fresque de Tiepolo, laissant la place à un ciel étoilé d'où se détachait un beau croissant de lune. Aucune trace de brume, du moins à cet instant.

Assin, quittant son allure orientale et reprenant l'apparence de la comtesse Anna Foscarini, mettait une dernière touche à sa toilette, avec l'aide de

1. Les nobles ruinés habitant près de San Barnaba.

2. L'Accademia dell'Arcadia, fondée à Rome en 1690, et regroupant de nombreux poètes, artistes, écrivains et musiciens, ouvrit une « colonie », la Colonia Animosa, à Venise, en 1698. Carlo Goldoni en fit partie lui aussi, sous le nom de Polisseno Fegejo.

Nilufar. Elle avait choisi de porter une andrienne bleu nuit, dont le tissu, une soierie magnifique, semblait animé par les reflets moirés que provoquait chaque mouvement. La noire chevelure d'Assin était cachée par la perruque poudrée, rehaussée par l'éclat de quelques saphirs. Flavio, pour sa part, vêtu sobrement de noir, avait fait l'effort considérable – pour lui – de porter la perruque à rouleaux. Il attendait son épouse dans l'*androne* et, comme toujours, son cœur battit quand elle descendit l'escalier, parée comme une divinité nocturne. Riccardo devait les conduire en gondole jusqu'au Casino des Esprits ; Flavio avait envoyé Mauro avec la seconde gondole, à San Cassiano, pour y prendre Luisa et Gasparo.

À présent, sous la protection du *felze,* Assin et Flavio échangeaient leurs impressions, en se rendant à cette étrange soirée.

— Nous allons voir de quoi cet homme est capable, dit Flavio. A-t-il un don réel, et va-t-il nous charmer, ou est-ce l'un de ces charlatans comme on en voit à chaque carnaval sur la Piazza ? Ce qui me frappe avant tout, c'est la manière spectaculaire dont cette marquise d'Urfé est parvenue à imposer le Mage à la famille Contarini, et à intéresser toute la noblesse vénitienne à ce personnage.

— Y compris le doge ! Flavio, tu sais mieux que moi à quel point tes concitoyens sont curieux, et blasés de leurs habituels plaisirs. Il suffit d'agiter quelques paillettes d'or pour les voir arriver, fascinés, comme l'alouette devant un reflet de lumière.

— Nous allons bien observer tout notre monde, ce soir. J'ai demandé à Gasparo d'en faire autant. C'est bien le diable si nous ne détectons pas une anomalie.

— Le Diable, dit Assin en frissonnant. Tu vois, il revient encore nous narguer.

Une longue file de gondoles était déjà amarrée le long de la fondamenta della Madonna dell'Orto[1], aux abords de la Ca' Contarini dal Zaffo, dont la façade était éclairée par la lumière dansante de plusieurs torchères. Des couples richement vêtus sortaient des embarcations, puis se dirigeaient vers le petit palais, accueillis par des valets portant la livrée de la famille Contarini. On les dirigeait alors vers l'escalier menant au salon où avait lieu la réception. Assin et Flavio suivirent le mouvement, et bientôt ils parvinrent dans la pièce relativement modeste où les Contarini accueillaient leurs amis. En dépit du feu qui brûlait dans une cheminée, et des nombreux chandeliers qui éclairaient la scène, l'humidité était palpable. Fort heureusement, elle ne semblait pouvoir atteindre le plafond, orné peu de temps auparavant d'une fresque remarquable et spectaculaire de Giambattista Tiepolo[2]. En attendant le déroulement de la fête, Assin et Flavio, qui avaient salué Lucrezia et Giorgio, se dirigeaient vers un buffet où les valets proposaient le vin de *sciampagna*, ainsi que des friandises. La comtesse semblait avoir retrouvé une certaine sérénité, et la curiosité se lisait dans ses yeux. Le comte allait et venait, recevant les représentants de diverses grandes familles vénitiennes. À un angle du salon, Madame

1. Depuis 1889, elle se nomme fondamenta Gasparo Contarini.
2. Sa fresque est dédiée à la gloire de Venise et de la famille Contarini ; elle est toujours visible, dans ce qui est devenu la chapelle d'une institution religieuse.

d'Urfé monopolisait l'attention d'un bon nombre de messieurs. Le spectacle de toutes ces toilettes, de tous ces habits, l'éclat des joyaux, justifiaient déjà à eux seuls le déplacement.

Assin et Flavio étaient en train de boire en observant tous ces membres de la noblesse qui se précipitaient sur le buffet, saisissant à pleines mains fruits confits et biscuits, certains sans même ôter leurs gants, comme s'ils n'avaient rien pris depuis des jours, quand Flavio reçut sur l'épaule droite un petit coup sec donné par un délicat éventail de nacre. Il lui suffit de voir l'éclair de courroux qui passait dans le regard de son épouse pour deviner qui passait ainsi à l'attaque. Avant même de se retourner, il avait reconnu le parfum de fleur d'oranger et d'ambre qu'exhalait la divine Caterina Sagredo Barbarigo. Vingt-cinq ans, brune au teint lumineux et aux yeux sombres, nez long et fin, bouche sensuelle, la comtesse Barbarigo faisait le désespoir des *nobildonne* vénitiennes. Non pas qu'elle fût la plus ravissante de toutes, mais son charme, la grâce qui émanait de sa personne, l'aura de sensualité qui l'accompagnait rendaient les hommes absolument fous. Dès qu'elle pénétrait dans un salon, elle semblait éteindre, par sa seule apparition, la beauté de toutes les autres femmes. Son mari, le *nobiluomo* Gregorio Barbarigo, la couvrait de perles somptueuses, absolument énormes, qu'elle portait en collier autour du cou et en pendants d'oreilles, à tel point qu'on l'avait surnommée « la Barbarigo aux perles ».

Autant dire qu'Assin tolérait mal de voir cette créature divine s'intéresser de trop près à son époux, d'autant plus que ce n'était pas la première fois ! Flavio s'était rapproché d'elle un an plus tôt pour tenter d'obtenir des informations sur une société secrète qui prêchait la sédition dans Venise[1], et la belle, distillant avec parcimonie les renseignements, n'avait pas manqué de faire du charme à Flavio, en guise de monnaie d'échange. Assin savait bien, au fond de son cœur, que celui-ci, même pris par le charme de la dame, ne céderait pas à la tentation. Qu'importe ! Elle ne voulait pas laisser croire à cette aventurière qu'à l'instar de la plupart des *nobildonne* vénitiennes, elle préférait fermer les yeux sur les infidélités de son mari. D'autant plus qu'elle n'avait aucune raison de s'inquiéter, mais cela, la Barbarigo n'avait pas à le savoir !

— Cher Flavio, quel plaisir, dit la comtesse en tendant une main que celui-ci baisa avec dévotion, tandis qu'elle lui décochait un sourire ravageur.

— Toute la joie est pour nous, répondit malicieusement Flavio pour obliger la comtesse à tenir compte de la présence de son épouse, qui inclina légèrement la tête.

— L'on vous rencontre si rarement dans Venise, reprit la Barbarigo. Il faut un événement extraordinaire comme celui-ci.

— Vous savez que nous vivons au fin fond de Castello, dit Assin avec un petit sourire en coin. Le Grand Canal est si loin, et nous sommes si bien chez nous...

Caterina ne releva pas la pique, mais continua d'observer Flavio avec curiosité.

— Alors j'imagine que si vous êtes présents ici ce soir, c'est que vous pressentez un mystère.

— Qui sait, chère Caterina ? L'apparition de ce Mage dans notre cité, peu de temps après un

1. Voir *La Vestale de Venise.*

tremblement de terre dont les conséquences ont troublé bien des esprits, cela mérite d'être suivi de près. Qu'en dites-vous ?

— Je dis que vous avez prononcé le mot « esprits », et que nous nous rendons en leur casino dans un instant. Que croire ?

— Ce que verront nos yeux, chère amie.

— En espérant qu'ils sauront faire la part des choses entre la réalité et l'illusion !

— Très exactement.

— Eh bien... bonne chasse ! lança Caterina, en passant son éventail sur une joue de Flavio, avant de s'éloigner vers un groupe d'admirateurs.

— Un jour, je lui ferai avaler ses perles, conclut Assin, provoquant le rire de son mari.

Au milieu des invités qui bavardaient et commentaient la soirée, un couple à l'allure sympathique progressait avec peine, pour se rapprocher des Foscarini. La haute silhouette de Gasparo Gozzi était reconnaissable de loin, avec sa perruque et son costume d'écrivain ; son épouse Luisa, plus menue, se distinguait par ses yeux bleu-vert immenses, ses cheveux assez courts et blonds, son profil volontaire. Rien ne pouvait laisser imaginer qu'elle avait dix ans de plus que son Gasparo, et que, tout en menant carrière d'auteur dramatique et de poétesse, elle avait déjà donné naissance à trois enfants.

Au moment où Assin embrassait Luisa et où Flavio et Gasparo se saluaient avec effusion, un autre couple, plus classique et plus posé, les rejoignait ; la haute et imposante silhouette du sénateur Basilio Morosini, accompagné de son épouse. Les trois hommes se connaissaient bien. Le sénateur appréciait Flavio, et avait reconnu publiquement, à l'issue d'une précédente enquête[1], qu'il aurait dû suivre les intuitions de son ami Foscarini. Mais Morosini était un adepte de la Raison, il avait tendance à ne croire que ce qu'il voyait, et c'est pourquoi, dans le plus grand secret, il avait participé à la création, à Venise, de la première loge maçonnique, réunissant des hommes de bonne volonté, désireux d'œuvrer pour une vraie démocratie et pour le progrès social. La loge *Fedeltà*[2] comptait déjà un certain nombre de membres, surtout au sein de la noblesse et de la haute bourgeoisie.

C'est alors qu'un murmure passa à travers la pièce. Un valet vint chuchoter quelques paroles à l'oreille du comte Contarini dal Zaffo, qui entraîna aussitôt son épouse avec lui. Le doge arrivait, il fallait aller à sa rencontre. Pietro Grimani était déjà au pied des marches. Son visage assez gras, son long nez et ses yeux fureteurs n'engendraient pas la sympathie. À l'occasion de cette fête qui dépassait le cadre de ses fonctions, il ne portait pas le *corno*, mais simplement une perruque grise descendant jusqu'au cou et au bas des joues, et son habit pourpre était couvert d'un manteau de brocart de même couleur, à parements d'or.

Les Contarini durent descendre jusqu'à la dernière marche des escaliers pour saluer le doge, sans le dominer. Lucrezia s'inclina, tandis que Pietro Grimani tendait la main à Giorgio, lui-même sénateur. Les deux hommes se connaissaient de longue date.

1. Voir *La Vestale de Venise*.
2. Fidélité. Cette loge a bien existé à Venise, mais a sans doute été créée quelques années plus tard.

— Cher Contarini, je suis bien curieux d'assister à cette représentation théâtrale et poétique. Voilà qui va nous changer du traditionnel opéra vénitien.

— Je l'espère, votre seigneurie. Pour tout vous avouer, je ne sais rien de l'histoire. C'est cette dame française, la marquise d'Urfé, qui a tout ordonnancé.

— Ah ! Madame d'Urfé ? Nous serions enchanté de la rencontrer.

— Ce sera l'affaire d'un instant. Si vous voulez bien vous donner la peine de monter ces quelques marches.

À l'entrée du doge et des Contarini dans le salon, le silence se fit. Les femmes s'inclinèrent, les hommes penchèrent légèrement la tête, tandis que Giorgio guidait Grimani vers la silhouette blonde et diaphane de Jeanne de La Rochefoucauld. Voyant approcher le doge, la marquise plongea dans une révérence à la française, digne de la cour de Versailles. Le doge tendit la main pour l'aider à se relever, et Madame d'Urfé profita de la situation pour planter un regard bleu chargé d'innocence dans les yeux du maître de Venise. Celui-ci fut aussitôt sous le charme, et se sentit traité comme s'il avait été Louis XV en personne. C'est bien ce que souhaitait Madame d'Urfé, qui répondit aussitôt aux multiples questions que lui posa le doge sur la cour de Versailles, tandis que tous deux buvaient le vin pétillant de France.

C'est alors, tout en conversant, que Pietro Grimani reconnut la physionomie de Luisa Bergalli-Gozzi, poétesse comme lui, et donc son égale en Arcadie. S'excusant auprès de la marquise, le doge se dirigea vers le petit groupe formé par les Foscarini, les Morosini et les époux Gozzi. Il tendit les deux mains à Luisa.

— Irminda, ma chère, je suis bien aise de te trouver toi aussi au rendez-vous de la poésie.

— Tu le vois, Armiro, prête à goûter à des rimes venues du cœur de l'Europe.

— Nous en reparlerons certainement lors d'une prochaine réunion arcadienne, dit le doge.

Dans le silence qui s'était fait depuis un moment, le tutoiement entre Pietro Grimani et la poétesse n'avait échappé à personne. Cela confirmait, aux yeux de beaucoup, à quel point le doge était un original, pour ne pas dire un homme un peu dérangé.

Mais il n'était plus temps d'épiloguer ; l'élite vénitienne venait de se retrouver à un début de soirée dont elle avait l'habitude, elle reprenait aussitôt ses marques, ce qui était une manière de se rassurer : la noblesse de cette république en pleine décadence en avait grand besoin. Ce qui allait suivre devait fortement perturber tous les participants par sa nouveauté et son aspect insolite.

À la demande de Madame d'Urfé, on descendit bientôt l'escalier, pour se diriger vers la porte donnant sur le jardin. Là, dans l'obscurité et la fraîcheur venant tout droit de la proche lagune, se tenaient quatre silhouettes portant chacune une torche. Leur aspect était des plus étranges. Ils étaient vêtus d'une sorte de bure, un peu à la manière des moines, si ce n'est que cet habit de couleur brune épousait les formes de leur corps. Leurs traits faisaient songer à une origine asiatique, avec leurs yeux en amande. Tous quatre avaient le crâne rasé, et, sur le front de chacun, brillait une pierre blanche, opalescente. La présence physique de ces personnages était intense, impressionnante. Face à cette apparition, les invités, qui devisaient encore entre eux, se turent soudain. Flavio pressa la main d'Assin.

— Nous voici tout d'un coup transportés dans le quartier juif de Prague. Ces figures sont inspirées par le fameux Golem du rabbin Lœw, chuchota-t-il.

Assin se contenta de hocher la tête. Déjà, les porteurs de torches tournaient le dos aux invités pour ouvrir la marche. Le jardin était immense, et même de nuit sa magnificence était patente. Des *cesendeli*, disposés aux points stratégiques, permettaient d'apercevoir, grâce aux taches lumineuses qu'ils dispensaient, un bosquet, les courbes de marbre d'une statue, un portique de pierre, de grands arbres ou encore une grotte de rocaille à l'aspect mystérieux. Les visiteurs, dont la plupart n'étaient pas familiers des lieux, restaient saisis d'étonnement devant ce paradis végétal qui s'étendait en plein cœur de leur cité. On entendait à peine le bruit des pas des visiteurs. Aucun oiseau ne chantait, puisqu'il faisait nuit. Après une dizaine de minutes de marche, le groupe parvint au pavillon dressé face à la lagune.

Le Casino des Esprits avait de quoi frapper l'imagination. La haute et étroite construction se dressait au bout du jardin, surplombant l'eau. Vers la lagune, la façade était crépie de rose, mais du côté où arrivaient les promeneurs, dans le jardin, tout était blanc, à l'imitation de la pierre de taille. Il y avait cinq fenêtres au *piano terra*, trois seulement au *piano nobile*, et le même nombre de lucarnes à l'étage de la *soffitta*, le grenier. Les vitrages protégés par de fortes grilles brillaient un peu aux feux des torches et des lanternes, mais aucune lumière ne filtrait de l'intérieur. Quatre hautes cheminées s'élevaient aux angles de la toiture, qui semblaient dans l'obscurité comme d'immenses bras lancés par quelque monstre à l'assaut des cieux. L'on ne pouvait trouver lieu plus éloigné de l'agitation de la cité, pour s'y livrer à la méditation, au plaisir de la conversation, ou à bien d'autres divertissements proscrits par les lois de Venise.

Un léger bruit de ressac se faisait entendre, au pied du *ridotto*. Au loin, sur la gauche, de petites lumières perçant les ténèbres révélaient une certaine animation sur l'île de Murano. Plus à droite, on distinguait à peine la fine silhouette de style lombard du monastère de San Michele. L'îlot de San Cristoforo della Pace n'était qu'un point sombre posé sur l'eau. Les fanaux de deux ou trois petites embarcations étaient visibles, sur la lagune.

Les quatre serviteurs se placèrent deux par deux, de chaque côté de l'entrée du Casino degli Spiriti, invitant les visiteurs à entrer. Les époux Contarini savaient mieux que quiconque à quoi ressemblait le *piano terra* du pavillon, avec ses hautes fenêtres, son plafond boisé, ses murs de pierre au crépi blanc, dont se détachaient les linteaux des portes et des baies, en marbre gris. Il subsistait quelques fresques datant des origines du *casin*, aux premiers temps de la Renaissance. Mais ce soir, le décor familier avait disparu sous des voilages sombres, éclairés par les bougies allumées sur plusieurs chandeliers. La salle semblait accueillir une cérémonie funèbre. Le plus étrange, tandis que le cortège y pénétrait, songea Flavio, est que toute cette richesse qui se déployait – somptueuses robes de brocart, de velours et de soie, habits raffinés, bijoux colorés et diamants, parures d'or fin –, se détachait ici plus encore que dans le décor classique du salon du palais. Sur ce fond noir, toutes et tous devenaient des personnages de théâtre, montant les uns et les autres sur l'obscurité magique d'une scène, prêts à jouer Dieu sait quelle comédie. S'il s'agissait bien d'une comédie !

Quand la centaine d'invités fut entrée, deux des serviteurs firent signe du bras, en direction de l'assistance, afin que l'on se dirigeât vers l'escalier menant à ce qui était d'ordinaire le *ridotto* du pavillon des Esprits. Giorgio Contarini dal Zaffo voulut que le doge fût le premier à ouvrir la marche, mais celui-ci refusa, faisant comprendre qu'il n'était, ce soir, qu'un invité parmi les autres.

Ce qui attendait les nobles vénitiens, à l'étage, en laissa plus d'un pantois. Les habitués ne parvinrent pas à distinguer les fresques de Guarana et de Tiepolo, qu'ils connaissaient, car elles étaient masquées par un rideau sombre d'où se détachaient des points lumineux figurant la lune et les étoiles. La pièce était si sombre que des golems – ils étaient à présent au moins six – dirigeaient les invités vers des fauteuils disposés ainsi qu'au théâtre, afin qu'ils ne risquent pas une chute. Le public, bientôt installé, put considérer le décor tout à loisir. Ici encore, des tentures noires masquaient la décoration des murs et obturaient les fenêtres. Sur un côté de l'espace aménagé en scène se trouvait un simple clavecin. À chacun des quatre angles du *ridotto*, des lumignons éclairaient de bien étranges et insolites tableaux. Flavio et Assin, Luisa et Gasparo, assis les uns à côté des autres, regardaient et se faisaient discrètement leurs commentaires.

— Il semblerait, chuchota Flavio, que ce soit la représentation des quatre éléments.

Et en effet, l'eau et l'air, la terre et le feu entouraient, encerclaient même, pourrait-on dire, l'assemblée. C'était, d'un côté, le ruissellement d'une petite cascade sur un lit de cailloux, de l'autre, des jeux de lumière imitant le ciel entre l'aurore et le crépuscule ; ici, l'on voyait l'ouverture d'une sombre caverne et comme un éboulis de rocs, là, des flammes montaient d'une vasque antique. Tout cela avec un luxe de détails charmants, propres à stimuler l'imagination. Minéraux et végétaux étaient réels, ce qui augmentait le pouvoir suggestif de ces allégories. Les spectateurs, dans ce théâtre d'ombres, ressentaient l'impression d'être transportés au cœur de la nature.

Alors, un orchestre invisible se mit à jouer. Les musiciens devaient se trouver dans un réduit attenant, caché au public. Ce qu'ils interprétaient était à la fois mélodieux et assez propre à éveiller la mélancolie dans les cœurs, comme le regret d'un paradis perdu. Luisa Gozzi, avec son âme de poétesse, sentit les larmes lui monter aux yeux, et elle ne fut pas la seule.

Soudain, des danseurs parurent sur la scène, pour y donner un ballet tout à la gloire, justement, des quatre éléments. Flavio et Gasparo se firent à mi-voix la remarque que la musique n'était certainement pas l'œuvre d'un compositeur vénitien, mais ni l'un ni l'autre ne surent deviner quelle en était l'origine. Quoi qu'il en soit, les artistes firent preuve de bravoure et de grâce dans ce divertissement qui dura un certain temps. Le public était conquis, bien qu'un peu surpris de se retrouver, pour ainsi dire, en pays de connaissance. Était-ce bien là ce divertissement étrange annoncé par la marquise d'Urfé ?

Quand le ballet se termina, les invités applaudirent

avec enthousiasme ; déjà, chacun regardait autour de soi, on se souriait, les bavardages reprenaient, comme à la fin d'une représentation théâtrale. Mais la soirée était loin d'être achevée...

Ne manquait plus que l'apparition du démiurge. Elle se produisit de la manière la plus spectaculaire, tandis que les danseurs s'étaient déjà dispersés. Alors que l'on n'entendait, parmi les rangées de fauteuils, que murmures admiratifs ou étonnés, rires et propos futiles, un éclair de phosphore illumina soudain un point de la scène. Cette luminescence fulgurante révéla la silhouette du Mage de Prague, environnée un bref instant de flammèches rougeoyantes. Nul ne l'avait vu arriver. C'était comme s'il s'était déjà trouvé là, dans les ténèbres, quand les artistes étaient sortis, et qu'il n'avait fallu que cette surprise pyrotechnique pour le rendre visible. L'effet sur le public fut considérable. Plusieurs femmes crièrent de stupeur. Cet homme mince, aux cheveux noirs et raides, avec sa légère moustache, sa barbiche et, surtout, ses incroyables yeux verts, non pas couleur de lagune, mais du vert impérial de l'émeraude, en imposait terriblement. La voix était en parfait accord avec le physique. Profonde, bien timbrée, chantante par moments, puis grave et mélodieuse, la voix d'un personnage habitué à imposer sa volonté.

Il parla, donc, dans son italien ponctué de curieuses expressions, et fit preuve tout d'abord d'une habile diplomatie en exprimant tout son plaisir de se trouver à Venise, à la demande de son amie, Madame d'Urfé, de l'honneur qui était le sien, de pouvoir parler devant le doge de la Sérénissime République et les représentants des grandes familles de la cité.

Les mondanités s'arrêtèrent là. Le Mage se fit silencieux et se concentra. Puis il passa lentement ses mains, qu'il avait fort belles et expressives, devant ses yeux, et écarta soudain les bras. De la même manière dont il s'était matérialisé quelques minutes plus tôt, apparurent alors à ses côtés, dans une gerbe d'étincelles, deux créatures magnifiques, que le Mage présenta à l'assistance. À sa gauche se trouvait celle qu'il nomma l'Egiziana, et cette Égyptienne possédait des formes pleines et harmonieuses, que laissait deviner une tenue mariant la mode de l'époque aux coloris et aux tissus orientaux. Sous son casque de cheveux l'Egiziana possédait des yeux sombres et voluptueux, dont le charme était encore renforcé par un sourire qui aurait réchauffé l'aïeul le plus endormi.

L'autre beauté, qui se tenait à la droite du Mage fut présentée comme étant la Polacca. Polonaise au corps mince et souple, grande de taille, au regard clair et froid sous la perruque poudrée, on la devinait dangereusement séduisante par ce qu'elle laissait entendre de cruauté sensuelle...

Les deux femmes exécutèrent une révérence gracieuse face au public, puis s'écartèrent du Mage, qui reprit la parole.

— Venise est la reine des cités d'Europe, la plus incroyable création de l'homme. Mais elle court grand péril.

Il y eut un frémissement dans la pièce.

— Honorable assemblée, vous avez assisté il y a peu de temps à toutes sortes d'événements inquiétants. Terre qui tremble, feu qui éclate, morts qui sortent de terre... Vous êtes-vous demandé pourquoi ?

Le Mage lança un regard appuyé vers le public,

tout en le désignant de son bras droit tendu, en un lent mouvement de gauche à droite. On entendit quelques murmures.

— Qui règne sur Venise ?

Là, il y eut comme un hoquet général devant l'affront. Mais le Mage sourit, et fit avec ses mains un geste d'apaisement.

— Votre seigneurie, le pouvoir temporel est entre vos mains, et il y est bien placé. Mais je veux parler ici des forces naturelles qui régissent la cité. Venise se situe au carrefour de l'eau et de l'air, de la terre et du feu. Les quatre éléments, vos ancêtres ont usé et abusé d'eux sans se rendre compte des conséquences de leurs actes. L'eau a été emprisonnée par le réseau de la lagune, de ses îles et de ses canaux ; le feu a été chassé de Venise, car il s'était révolté, provoquant un vaste incendie, pour se voir enfermé dans les ateliers de verrerie de Murano où il est tenu sous contrôle et contraint de forger le verre ; dans l'eau boueuse de la lagune, on a enfoncé une infinité de pieux pour la transformer en terre, ces pieux qui ressemblent tant à ceux que l'on plante dans le cœur des vampires, dans ma contrée. Vos splendides demeures, vos églises et monuments, ô Vénitiens, s'élèvent au-dessus de ce massacre. L'eau, le feu, la terre. Et l'air, me direz-vous ? Il est le seul élément que Venise n'a pu maîtriser, et c'est lui qui lui apporte la vie, en chassant les miasmes de la malaria, en gonflant les voiles des navires marchands et des barques des pêcheurs. Vous êtes-vous demandé, honorable assistance, ce que ces quatre éléments cachaient ?

Dans la salle du *ridotto*, on aurait pu entendre une mouche – ou une chauve-souris – voler ! Le Mage fascinait son public. Mais une voix masculine s'éleva pourtant.

— La puissance divine !

— Vous avez raison, monsieur, répondit le Mage. Dieu est à l'origine de la création, et il a donné naissance aux quatre éléments ; mais ceux-ci ne sont pas une abstraction, des espaces sans vie. Les éléments sont peuplés de créatures éthérées, très parfaites. Si nos yeux peuvent voir les oiseaux dans l'air, les poissons dans l'eau ou les taupes sous terre, il ne nous est plus donné, depuis le péché d'Adam, de distinguer les esprits élémentaux. Le feu n'est pas vide, il est peuplé de créatures amies des flammes, que les sages et les philosophes nomment salamandres, et qui sont proches des alchimistes ; de même, sous terre, œuvrent les gnomes, petit peuple apte à faire découvrir les trésors cachés aux hommes. L'étendue aquatique, qu'elle soit douce ou salée, est peuplée d'ondines et de nymphes, et enfin, c'est dans l'air qu'évoluent les plus parfaites de ces créatures, les sylphes.

Tandis que le Mage parlait, derrière lui, la toile de fond couvrant le mur se teinta de couleurs irisées, où parurent des formes mouvantes. Il y eut des murmures de saisissement dans la salle. Flavio se pencha vers Assin.

— Notre homme est un poète illuminé mais aussi un scientifique. Ces images proviennent d'une lanterne magique.

— C'est très beau, chuchota Assin, en se serrant contre son mari.

Le Mage tendit une main derrière lui, montrant les formes colorées.

— Je vous le disais : pourquoi Venise est-elle en

proie à des désordres inquiétants, qui sèment la peur et le trouble parmi sa population ? Tout simplement à cause de ce déséquilibre qui s'est installé entre les quatre éléments. Ces tremblements de terre, ce sont les gnomes qui ne veulent plus être asservis ; et si le feu s'est déclenché à plusieurs reprises, c'est que les salamandres désirent prendre l'ascendant sur les ondines.

— Et les sylphes, dans tout cela ? lança une voix quelque peu goguenarde, celle du sénateur Basilio Morosini, provoquant quelques rires.

— Le salut viendra des sylphes, cher monsieur, répondit le Mage sans se démonter. Pour la bonne raison que, de tous les esprits élémentaux, ils sont les plus proches du genre humain, par leur physionomie, qui est semblable à la nôtre, et fort aimable, mais aussi pour leur intelligence, très brillante. J'ajouterai que les sylphes ne demandent qu'à venir en aide aux hommes, car leur commerce avec nous leur assure ce qui manque à leur gloire : l'immortalité de l'âme.

Sur ces belles paroles, le Mage posa le bout de ses longs doigts sur son front, et sembla s'abîmer dans une méditation. À ce moment, la Polacca monta sur la scène, et vint s'installer au clavecin. Il y eut une minute de silence, puis elle plaqua les premiers accords d'une musique que Gasparo identifia aussitôt.

— Oh oh ! glissa-t-il à l'oreille de Flavio, de la musique française. Voilà qui va créer un incident diplomatique.

— De qui est-ce ?

— François Couperin. *Les Barricades mystérieuses*[1].

1. Pièce composée en 1717, orthographiée à l'époque *Les Baricades mistérieuses.*

— Bien trouvé, et adapté à la situation ! dit Flavio.

— Les barricades qui séparent notre monde de celui des esprits, souffla Gasparo.

Sous les doigts agiles de la Polacca, l'étrange mélodie déroulait ses arabesques subtiles, évocatrices de la nostalgie d'un paradis perdu, envoûtant le public nourri de musique vénitienne et qui, à l'instar de Flavio, ignorait cette œuvre assez récente et d'une beauté si parfaite.

Quand la Polacca eut terminé le morceau, pas un applaudissement ne se fit entendre dans la salle, tant le public était recueilli. Elle recommença alors *da capo,* tandis que le Mage, qui s'était jusque-là abîmé dans un silence méditatif, levait lentement les bras vers les côtés, puis reprenait la parole.

— Oui, je l'affirme, honorable assistance, dit-il, tandis que la musique répandait ses lancinantes harmonies, le salut de Venise viendra des sylphes. Rassurez-vous, ils savent la détresse de votre cité, ils la regardent et ne demandent qu'à apporter leur aide. Je vais en convoquer un parmi nous, afin que vous puissiez voir la beauté d'un de ces purs esprits.

Alors, l'Egiziana, qui s'était approchée discrètement, tenant entre ses mains un objet qui semblait fait de cuivre et lançait des éclairs dans la pénombre, lui remit ce qui s'avéra être une sorte de miroir, de fort curieuse facture, puis s'éloigna. Le Mage s'en saisit, l'éleva devant sa poitrine, puis le mit en mouvement grâce à une petite manivelle. C'était en effet une glace à facettes, et lorsqu'elle fut mise en action, les reflets brillants qu'elle lançait éclairaient par à-coups le public puis le projetaient dans l'ombre, conférant une sensation de mouvement au sein de cette assemblée pourtant assise et immobile. La conjugaison des projections colorées sur le mur situé derrière la scène, de la musique étrange et des éclairs du miroir, agissait sur les spectateurs comme une puissance obnubilante. Chacun se sentait, selon la force ou la faiblesse de son caractère, réceptif, prêt à croire et à obéir, prisonnier ou, plus rarement, révolté devant cette puissance qui tentait de prendre possession des cerveaux. Plusieurs femmes s'endormirent, la tête en avant ; deux ou trois furent prises de petits rires nerveux ou de crises de soupirs. Chez les hommes, les réactions allaient de l'agacement à la fascination.

Le Mage sentit que le moment était venu de jouer sa carte la plus forte.

— Sylphe, je te l'ordonne, viens parmi nous.

Sur la scène, derrière le Mage, on aurait dit qu'une légère brume s'élevait, noyant un peu les formes du décor.

— Je t'en conjure, ô sylphe, viens au secours de la cité de Venise.

Les spectateurs eurent la sensation qu'une petite brise pénétrait à l'intérieur du *ridotto.* Le Mage se tourna vers le fond de la scène, et renouvela son appel.

— Je sens que tu es proche, ô sylphe. Le moment est venu de te montrer à ceux que tu es venu sauver.

Alors, dans le scintillement des éclairs noirs et blancs du miroir, les chatoiements colorés de la lanterne magique, les accents de la musique mystérieuse, dans la brume et le vent, une silhouette émergea des ténèbres, se déplaçant avec grâce vers le devant de la scène. Il y eut, dans la salle, des murmures d'admiration et d'incrédulité. La créature qui se trouvait à présent à quelques pas du Mage était un jeune homme, à la physionomie mâle mais néanmoins aimable. Ses cheveux ondulés étaient blonds et son visage souriant. Son corps était parfait, comme le révélait sa complète nudité. Certaines dames ne purent s'empêcher de constater que, bien qu'il fût un esprit, la nature avait été généreuse avec lui. Une jeune *nobildonna*, mariée à un barbon, fut incapable de taire son enthousiasme.

— C'est un ange du paradis !

— Ma chère, répondit son époux, *sotto voce* depuis quand les anges sont-ils dotés d'un vit ? Et de belle dimension, qui plus est ! dit-il en songeant à l'escargot rabougri qui déshonorait son bas-ventre.

— Mais les *putti* en ont bien un.

— Il disparaît chez les anges adultes, répliqua l'homme, fort mécontent.

— À présent, je n'en suis pas si sûre, conclut la jeune épouse émoustillée.

Sur la scène, le sylphe, ne connaissant apparemment pas la honte de dévoiler ainsi sa nature, continuait de sourire aimablement. En un geste à la fois de salut et d'offrande, il tendit en avant les bras qu'il tenait le long du corps, mains ouvertes, paumes vers le ciel. Puis, par légers glissements successifs en arrière, tout en restant face au public, à la manière d'un danseur de ballet, il regagna lentement le fond de la scène, pour disparaître au milieu de la brume.

— Le sylphe salue la noble assistance, et dit qu'il viendra en aide à Venise avec le concours de son peuple, expliqua doctement le Mage.

Il y eut un concert de murmures dans la salle. Qu'il s'agît d'une apparition de l'au-delà ou d'une supercherie, cette scène insolite avait été de toute beauté.

N'était-ce pas ce que l'on demandait au théâtre ? Car c'était bien de cela qu'il était question, n'est-ce pas ?

La soirée se prolongea encore, et les *nobiluomini* furent à leur tour gâtés par les prouesses de l'Egiziana qui, parcourant l'assemblée et frottant quelque peu ses généreuses formes contre ces messieurs, leur fit des révélations très personnelles, leur expliquant à quel élémental ils étaient alliés, et comment ils pouvaient s'en rapprocher afin de trouver leur équilibre. On apprit ainsi que les gnomes permettaient de s'enrichir, et qu'ils aimaient se rendre utiles aux banquiers. De même, les ondines protégeaient les pêcheurs et le commerce maritime, tandis que les salamandres goûtaient la compagnie des sages et des philosophes dont elles favorisaient les travaux et recherches. Quant aux sylphes ! Ah ! les sylphes... La noble assistance voyait bien qu'ils étaient les amis de l'humanité, et l'Egiziana fit savoir aux *nobiluomini* qui l'entouraient, non sans leur décocher des œillades entendues, que leurs femelles possédaient les mêmes charmes que les mâles, quoique leur tempérament fût un peu plus vif.

— J'en connais quelques-uns ici à qui ce piment ne déplairait pas, glissa avec un sourire dévastateur la belle Caterina Sagredo Barbarigo, à l'oreille de Basilio Morosini, qui retint avec difficulté un vaste éclat de rire.

Tandis que, dans la salle, l'Egiziana ensorcelait l'assistance par ses récits sur les élémentaux, le Mage avait rejoint sur scène la Polacca qui, après avoir longuement joué du clavecin, fut prise de tremblements, se mit à vaticiner, inquiétante et troublante pythie, si mince dans sa robe de taffetas vert d'eau. L'assistance se fit de nouveau silencieuse, attentive à cette nouvelle manifestation étrange. Le Mage de Prague posa une main sur son front, ce qui eut pour effet de calmer ses spasmes. Les yeux verts de la jeune femme regardèrent loin devant elle. Le Mage lui parla.

— Jeune fille, que voyez-vous ? Nous vous écoutons.

La Polacca se figea, le blanc de ses yeux apparut, et elle se mit à parler, d'une voix rauque, avec un très net accent polonais.

— Reine de l'Adriatique, ta fin approche.

Il y eut un frémissement horrifié dans la salle.

— Je vois l'eau envahir les palais, les églises s'effondrer dans la lagune, le chaos s'installer, et Venise retourner au néant.

Cris et murmures de protestation se firent entendre de plus belle. Le Mage tendit les mains en avant, en signe d'apaisement. La Polacca reprit.

— Le salut viendra des sylphes. Eux seuls possèdent le pouvoir de tenir la bride aux autres élémentaux.

— Merci, Polacca, dit sobrement le Mage. Nous allons travailler avec les esprits de l'air afin que la cité de Venise soit sauvée.

On sentit que le public avait soudain repris confiance. Néanmoins, une sensation de malaise étreignait le cœur des Vénitiens, bien conscients de la fragilité de leur ville.

À l'issue de cette extravagante séance qui proposa encore divers intermèdes mystérieux, les invités parcoururent le jardin en sens inverse, toujours guidés par les serviteurs porteurs de torches. Le froid avait envahi les lieux. Les femmes remontaient leur châle ou leur pelisse pour se protéger de l'humidité. Le temps était en train de changer. Quand vint le moment de se séparer, dans le petit palais Contarini, le doge exprima au comte et à la comtesse tout le plaisir qu'il avait pris à cette représentation.

— Une nouvelle forme de théâtre ! s'écria Pietro Grimani avec un sourire ravi.

Lucrezia et Giorgio Contarini dal Zaffo sourirent, le comte avec amabilité, la comtesse avec conviction. Il suffisait de voir son regard ébloui pour comprendre aussitôt qu'elle était conquise par tout ce qu'elle venait d'entendre.

Tandis que le doge allait prendre place dans sa gondole, on continuait à commenter, et tout le monde, dans l'assistance, n'était pas du même avis.

— Foutaises ! Billevesées ! marmonna, furibond, pour sa part, Basilio Morosini.

Flavio et Assin se trouvaient près du sénateur, et ils n'étaient pas loin de partager son avis.

— Un très habile homme de théâtre, à l'évidence, dit Flavio. Fort persuasif pour vendre des arguments bien fragiles.

— Vous voulez dire grotesques ! lança Morosini. En plein Siècle des Lumières, nous faire le coup des esprits, jouer la carte de l'obscurantisme, c'est indigne. S'il y avait moins de taudis dans Venise, le feu ne s'y déclarerait pas, et les salamandres n'ont rien à voir là-dedans ! Quant aux gnomes, ils ne maîtrisent point les arcanes de la géologie, me semble-t-il, sinon, nous les aurions rencontrés en creusant les fondations de nos demeures.

Flavio sourit, mais il partageait le point de vue éclairé de Morosini.

— Basilio, ce ne sont pas ces personnages de fantaisie qui m'inquiètent, mais l'influence que cet homme risque de prendre sur nos concitoyens.

— Ne négligez pas les femmes, ajouta Caterina Barbarigo, qui avait entendu l'échange entre les deux amis. À présent qu'elles ont pu entrevoir le charme des sylphes, nul doute qu'elles vont chercher à s'en attirer les faveurs.

— Vous avez raison, Caterina, dit Morosini. Ce Mage est à l'évidence, outre un brillant homme de théâtre, un très habile manipulateur, il possède plusieurs atouts majeurs pour séduire et tenter plus d'un esprit faible.

— Ce que je me demande, c'est bien la raison pour laquelle cette Madame d'Urfé l'a convié à Venise. Qu'a-t-elle à y gagner ?

C'est Assin qui venait de parler. Tous se tournèrent vers elle, y compris Gasparo et Luisa qui s'étaient approchés pendant cette conversation. Assin regarda droit dans les yeux la Barbarigo, qu'elle considérait comme une rivale, puisque Flavio ne lui était pas indifférent. La comtesse, en femme d'esprit, oublia un instant de se montrer supérieure, et considéra Assin avec intérêt.

— Madame, dit-elle, je pense que vous avez visé le cœur du problème, et que si nous parvenons à le savoir, toute cette machination s'effondrera, à la manière d'une baudruche.

Assin lui décocha son plus charmant sourire, ce qui ne manqua pas de surprendre Flavio. Par expérience, il savait qu'il valait mieux avoir la comtesse Barbarigo avec soi que contre ; cette femme, très influente, pouvait déplacer les montagnes. Une fois de plus, Flavio considéra son épouse avec admiration.

Le cortège des gondoles se dispersa, le long du rio della Madonna dell'Orto. Un instant plus tard, les laquais décrochèrent les torches suspendues à la façade de la Ca' Contarini dal Zaffo et les soufflèrent. L'obscurité reprit ses droits.

Sous le *felze* de la gondole qui retournait vers Castello, Flavio, serré contre Assin, se demanda ce qui pouvait bien se dire à cet instant dans le silence revenu du Casino des Esprits, entre le Mage de Prague et ses acolytes. Sans oublier l'énigmatique Madame d'Urfé.

8

Venise s'éveille

Est-ce le fait de vivre au ras de l'eau, à la limite des deux éléments, qui fait qu'à Venise l'observation et la contemplation du ciel prennent ici une importance presque obsessionnelle ? Cette pensée revenait sans cesse dans l'esprit de Flavio, ce matin-là. Il marchait au bord du bassin de San Marco, jouissant de la lumière irisée qui dansait sur les flots, parcourus par un nombre considérable de navires, dont une majestueuse galéasse à trois mâts et à voiles latines. L'animation était vive, sur la riva degli Schiavoni, et il fallait zigzaguer, sur le sol de terre battue, pour éviter les flaques d'eau boueuse, les caisses et les barriques à peine déchargées des bateaux, ou prêtes à y être embarquées. Flavio aimait cette atmosphère qui lui rappelait l'époque où il faisait encore des voyages vers le Levant, poursuivant le commerce d'objets de beauté commencé par ses aïeux, et auquel il avait mis un point final, après l'enlèvement d'Assin dans un harem syrien. Le commerce ne lui avait pas apporté la fortune, mais de quoi vivre dans une certaine aisance. Flavio n'avait jamais été tenté par une vie de luxe. Le calme de la vieille demeure familiale de Castello, une femme qu'il aimait passionnément, ses livres, ses chats, ses plantes exotiques et sa collection de pierres suffisaient à son bonheur. En y ajoutant le piment des enquêtes qu'il aimait mener pour son seul plaisir, quand l'occasion se présentait !

La veille, la représentation donnée par le Mage de Prague lui avait donné matière à réflexion. Le Mage avait été invité à Venise par Madame d'Urfé, elle-même était venue de Paris et s'était presque aussitôt trouvée l'hôte des Contarini dal Zaffo, chez qui venait d'avoir lieu la macabre découverte. En un rien de temps, la marquise avait fait amitié avec la comtesse, ouvrant ainsi les portes du Casino des Esprits au Mage de Prague. Depuis hier soir, tout Venise ne parlait plus que de cet étrange personnage, et on était en droit de penser que son séjour dans la cité allait être des plus fructueux. Pour Venise ou pour le Mage ? Flavio nourrissait des doutes. Mais la question qu'il retournait sans cesse dans son esprit était la suivante : quel était donc le lien entre tous ces gens, et cette somme d'événements inquiétants ?

Tout en marchant sous la caresse d'un faible soleil d'automne, Flavio parvint sur la Piazza, nettement moins animée que le quai. Il avait donné rendez-vous à Gasparo à la boutique de café la plus en vogue des Procuraties neuves, *Alla Venezia Trionfante*[1], où officiait donc Floriano Francesconi, que les habitués appelaient familièrement Florian, à tel point que, désormais, on allait chez Florian sans plus utiliser le nom de l'enseigne qui s'accordait mal avec la situation

1. Cette boutique qui deviendra le Caffè Florian a été créée en 1720.

politique et économique qui était à présent celle de Venise.

Les deux amis arrivèrent au même moment devant le café, et se donnèrent l'accolade, avant de pénétrer sous les arcades. Les deux petites salles, avec leurs fauteuils accueillants, les tables de bois, et les miroirs décorant la paroi du fond, étaient ouvertes à tous les vents. Le froid étant assez vif, les habitués ne quittaient pas leur *tabarro* pour consommer la *boisson noire*[1], ou le chocolat, quand ce n'était pas déjà une *ombra* de vin. Personne ne s'était encore assis devant les quelques guéridons sous les arcades des Procuraties ; on se serrait dans les salles pour se réchauffer.

— *Gioia!* Sior Flavio! s'exclama Florian, en s'avançant pour le saluer, et bien le bonjour à vous aussi, comte Gozzi. Que puis-je vous faire préparer?

— Cher Florian, deux tasses de votre excellent café, et quelques *chichetti* pour nous redonner des forces.

Florian se retira en souriant. Flavio savait fort bien que son ami Gasparo avait dû partir de chez lui le ventre creux, ou pas assez nourri en tout cas pour caler son proverbial appétit. La situation financière demeurait un drame permanent, chez les Gozzi...

Assis l'un près de l'autre, tout en se frottant les mains pour se réchauffer, les deux hommes échangèrent leurs impressions sur la séance de la veille.

— Voyez-vous, Flavio, dit Gasparo, ce qui me surprend, c'est l'anonymat de ces trois personnes : le Mage, l'Egiziana, la Polacca. Ce sont des noms de

1. *Negra bevanda*, boisson noire : ainsi appelait-on encore parfois le café.

théâtre, bien sûr, mais j'y vois là une volonté de se préserver d'éventuelles vérifications d'identité.

— Tu as raison. Ajoutons le sylphe à cette curieuse famille. Car je ne crois pas un instant qu'il puisse s'agir d'un esprit. Il a plutôt la carrure et la physionomie d'un marin local.

— Mécréant que vous êtes! Je dois avouer que Luisa et moi avons trouvé charmante cette tirade sur les quatre esprits en conflit autour de Venise. Un moment de pure poésie.

— Certes, mon cher garçon, répliqua Flavio, mais j'ai ressenti comme une menace dans la manière dont ce Mage présentait l'affaire, faisant des Vénitiens des fautifs, voire les coupables, de Dieu sait quel méfait. Or, tu n'ignores pas que, lorsque l'on est coupable, on est condamné, et que l'on doit payer. Comment monsieur le Mage a-t-il l'intention de nous rançonner? Je pense que nous le saurons très vite. Mais à mon humble avis, cet homme est tout sauf désintéressé. Tout comme l'énigmatique Madame d'Urfé. Peut-être me trompé-je, mais la manière si rapide dont tous ces événements se sont précipités fait plus que m'intriguer.

Un commis venait de déposer le café fumant et une vaste assiette de tranches de pain frais sur lesquelles étaient étalés la *baccalà mantecato*, les anchois marinés et quelques autres reconstituants du même style. Gasparo se précipita, sans cacher son plaisir. Les mignardises servies chez les Contarini étaient déjà loin...

Rassasié pour un moment, Gasparo reprit les derniers propos de Flavio.

— Ah ! cette marquise... J'ai du mal à comprendre ce qui l'a menée à Venise.

— Tu es bien naïf, Gasparo. Le goût du libertinage et des diableries !

— Vous croyez ? Pourtant, avec ses yeux bleus et son air si candide, on lui donnerait vraiment le bon Dieu sans confession.

— C'est bien ce qu'elle espère ! Cela prouve, en outre, que la dame est habile comédienne. Sa réputation est assez sulfureuse. La riche veuve alchimiste, qui abandonne ses enfants en France pour s'en aller à Venise fricoter avec un charlatan qu'elle fait venir de Prague, afin d'éblouir nos concitoyens, sans compter les intrigues qu'elle a déjà commencé à mettre en œuvre : considère comment la dame s'est comportée avec Lucrezia Contarini dal Zaffo, la façon dont elle a profité de sa faiblesse pour obtenir la jouissance du *ridotto* de son mari...

— Est-elle sincère, à propos de ses recherches alchimiques ?

— Qui sait ? C'est bien probable, Gasparo. Cette femme semble entretenir une véritable passion pour tout ce qui touche aux sciences secrètes. Sinon, pourquoi aurait-elle fait venir son ami le Mage ?

— Sans doute parce qu'il possède des connaissances qu'elle ne maîtrise pas encore...

— C'est probable. Si c'est la poursuite de l'or qui l'obsède, l'idée de pouvoir s'en procurer toujours plus par des voies secrètes doit être pour cette femme une véritable marotte.

— Vous avez raison, Flavio. Mais sera-t-elle satisfaite par les connaissances du Mage ?

— À moins que ce curieux personnage n'ait accepté

l'invitation de la marquise que dans l'intention de la plumer comme une oie !

Les deux amis se mirent à rire, à l'idée de cet affrontement d'occultistes. Puis Flavio retrouva son air préoccupé. Gasparo l'interrogea du regard.

— Ce qui nous ramène, mon garçon, au problème précédent : quel est le rapport entre le mystère de la femme emmurée vivante, ces véritables plaies d'Égypte qui s'abattent ces derniers temps sur notre cité, et l'arrivée de ces deux aventuriers ?

— Aucun, probablement. Sinon que, dans cette cité où il ne se passe rien de particulier, nous sommes si surpris de leur apparition que nous regardons tous ces faits par le petit bout de la lorgnette.

— Et donc, nous gonflons leur importance comme des baudruches.

— Soufflez trop dedans, et elles explosent !

— Alors ? demanda Flavio. Cela veut-il dire que nous faisons grand cas de choses négligeables ?

— Je ne le crois pas, Flavio. Je partage votre préoccupation.

Flavio considéra son jeune ami, qui lorgnait avec mélancolie l'assiette vide. Il ne parvenait pas, lui non plus, à trouver le fil d'Ariane qui lui permettrait de savoir quel chemin prendre. L'hypothèse d'un simple hasard . Si c'était le cas, il faisait alors vraiment bien les choses.

Tout en demandant à un commis de rapporter des cafés, et quelques tartines pour Gasparo, Foscarini réfléchissait à haute voix.

— Je pense que c'est maintenant que le jeu va se jouer. Gasparo, tu as entendu la manière alléchante dont le Mage promettait la richesse et la prospérité, par l'entremise des esprits. Tout cela grâce à l'entregent de ses charmantes ambassadrices, sans oublier le concours du sylphe. Je pense qu'il va monnayer les bons offices de ses trois affidés.

— Laissons venir, et observons bien. Mais comment faire, Flavio ?

— Eh bien, mon ami, je pense qu'Assin et moi allons nous faire plus mondains qu'à l'accoutumée. Accepter les invitations, courir soirées et bals, colporter les *petegolezzi* à la sortie de la messe, fréquenter les cafés.

— Vous allez vraiment affronter tout cela ?

— Je sais bien que ce n'est guère dans mes habitudes, mais nécessité fait loi. Une fois que nous saurons quels poissons dorés notre Mage a pris dans ses rets, il nous faudra tenter l'expérience nous-mêmes.

— Fort bien. Mais en attendant, Flavio, comment puis-je vous aider ?

— En gardant une oreille à la traîne, où que tu te trouves. Suggère à Luisa d'être tout aussi attentive. Dans les milieux littéraires, j'imagine que le monde des esprits a de quoi trouver des adeptes.

— C'est bien possible. Je lui en parlerai.

Après s'être plus que confortablement restaurés, les deux hommes se séparèrent sur la Piazza. Gasparo devait terminer la traduction d'un obscur auteur latin pour un éditeur ; Flavio, disposant de tout son temps, décida de faire un saut, sur le chemin de sa demeure, chez son amie Patrizia Toselli.

La *malvasia* de Patrizia, qui débitait d'excellents vins, se trouvait un peu au-delà du ponte del Anzolo, dans la calle Casselleria. Depuis l'étroite ruelle, on entendait fuser le rire de cette rousse au visage ingrat mais sympathique, aux yeux toujours en mouvement, et à la cinquantaine épanouie. La Patrizia drainait dans son *magazzino* rempli de tonneaux et de dames-jeannes, où l'on buvait debout, au comptoir, une clientèle d'un genre particulier. L'on y voyait peu de femmes, mais surtout des hommes de tous âges et de toutes conditions sociales, réunis, comme il était assez facile de le comprendre, par un goût commun. Tout cela à deux pas du palais Ducal et du tribunal des inquisiteurs, mais la discrétion était de mise, et sous l'œil bienveillant de la Patrizia nul n'était jamais inquiété.

Flavio aimait beaucoup cette femme, qui le fournissait en vins depuis de longues années, et lui vouait une affection sincère. En le voyant entrer, son plaisir fut immense.

— *Amore!* Je ne t'avais pas vu depuis un bout de temps. Comment vas-tu ? Et la siora Anna ?

— Nous allons fort bien tous les deux, je te remercie. Tu m'as l'air rayonnante, Patrizia. J'ai l'impression que tu rajeunis chaque fois que je te vois. Ton mari a repris de la vigueur ?

Autour d'eux, il y eut quelques rires étouffés. On s'interrogeait à propos de ce nouveau venu qui semblait si proche de la Patrizia qu'elle le tutoyait, alors qu'il était à l'évidence un *nobiluomo.*

— *Disgraziato!* s'indigna la Patrizia. Mon époux est un roc.

— Il faut bien ça pour assurer ton bonheur, ma belle, fit Flavio en riant.

Patrizia fit mine de se mettre en colère, puis appuya

le bout d'un de ses doigts sur son nez en pied de marmite. Mais le dépit brilla soudain dans ses yeux.

— Je ne peux plus le faire.

— Allons, dit Flavio.

Depuis fort longtemps, c'était un jeu impertinent auquel Patrizia se livrait pour saluer Flavio. Cette façon qu'elle avait d'écraser son nez déjà assez rond s'accompagnait d'une petite phrase moqueuse :

— Je suis la dogaresse.

Cette saillie bien innocente faisait partie du cérémonial d'accueil, lorsque Flavio lui rendait visite à sa *malvasia.*

— Je ne peux plus le faire, Flavio. Ce doge que nous avons à présent n'est pas marié. Plus de dogaresse.

— Je sais bien, ma pauvre Patrizia.

— Un doge sans dogaresse. *Porca miseria.*

Soudain, son regard s'alluma, puis passa en revue quelques-uns de ses clients. Elle se pencha vers Flavio pour ne pas être entendue des autres.

— Tu crois que...

— Patrizia ! À force de les fréquenter, tu en vois partout !

— C'est qu'il y en a beaucoup !

Tous deux partirent d'un rire joyeux, et tandis qu'elle lui offrait une *ombra* d'un *raboso* savoureux, Flavio lui raconta la soirée au Casino des Esprits, et tout ce qui s'y était passé.

— Si d'aventure tu entendais une personne raconter qu'elle avait vu l'un ou l'autre des protagonistes, je te saurais gré d'essayer de la faire parler.

— Essayer ? Tu doutes de mes capacités, *amore ?*

— Non, *cara mia*, c'était une façon de parler. Je sais de quoi tu es capable. C'est pour cela que j'ai besoin de l'aide de tous mes amis, car je sens derrière cette affaire quelque chose de très déplaisant.

— Ne t'inquiète pas, Flavio. Tu sais que tu peux compter sur moi.

Ayant dit cela, elle se hissa un peu sur la pointe de ses chaussures pour se mettre à la même hauteur que Foscarini et, devant ses habitués, médusés, lui planta sur la bouche un très chaste baiser. Flavio prit son visage entre ses mains, l'embrassa affectueusement sur le front, et s'en fut.

Dans un petit salon de la Ca' Contarini alla Carità, le comte buvait une seconde tasse de café brûlant que venait de lui porter un valet. Il avait rejoint son épouse, occupée à sa correspondance, et la considérait avec attention.

— Ma chère, je vous trouve bien meilleure mine. J'ai l'impression que cette soirée vous a apporté le divertissement dont vous aviez bien besoin.

— C'est exact, Giorgio. J'ai trouvé toutes ces fantasmagories vraiment étonnantes. Voilà qui change des sempiternelles comédies de nos auteurs. Il y avait là toute une part de mystère qui, je l'avoue, m'a séduite.

— Fort bien. Mais il ne faudrait pas non plus que vous vous mettiez à poursuivre des chimères, n'est-ce pas ?

— Mon ami, vous me connaissez assez pour savoir que la raison reprend toujours chez moi ses droits.

— Je le sais, vous avez été très courageuse, dans cette récente épreuve, et je ne peux douter de votre force de caractère.

Là-dessus, il lui baisa la main, et demanda la

permission de se retirer. Lucrezia attendit que la porte du salon se soit refermée, puis sortit de sous un ouvrage auquel elle travaillait un pli que lui avait monté un instant plus tôt une de ses domestiques. C'était un billet de Madame d'Urfé. La marquise espérait que la comtesse avait passé une bonne soirée, et lui proposait une entrevue avec la Polacca, qui pourrait peut-être, avec l'aide des esprits, lui révéler des choses importantes. Lucrezia frémit. La tentation était bien forte.

Au palais Ducal, Basilio Morosini devait rencontrer le doge, ce matin-là, pour lui remettre le compte rendu d'une délibération du Sénat. Il se présenta à la porte des appartements privés, fut accueilli par un huissier, qui alla à son tour quérir un valet, qui lui-même conduisit Morosini jusqu'à la salle Erizzo, à l'étonnant plafond bleu de nuit décoré d'une infinité de reliefs circulaires en stuc doré.

— Ah ! Morosini, fit le doge. Approchez. Je suis bien aise de vous voir.

— Votre seigneurie, fit le sénateur en s'inclinant, et en déposant sur la table, près du doge, le document qu'il lui apportait.

— Asseyez-vous, mon cher. Voulez-vous une tasse de chocolat ?

Sans laisser à son visiteur le temps de répondre, le doge fit signe à un valet qui s'esquiva aussitôt, et revint rapidement avec un plateau supportant deux tasses fumantes remplies de l'épais liquide parfumé, des assiettes de biscuits et de fruits confits. Pietro Grimani lui fit signe de les laisser seuls.

— Je me suis bien diverti hier au soir, dit-il. Ce

Mage me semble un prodigieux personnage, quelque peu poète.

— Votre seigneurie est bien clémente. Pour ma part, j'ai eu le fâcheux sentiment d'être confronté à un charlatan.

— Oh ! Comme vous y allez, mon cher. C'était charmant, tout ce discours autour des esprits.

— Charmant, certes, mais en plein Siècle des Lumières, tenter de nous ramener à des croyances médiévales...

— ... Antiques, mon cher, antiques ! La Grèce, pour être plus précis. L'Arcadie était peuplée de divinités charmantes, qui n'ont jamais cessé d'inspirer artistes et poètes.

— Je partage sincèrement le sentiment du poète qu'est votre seigneurie, mais l'homme éclairé que je m'efforce d'être, de même que certains autres Vénitiens regroupés dans un cercle que vous connaissez, s'insurge contre l'obscurantisme que ce prétendu Mage entend faire renaître dans notre cité.

— Vous avez des doutes sur ses intentions ?

— Rien que des suppositions, bien sûr, et je m'abstiendrai donc de porter une accusation, mais j'ai trouvé sa manière de mettre les Vénitiens, pour ainsi dire, en accusation, quelque peu déplaisante. Comme si nous étions pour quelque chose dans la venue des tremblements de terre ! Pour les incendies, passe encore. Quand nous aurons supprimé les galetas qui sont la honte de notre cité...

— Allons, allons, Morosini, vous voilà subversif.

— Lucide, votre seigneurie. J'aime Venise, et je la voudrais parfaite, irréprochable. Regardez ce que nos prédécesseurs avaient commencé à faire, avec tant d'efficacité. Je songe à la Ca' di Dio[1], et à ses habitations décentes. Il en faudrait bien d'autres dans notre cité, pour mettre fin au scandale et au danger que représentent les taudis. Des incendies y ont éclaté lors du tremblement de terre, ils auraient pu se propager, votre seigneurie.

Le doge donna des signes d'agacement. Il n'avait visiblement aucune envie de parler des problèmes de l'habitat tandis qu'il déjeunait.

— Si l'on me reproche parfois d'être un poète, vous êtes un idéaliste, mon cher, ce qui revient un peu au même, dit Pietro Grimani, qui se tut pour boire son chocolat.

Morosini, agacé, en fit autant. Un ange passa. Le sénateur comprit qu'il était temps de se retirer.

Au même moment, dans le palais de son époux, situé sur le Grand Canal, non loin de celui des Contarini, Caterina Sagredo Barbarigo étendait ses bras nacrés sur les coussins de soie de son lit, tout en jetant un œil critique sur les nymphes évoluant dans un azur perpétuel, au milieu de la fresque ornant le plafond de sa chambre à coucher. Ses seins ronds et fermes, dont la forme pleine se devinait sous le déshabillé de soie, n'avaient rien à envier à ceux des créatures célestes qui tournoyaient au-dessus d'elle. Brune au teint laiteux, sa beauté incendiaire et le charme qui émanait de sa personne lui valaient la jalousie de bien

1. Située sur la *riva* qui porte de nos jours son nom, la Ca' di Dio était un ancien hospice religieux qui fut restructuré, en 1570, par l'architecte Jacopo Sansovino en une série d'appartements tous identiques pour les pauvres ; on peut y voir l'ancêtre de nos HLM.

des *nobildonne* vénitiennes. Quand Caterina pénétrait dans une pièce, tous les hommes présents détournaient le regard des autres femmes pour la contempler, dans toute sa splendeur, ses perles légendaires – d'une taille énorme – autour du cou, ainsi que l'avait immortalisée la célèbre pastelliste Rosalba Carriera. À vingt-six ans, Caterina était un peu, à sa manière, la reine de Venise.

Fille du riche Gherardo Sagredo, mariée très jeune au vieil Antonio Pesaro, qui avait eu le bon goût de mourir fort vite en lui laissant une fortune, et remariée à Gregorio Barbarigo, époux idéal qui avait compris qu'il devait, pour la garder auprès de lui, laisser libre celle qui s'affirmait « constante, mais non fidèle », Caterina détonnait, parmi les femmes de la noblesse vénitienne, par son esprit d'indépendance. Elle choquait aussi, en recevant ses amis dans son *ridotto* proche de San Moisè, ou en allant chevaucher dans son jardin de la Giudecca. Mais elle provoquait également l'admiration d'autres esprits libres.

Caterina se sentait, ce matin, infiniment paresseuse. Elle avait renvoyé sa femme de chambre avec le déjeuner, lui demandant de revenir un peu plus tard. Elle ne se sentait pas d'humeur à sacrifier à ce rite qui lui procurait habituellement un réel bien-être, comme d'ailleurs tout ce qui pouvait contribuer à donner satisfaction à une femme avide des plaisirs de l'existence.

Caterina repassait par la pensée les événements de la veille. Elle éprouvait le besoin de réfléchir à tout cela. Son intelligence, qui était vive, se rebellait devant la masse de superstitions remuées par ce Mage et ses comparses. Certes, la mise en scène était digne d'un véritable homme de théâtre. Mais voilà justement où le bât blessait : comment pouvait-on faire gober à des gens a priori sensés cette fable des quatre éléments guerroyant au-dessus de Venise ?

Caterina bâilla, avec la grâce d'un chaton repu, passa en revue ses rencontres de la soirée. Morosini, dont elle estimait la générosité et l'ouverture d'esprit. Pietro Grimani, ce doge poète, que sa beauté semblait laisser indifférent. Flavio Foscarini, qu'elle s'était juré d'ajouter à la liste de ses conquêtes, mais qui n'avait d'yeux que pour sa petite épouse levantine. Bien charmante, d'ailleurs, et courageuse, elle se devait de l'admettre. La manière dont elle était allée se fourrer dans la gueule du loup, quand Foscarini et son ami Gozzi recherchaient la terrible vestale de Venise, était digne d'admiration. Qui d'autre ? Ce Mage ne l'avait pas impressionnée, avec ses simulacres de théâtre, pas plus que ses deux comparses. L'une d'elles, cette Egiziana, n'aurait pas déparé une parade foraine, l'autre, la Polacca, avec son profil en lame de couteau, n'avait rien d'engageant ; il fallait être un esprit pour vouloir s'emparer de sa carcasse ! Oh ! Et ce sylphe... Beau garçon, c'était certain, bien bâti. Il avait dû peupler les rêves de bien des *nobildonne* cette nuit. Mais Caterina n'était pas de ces écervelées et, quand un homme l'intéressait, l'intelligence passait avant le physique, même si cela avait son importance. Très sincèrement, elle aurait préféré séduire le rétif Flavio.

Un éclair de colère passa dans ses yeux sombres. Elle avait soudain trouvé ce qui provoquait son ire : cette Madame d'Urfé. Tout cela était de sa faute. Cette intrigante, avec ses airs dolents de sainte-nitouche, semblait vouloir mettre Venise à ses pieds. Pour abattre le château de cartes dont le Mage était en apparence le roi, il fallait faire chuter cette dame de pique. La décision de Caterina fut vite prise : elle allait s'y employer.

Sur les fondamenta Nuove, ce matin, les passants observaient l'étrange manège des oiseaux qui survolaient les quais de pierre. Les goélands étaient très nombreux, ils poussaient des cris rauques et tournaient en rond, très bas dans le ciel, avant de venir se poser, en groupes. Sur ce quai de pierre où les Vénitiens venaient volontiers respirer le bon air, et s'adonner à divers jeux de balle et de raquette, le phénomène étonnait. D'autant plus que, si l'on s'approchait trop d'eux, les oiseaux, d'habitude si familiers, se montraient agressifs.

Ca' Celsi-Donà, laissant Flavio partir retrouver Gasparo chez Florian, Assin avait préféré faire la grasse matinée. Dans ses appartements orientaux, allongée sur un divan moelleux, elle réfléchissait à la soirée passée, tandis qu'agenouillée auprès d'elle Mahinour tirait les cartes.

— Maîtresse, je vois des djinns.

— Ici, on les appelle des esprits, répondit Assin.

— Ils sont mauvais, comme ceux du désert, dans notre pays.

— Cela ne m'étonne pas. Ce que j'ai vu et entendu hier soir ne m'a guère rassurée. Cet homme qui prétend commander aux esprits des quatre éléments est certainement le Diable que tu as vu hier dans tes tarots. Il est bien capable de déchaîner des forces abominables sur Venise.

— Que pouvons-nous faire, maîtresse ?

— Faire en sorte qu'il se trahisse tout seul, et qu'on le chasse de la cité.

La suivante hocha gravement la tête, son beau sourire pour une fois absent, tandis qu'Assin songeait qu'il était certainement plus facile de formuler la chose que de la voir s'accomplir. Mais pour cela, elle avait toute confiance en Flavio.

Pendant ce temps, du côté du rio Marin, Madame d'Urfé, après avoir bu son chocolat du matin et passé un long moment assise devant le miroir de sa coiffeuse, à appliquer sur son visage divers baumes et onguents destinés à lui conserver l'aspect d'une jeune fille, tandis que sa camériste brossait ses cheveux blonds, s'était installée dans un fauteuil, près de la cheminée, vêtue d'une chaude robe d'intérieur et d'un châle de bonne laine, pour lire les billets, déposés un peu plus tôt par les gondoliers de nombreuses maisons, et que lui avaient fait porter bien des invités de la soirée du Mage. Les demandes de séances privées afin d'évoquer les divers esprits commençaient déjà à pleuvoir. Les doigts agiles, légèrement fébriles, de Madame d'Urfé ouvraient les plis, déchiffraient les noms des grandes familles vénitiennes. Des hommes surtout, mais des femmes aussi. Les gnomes étaient très recherchés. L'argent, bien sûr. Les ondines intéressaient les marchands. Les salamandres avaient peu de succès : à part elle, qui se souciait de connaître les arcanes du Grand Œuvre ? Quant au sylphe, il avait conquis bien des cœurs. Il fallait parler de tout cela au plus vite avec le Mage, déterminer où et comment se dérouleraient les séances, quel en serait le prix, et quelle commission elle-même en retirerait. Donnant,

donnant : c'était à présent au Mage de l'aider dans ses travaux alchimiques. Décidément, Venise était une cité bien plaisante, et Madame d'Urfé sentait qu'elle allait y demeurer plus longtemps qu'elle ne l'avait prévu.

Le long du rio della Madonna dell' Orto, l'activité était déjà importante, et de nombreuses embarcations, chargées de marchandises et d'aliments, passaient. Le *plouf* des rames, les cris joyeux des bateliers, les dialogues qu'ils nouaient avec leurs compères, d'une barque à l'autre, créaient une animation plaisante, relayée sur le quai par les commerçants, les artisans et les simples passants. Seule la Ca' Mastelli, avec son chameau en ronde-bosse, demeurait silencieuse. Personne au balcon de l'un ou l'autre des deux *piani nobili*, aucun esquif à proximité, pas âme qui vive à la porte donnant sur le campo dei Mori. La demeure semblait tout aussi déserte qu'avant l'arrivée du Mage de Prague et de sa suite.

À l'intérieur du petit palais, le silence était absolument complet. Dans la cuisine, les domestiques vaquaient à la préparation du déjeuner, sans échanger un mot, sans le moindre rire. Dans une des chambres, l'Egiziana était occupée à sa toilette, tandis que la Polacca, avec qui elle faisait lit commun, dormait encore d'un sommeil qui semblait ne jamais vouloir finir. Dans ses appartements, le Mage était étendu sur un dais recouvert de soie verte. Entièrement vêtu de noir, portant de larges pantalons orientaux et une tunique, les pieds nus, les bras étendus le long du corps, paumes des mains ouvertes vers le ciel, il semblait se trouver dans un état de catalepsie, plutôt qu'endormi. Autour de lui veillaient, assis par terre sur un tapis recouvrant le sol en *terrazzo*, deux de ses golems. Leurs yeux étaient grands ouverts, leurs pupilles dilatées comme sous l'effet d'une drogue. Tout cela dans le silence le plus total.

En prêtant l'oreille, une personne dotée d'une ouïe exceptionnelle aurait peut-être perçu le seul bruit qui animait la vieille demeure : celui des minuscules crocs des rats qui, cachés entre les cloisons et les faux plafonds, rongeaient sans fin tout ce qui pouvait contenter leur effroyable appétit.

9

La manie des sylphes

Madame d'Urfé avait vu juste. Dans les jours qui suivirent la représentation mémorable du Mage de Prague, l'élite de Venise ne parlait plus que d'esprits et affirmait se passionner pour les sciences occultes. Comme si la fièvre des habituels plaisirs et divertissements auxquels la noblesse et les riches marchands étaient habitués ne parvenait plus à les satisfaire, et qu'il fallait trouver un nouveau piment pour réveiller leur imagination et fouetter leurs sens émoussés.

Il y eut donc, au cours de cette seconde partie du mois d'octobre 1741, de bien curieuses discussions à travers Venise. Dans les boutiques de café, au théâtre, à l'opéra, on ne parlait que du Mage et de ses invocations. Dans les *ridotti*, au lieu de consacrer l'essentiel de la conversation aux mille et une futilités de la cité et aux intrigues amoureuses, on dissertait sur l'existence des esprits, ce qui semait le trouble dans l'esprit impressionnable des *nobildonne*, et épiçait ces réunions de contes fantasmagoriques dispensant d'étranges frissons. Les femmes trouvaient soudain fort intéressant de tenter d'entrer en communication avec leurs aïeux, tout en espérant qu'ils leur apparaîtraient sous les traits charmants d'un sylphe. En pensant au prochain carnaval, on songeait déjà à commander à sa couturière des costumes d'ondine ou de sylphide. Les hommes n'étaient pas en reste, se passionnant soudain pour les sciences occultes, prétendant que l'alchimie était loin d'être une lubie, et qu'il était certainement possible de fondre ensemble de vils métaux, de manière à produire l'or le plus pur.

— Après tout, mes amis, déclarait le comte Dandolo, n'oublions pas que les alchimistes ont toujours eu pignon sur rue à Venise, et leur présence y est attestée, de même que celle des occultistes. Songez que l'un des premiers ouvrages consacré aux sciences secrètes, *Le Songe de Poliphile*, de Francesco Colonna, a été publié dans notre cité à la fin du XVe siècle par le grand imprimeur Alde Manuce.

— Et l'on peut voir représentées diverses phases du Grand Œuvre alchimique sur la façade de la Ca' Lezze, répondit le comte Orseolo.

— Vous avez raison, mon cher. Cela prouve tout l'intérêt que le procurateur Giovanni Da Lezze portait à cette science, quand il fit décorer son palais de la Misericordia de plusieurs hauts-reliefs symboliques.

Autour des deux hommes, on faisait cercle, buvant leurs paroles. Venise, il ne faut pas l'oublier, était avant tout une cité de voyageurs doublés de marchands. La fortune amassée au fil des ans avait créé la noblesse et conforté son pouvoir, et plusieurs siècles de respectabilité n'avaient point éradiqué le désir de s'enrichir plus encore. La présence dans la Sérénissime de ce Mage, venu de la ville des alchimistes par excellence, ne pouvait que réveiller cette soif jamais éteinte.

Il en allait ainsi en bien des lieux de Venise, tout

cela au grand dam de personnes éclairées, comme le sénateur Basilio Morosini, qui ne décolérait pas, au nom de la Raison et des Lumières, et s'en ouvrait auprès de ses amis au sein de la loge maçonnique *Fedeltà* ; quant à Alvise Foscari, patriarche de Venise, fort marri de voir ses ouailles se tourner vers diverses formes de superstitions, c'est au nom de la sauvegarde de la très sainte religion catholique qu'il exhortait les Vénitiens à retrouver le chemin d'une foi sans partage.

Dans une ville que l'on surnommait à juste titre depuis plusieurs dizaines d'années « le plus grand bordel de toute l'Europe », où le goût pour la débauche et le lucre était à présent élevé au niveau d'une véritable institution, la marquise française avait néanmoins réussi, avec l'aide éclairée du Mage de Prague, à attiser les flammes et à transformer Venise en fournaise. Un prodige, au milieu des brumes et des premiers frimas de l'automne ! Les femmes soupiraient après l'amant idéal venu des sphères célestes ; les hommes ne rêvaient que de voir pleuvoir les sequins grâce à l'intercession des génies souterrains. Bref, Venise perdait la tête, subjuguée par ce manipulateur exceptionnellement doué pour perturber les âmes.

Si une bonne part des membres de la noblesse vénitienne se contentait de rêver à ces expériences mystérieuses, quelques-uns, plus téméraires, choisissaient de sauter le pas. Madame d'Urfé, qui paradait fort judicieusement dans les boutiques de café de la Piazza, accompagnée par un sigisbée – puisqu'il était impossible à une dame de qualité de s'y rendre seule –, ou au théâtre, se montrait tout à fait abordable, et il était facile, au détour de la conversation, de lui glisser une demande. Souriant, cachant sa bouche sensuelle et ses yeux bleus derrière l'écran d'un éventail, pour ne pas attirer l'attention des personnes présentes, la marquise précisait avec la rigueur digne d'une entremetteuse les rendez-vous et les conditions.

— Alors, c'est entendu, monsieur le comte ? Vous êtes attendu Ca' Contarini dal Zaffo, à la tombée de la nuit, demain soir. N'oubliez pas d'apporter ce qui vous a été demandé.

— La cassette ?

— C'est cela.

Un peu plus tard, faisant mine d'embrasser une *nobildonna* comme si celle-ci avait été une amie très chère, elle lui glissait à l'oreille :

— Ca' Contarini dal Zaffo, tantôt, sur les cinq heures. La Polacca vous dévoilera l'avenir. Pensez à vous munir d'une vingtaine de ducats.

Et il en allait ainsi, à un rythme qui s'accélérait de jour en jour. Madame d'Urfé n'avait plus un instant pour s'occuper de ses affaires personnelles, et elle attendait avec impatience la venue, dans sa demeure le long du rio Marin, du Mage qui lui avait promis son aide dans ses recherches alchimiques. Mais pour le moment, il importait justement de se montrer une émissaire zélée de ce grand illuminé et de ses acolytes, afin qu'ils puissent travailler à leur aise. Ensuite viendrait la récompense. Les trois Pragois semblaient donner grande satisfaction à celles et ceux qui venaient leur demander aide ou conseils. Qu'il s'agît de parler d'argent, de faire des prédictions ou même de ménager une rencontre avec un esprit, ces entrevues ravissaient les intéressés, qui en parlaient à leurs relations. Le bouche-à-oreille fonctionnait à merveille. Peu à peu, Venise tombait sous l'emprise du Mage de Prague.

Pour la deuxième fois, Lucrezia Contarini dal Zaffo franchissait la porte du petit palais du rio Marin, répondant à l'invitation de Madame d'Urfé. Elle avait hésité, n'ayant pas l'intention de révéler à deux inconnues un secret familial que personne ne devait connaître. Giorgio ne lui pardonnerait jamais une telle indiscrétion. Cet élan de sympathie qu'elle avait ressenti envers la marquise, à un moment où elle était encore pleinement sous le choc de l'affreuse apparition de la défunte, elle le voyait à présent comme une faiblesse dont cette femme avait profité. Tandis que Madame d'Urfé venait vers elle, souriante, tendant les bras pour l'embrasser, Lucrezia prit la résolution de ne rien dire, et même de mentir s'il le fallait. Ce serait intéressant de voir ce que cette Polacca pourrait imaginer par rapport à de fausses confidences.

Dans le petit salon, la pythonisse les attendait, assise sur un fauteuil. Elle se leva pour accueillir la comtesse, puis les trois femmes s'installèrent, Lucrezia étant placée près de la Polacca afin que cette dernière puisse lire avec plus de facilité dans son esprit. C'est du moins ce qu'affirma Madame d'Urfé. Lucrezia eut tout le temps de regarder cette Polonaise, qui les avait charmés, l'autre soir, au clavecin. Elle avait des mains fines, aux longs doigts, mais quelque chose dans la maigreur de sa physionomie mettait Lucrezia mal à l'aise. Son corset révélait une presque complète absence de gorge, le visage semblait dur sous les fards, à tel point que la comtesse eut, l'espace d'un éclair, l'impression de se trouver devant un homme déguisé en femme. La Polacca dut s'en apercevoir, car elle fit à la comtesse un sourire enjôleur, et lui prit une main dans les siennes. Tout d'abord, elle resta silencieuse, puis commença à fredonner une sorte de mélopée. Sa tête se mit à dodeliner, et soudain, dans un italien chargé de l'accent de son pays natal, elle parla.

— Grande tristesse... Chagrin profond... Madame comtesse, la mort est entrée dans votre demeure.

Lucrezia frémit. Elle ne s'était pas attendue à des paroles si brusques. La marquise la regardait, dans l'expectative. Lucrezia décida d'attendre la suite, sans parler.

— Une femme... Une rivale... Elle attend. La reconnaissez-vous?

— Non, je ne vois pas qui cela peut être, répondit la comtesse, se faisant la remarque que la malheureuse attendait en effet depuis bien longtemps, s'il s'agissait de la morte.

— Très jalouse... Prête à commettre le pire... Vous ne voyez pas?

En femme avisée, Lucrezia saisissait fort bien qu'elle avait affaire à une personne malhonnête, qui essayait, en fait, de lui faire croire que son mari possédait une maîtresse jalouse. Quelle mauvaise farce! Restait à se tirer de ce mauvais pas sans faire d'esclandre. Lucrezia choisit la solution la plus adaptée à son âge et à sa condition.

— Mon Dieu, elle s'évanouit! dit Madame d'Urfé.

— Ce sera le choc de la révélation, conclut la Polacca.

La marquise fit respirer des sels à la comtesse, qui reprit conscience, jouant la comédie non sans talent, et tandis que Madame d'Urfé lui faisait des protestations d'amitié et l'incitait à rester un peu, Lucrezia fit comprendre qu'il valait mieux qu'elle regagne sa demeure au plus vite, pour s'aliter. Ce n'est qu'une fois installée dans sa gondole, sous le *felze,* qu'elle se détendit tout à fait. Son opinion était faite. Elle ne souhaitait plus revoir ces aventurières. Mais comment faire admettre tout cela à Giorgio, alors qu'elle avait chanté leurs louanges ? Qu'allait-il penser d'elle ?

Ce même soir, au Teatro Sant'Angelo, on donnait la *Berenice* de Baldassare Galuppi. Flavio et Assin assistaient à la représentation de cet opéra du compositeur de Burano, dans ce beau petit théâtre situé corte dell'Albero, en bordure du Grand Canal[1]. L'œuvre était agréable à entendre, et les époux se dirent que l'air « *Ti abborrerò tiranno !*[2] » tombait fort à propos pour qualifier l'intrigant qui prétendait mettre Venise sous sa coupe.

Sans grande surprise, Flavio fit remarquer à son épouse la présence de Madame d'Urfé dans la salle. Il était convenu entre eux que Foscarini ferait son possible pour approcher la marquise, la saluer, et lui dire combien il avait apprécié l'intervention du Mage de Prague au Casino des Esprits.

— Comme c'est aimable à vous, monsieur, lui dit Madame d'Urfé, qui s'était laissé saluer avec grâce tout en observant bien le comte Foscarini.

1. Détruit au début du XIXe siècle, il se trouvait à l'emplacement de l'actuel palais Barocci, aujourd'hui un hôtel.
2. Je t'abhorrerai, tyran.

— Quelle belle soirée, n'est-ce pas, madame la marquise, enchaîna Flavio. Goûtez-vous la musique de nos compositeurs ?

— Je la trouve tout à fait délicate et inspirée, répondit-elle avec un sourire fait pour enjôler.

Flavio joua le jeu, remarquant le regard appuyé de Madame d'Urfé.

— Et notre Venise, ne vous semble-t-elle pas un peu... provinciale, après les splendeurs de la cour de Versailles ?

— Oh ! monsieur, comment pouvez-vous dire pareille chose ? Je suis plongée dans un enchantement permanent, depuis mon arrivée dans cette ville de songe. À l'image de ce théâtre où tout n'est que beauté et raffinement, je vis comme dans un rêve, reçue avec tant d'amitié dans ces magnifiques demeures.

— En est-il de même pour votre ami pragois ? dit soudain Flavio.

Bien que fort maîtresse d'elle-même, la marquise se troubla légèrement, agita son éventail, et sourit à son interlocuteur.

— Je suppose qu'un sage trouve en tout lieu un havre de paix où il peut méditer et travailler...

— Est-il indiscret de demander à quelle activité il consacre son temps ?

— Mais... dit la marquise avec un peu d'irritation dans la voix, je ne lui pose guère ce genre de question, monsieur.

— C'est que j'aurais aimé l'entretenir d'un projet qui me tient à cœur, enchaîna Flavio comme s'il n'avait pas entendu. Il s'agit d'un héritage que j'ai fait. Une très grosse somme que je souhaiterais placer dans le commerce maritime. C'est une tradition familiale, à laquelle je voudrais donner un nouvel essor. Peut-être les esprits pourraient-ils se montrer favorables à ma requête, avec l'aide de la juste personne ?

Madame d'Urfé, aisément trompée par le ton sincère de Flavio, dont le naturel tranchait sur l'aspect apprêté de la plupart des *nobiluomini* que côtoyait la marquise, mordit aussitôt à l'hameçon. Reprenant ses airs de conspiratrice, elle approcha son visage de celui de Flavio.

— J'en toucherai un mot au Mage. Il vous faut toute l'aide des esprits de l'eau pour mener à bien cette entreprise.

— J'en serais fort aise.

— Où puis-je vous faire porter la réponse ?

— Ca' Celsi-Donà, à Castello, précisa Flavio.

— Vous pouvez compter sur moi, lui dit Madame d'Urfé, reprenant l'air candide qu'elle aimait afficher en public.

Foscarini lui baisa la main avant de prendre congé, et s'éloigna pour aller retrouver Assin. À sa grande surprise, il vit son épouse en pleine conversation avec Caterina Sagredo Barbarigo. Curieusement, il eut aussitôt le sentiment que les deux femmes se parlaient avec calme. Assin souriait, et il eut même l'impression qu'elle lui clignait de l'œil tandis qu'il approchait. La Barbarigo se tourna vers lui.

— Alors, cher Flavio, voici que l'on se jette dans la gueule du loup ? Ou de la renarde rusée, devrais-je plutôt dire...

— Ah ! Je vois... Anna vous a raconté.

— Ne vous troublez point. À l'inverse de la plupart des Vénitiennes, j'éprouve une sévère prévention à l'égard de la marquise d'Urfé.

— Cet astre qui se lève sur notre Sérénissime crépusculaire...

Caterina le foudroya du regard, et passa rageusement une main sur ses perles.

— Non, cher ami, ne voyez pas là une rivalité de femmes. Je suis au-dessus de cela. Madame d'Urfé peut prendre l'ascendant qu'elle veut sur le cœur de certains *nobiluomini,* je n'en ai cure. Ce qui m'inquiète en revanche, vous l'aurez certainement compris, c'est l'art consommé avec lequel elle a su intriguer pour imposer ce personnage carnavalesque dont j'ai tout lieu de croire qu'il n'est qu'un imposteur.

— Mais un imposteur à l'évidence aussi doué, sinon plus encore, que la marquise, pour imposer sa volonté aux autres, compléta Flavio.

— Voilà ! fit la comtesse en faisant claquer son éventail.

— C'est ce qui a poussé Flavio à demander une entrevue, sous un prétexte alléchant.

C'est Assin qui venait de parler. Caterina hocha la tête, puis interrogea Flavio du regard.

— J'ai inventé un héritage, et lui ai dit mon souhait de développer un commerce maritime...

— Seuls les esprits des eaux peuvent vous rendre les flots favorables !

— C'est exact. À présent, j'attends la réponse. Je pense qu'elle ne tardera pas. Je vous tiendrai au courant.

— S'il vous plaît. L'union fait la force, dit-elle en décochant à Flavio un sourire ravageur. Que Dieu vous garde. Vous nous êtes cher.

— Vous nous êtes cher, singea Assin à mi-voix,

tandis que Caterina Sagredo Barbarigo regagnait sa loge. Elle ne peut pas s'en empêcher, c'est plus fort qu'elle !

Flavio se contenta de rire, et d'embrasser une main de son épouse. L'orchestre fit entendre quelques notes discordantes, la représentation allait reprendre, pour continuer à conter les amours tragiques de la reine de Palestine.

La réponse du Mage de Prague ne se fit pas attendre. Le lendemain, dans la matinée, alors que Flavio se tenait dans son cabinet de travail, occupé à lire sous l'œil des deux chats installés sur un fauteuil à proximité de la cheminée, on frappa à la porte. C'était Adriano, portant un billet sur un petit plateau d'argent.

— On vient de déposer ce message pour vous, monsieur le comte.

— Merci, Adriano. Attend-on la réponse ?

— Non, monsieur, Hassan m'a dit que le garçon qui lui a remis le pli était aussitôt parti.

— C'est bien. Merci, Adriano.

Le valet se retira, tandis que Flavio retournait s'asseoir, tout en ouvrant le billet. D'une belle écriture, en français, la marquise d'Urfé annonçait au comte Foscarini qu'il était attendu par le Mage à la Ca' Contarini dal Zaffo ce même jour, vers les six heures du soir.

Flavio voulut raconter la chose à Assin. Elle ne se trouvait pas dans ses appartements, aussi il descendit au *piano terra* du palais. Des petits cris et des rires fusaient de la cuisine. Flavio passa la tête dans l'antre d'Erminia, pour y surprendre la robuste cuisinière frioulane, son épouse et un gamin à l'air bien embêté, à quatre pattes, donnant la course à plusieurs anguilles qui se tortillaient et bondissaient sur le sol trempé.

— La pêche est ouverte ?

Trois visages le regardèrent, un peu surpris de cette intrusion dans un domaine où il s'aventurait rarement. Erminia fulminait.

— C'est ce bon à rien qui est venu livrer les *bisati*, et qui trouve le moyen de se prendre les pieds dans une chaise. Maintenant, il s'agit de les attraper.

— Au moins, ma bonne Erminia, tu es certaine que le poisson est bien frais !

— C'est ça, moquez-vous de moi, sior Flavio. Mais ces bestioles gigotent comme des démons.

Il fallut une série de plongeons, et avec l'aide de torchons, tous trois parvinrent à faire entendre raison aux robustes anguilles qui se battirent jusqu'au bout pour tenter de regagner leur liberté. Tandis qu'Erminia servait, malgré son courroux, un verre de vin au garçon, Assin et Flavio reprirent l'escalier pour rejoindre le *piano nobile*.

Assin tenait ses bras en avant, pour ne pas transmettre l'odeur forte du poisson à ses vêtements orientaux, ceux qu'elle préférait porter lorsqu'elle était chez elle. À présent, après avoir lavé ses mains dans une fontaine de cuivre, elle les sécha puis les parfuma avec quelques gouttes d'eau de rose. Flavio, tout en l'observant, lui raconta qu'il venait de recevoir l'invitation. Une expression de contrariété envahit les traits d'Assin.

— Je ne risque rien. Ces gens-là sont trop malins pour ne pas imaginer que j'aurai prévenu mon entourage et peut-être même les autorités. Je vais d'ailleurs faire porter un mot à Gasparo pour le tenir au courant et lui dire de venir me retrouver dans les parages à la Misericordia.

— Tu as raison, je serai plus tranquille de le savoir près de toi.

Là-dessus, Flavio se retira dans son cabinet, afin de mettre sur pied le conte en l'air[1] qu'il s'apprêtait à débiter au Mage, quelques heures plus tard.

On approchait de la Toussaint, et la nuit tombait assez tôt. Sous un ciel parcouru de longs nuages à travers lesquels le soleil couchant dessinait des arabesques, Flavio avait décidé de se rendre à pied, depuis la Ca' Celsi-Donà, jusqu'à la Misericordia. Il marchait à présent à travers les ruelles en direction de Santa Giustina. Puis il prendrait la barbaria delle Tole, arriverait en vue de l'immense silhouette gothique de San Zanipolo, avant de quitter Castello pour Cannaregio. En bon Vénitien, Flavio aimait par-dessus tout arpenter les *calli* de sa ville natale, œil toujours attiré par un détail qu'il n'avait pas encore remarqué, même s'il se sentait tout aussi à l'aise en bateau, à ramer dans les canaux, pour s'élancer ensuite dans la lagune. Ces deux activités lui étaient aussi nécessaires ; elles se complétaient à la perfection.

Quand il parvint à la sacca della Misericordia, l'obscurité était presque complète. Ce coin de Cannaregio était bien moins fréquenté que les ruelles par lesquelles il avait cheminé jusqu'alors. Deux femmes du peuple, pauvrement vêtues, un châle noir sur les

1. Histoire inventée (expression employée au XVIIIe siècle).

épaules, marchaient avec peine. L'une d'elles poussait une carriole chargée de légumes. Une seule barque passait sur le rio della Madonna dell'Orto, devant la Ca' Contarini dal Zaffo, où deux petits fanaux éclairaient déjà la porte d'entrée. Flavio s'approcha, puis actionna le marteau. Ce fut un des serviteurs au faciès asiatique qui vint lui ouvrir, et le fit entrer dans ce qui n'était pas à proprement parler un *androne*, mais une sorte d'atrium par lequel on apercevait l'échappée vers le vaste jardin.

Dans la pénombre, Flavio fut dirigé vers un petit salon du *piano terra*. Le valet s'effaça pour le laisser passer, puis ferma la porte derrière lui. La flamme des trois chandelles qui brûlaient sur un candélabre ne permettait pas de distinguer grand-chose. Flavio pensa tout d'abord qu'il était seul. Il fixa le mur d'une indéfinissable couleur sombre qui se trouvait devant lui et, avant d'avoir pu réaliser quoi que ce fût, le Mage se trouvait devant lui comme s'il avait surgi de cette paroi d'ombre. Flavio ne put s'empêcher de sursauter. L'homme en noir, dont la haute stature le dominait, le considéra avec ce qui devait être pour lui l'ébauche d'un sourire.

— J'espère ne pas vous avoir effrayé, honorable comte ?

— Venise est la cité des prodiges, cher monsieur, et les surprises sont ici notre lot commun, répondit Foscarini.

Le Mage lui tendit la main, et à son contact, dur et glacial, Flavio sentit un picotement proche de la brûlure, qui gagnait son avant-bras, contractait ses muscles, bloquait sa respiration. Le regard noir de l'homme de Prague interrogeait le sien, son visage s'approchait jusqu'à le toucher, à tel point que Flavio percevait son haleine, froide et comme désincarnée, et ressentait quelque chose de violent, qui n'avait rien à voir avec une attraction physique. Le Mage tentait bel et bien d'opérer une prise de possession de son esprit. L'homme cherchait à le fasciner, à supprimer en lui toute volonté. Flavio, chassant l'étourdissement qui l'envahissait, réagit aussitôt grâce aux connaissances amassées dans ses lectures. Il fallait impérativement empêcher ce dangereux personnage de fouiller son esprit. En se concentrant, Flavio imagina qu'il construisait un mur de briques juste derrière ses yeux, barrant le passage vers son cerveau. Oui, le mur était bien là, déjà solide. L'effet fut immédiat. Les pupilles dilatées du Mage se resserrèrent, son visage s'éloigna à la juste distance de son interlocuteur, tandis que sa physionomie redevenait presque accueillante.

— Je suis très heureux de rencontrer un homme de volonté, dit-il comme si rien ne s'était passé.

— Moi aussi, répondit Flavio, satisfait de constater que le pouvoir du Mage avait des limites.

— Monsieur le comte a-t-il quelques connaissances de l'ancienne cabale ?

— De faibles notions, comme tout honnête homme.

— Alors, dit le Mage en le prenant par le bras, vous en savez certainement beaucoup sur les esprits qui nous entourent. Pour l'affaire qui vous intéresse, les ondines et les nymphes seront vos intercesseurs.

Le Mage avait ouvert la porte, et guidait à présent son invité vers le jardin. Deux des golems, portant des lanternes, se placèrent auprès d'eux pour éclairer le chemin.

Flavio ressentit le même émerveillement que la

fois précédente, en traversant ce vaste espace planté de grands arbres et de bosquets, orné de statues, de portiques et de fabriques. Le Mage, tenant toujours son bras, l'entraînait sans parler vers le Casino des Esprits. Du moins c'est ce que crut Flavio, jusqu'au moment où son hôte s'arrêta, puis bifurqua vers la gauche, sur un petit sentier. Au fond, dans les ténèbres à présent presque complètes, on distinguait vaguement un amoncellement de grosses pierres. Flavio se souvint d'avoir aperçu ce qui ressemblait à une grotte, lors de la fameuse soirée. C'est apparemment là que le Mage l'entraînait.

Parvenu à la grotte de rocaille – une construction artificielle faite de rochers masqués en partie par une végétation sauvage –, le petit groupe s'arrêta.

— Les esprits de l'eau sont, tout comme les autres, une réalité, seigneur comte.

— J'entends bien, répondit Flavio, jugeant plus prudent de jouer le jeu.

— Peut-être aurons-nous la chance de les surprendre dans leur élément. Je vous demanderai de ne point dire de paroles.

— C'est un honneur qui réclame le silence.

Le Mage acquiesça. L'un des serviteurs était déjà entré dans la caverne. L'autre attendait son maître et Foscarini pour y pénétrer à son tour. Les trois hommes firent quelques pas entre des rocs, puis descendirent quelques marches et arrivèrent alors dans une grotte. L'atmosphère était étrangement douce et humide, l'odeur de l'iode et des algues très forte. Un doux bruit de ressac résonnait contre les parois de pierre. Sous ses pieds, Flavio sentit la caresse du sable. Il regarda autour de lui, tandis que ses yeux s'habituaient à l'obscurité, distinguant peu à peu la surface de l'eau qui affleurait, et les petites vaguelettes qui montaient à l'assaut de cette étrange plage souterraine. Au-delà, il voyait des piliers de pierre, des amoncellements de coquillages, l'entrée d'une autre grotte, envahie presque entièrement par l'eau. La flamme dansante des lanternes semblait animer le décor d'une vie propre, à tel point qu'il était difficile de déterminer exactement le vrai du faux.

Tandis qu'il se tournait pour observer le Mage, Flavio vit ce dernier psalmodier une sorte d'incantation, les mains tendues vers l'étendue aquatique, mais aucun mot ne sortait de sa bouche. Cette prière muette aux esprits de l'élément marin avait quelque chose de très inquiétant. Le calme avant la tempête ?

Était-ce une illusion ? Flavio crut voir un bouillonnement parcourir l'étendue d'eau, suivi par une gerbe d'écume. À son côté, le Mage continuait sa muette conjuration. Flavio vit qu'il dressait soudain la tête, comme pour mieux voir quelque chose. Il tourna lui aussi de nouveau son regard vers la grotte...

Sous l'arche formée par la pierre et le sable, à demi cachée par l'eau miroitante, se tenait une jeune femme d'une beauté incroyable. Elle était nue, sa longue chevelure blonde, mouillée, collait à ses épaules, mais ne cachait pas deux petits seins ronds et fermes auxquels l'humidité et la lueur des lanternes conféraient un aspect brillant et presque irréel. Avec l'une de ses mains, l'ondine tentait de mettre de l'ordre dans ses cheveux, tandis que l'autre tenait un morceau de verroterie qui lui servait de miroir, dans lequel elle se mirait.

— Éternelle vanité des filles des eaux, souffla le Mage.

— Quelle singulière beauté ! chuchota Flavio.

— Elle sera votre émissaire sur les mers.

— Que dois-je faire pour m'attirer ses faveurs ?

— C'est à moi d'intercéder, répondit le Mage d'un ton sans réplique.

Cette phrase fut suivie du bruit d'un plongeon. L'ondine se jeta dans les eaux, en un mouvement souple et vif, et Flavio ne put jurer de ce qu'il avait entrevu dans les lueurs dansantes de la grotte : des jambes agiles, ou la gaine verdâtre d'une grande queue de poisson ?...

Un moment plus tard, Flavio sortait du palais, étrangement troublé.

— Cet homme est un dangereux personnage, Gasparo.

— Ce que vous me racontez me laisse pantois, Flavio. Vous êtes la dernière personne que je connaisse, capable de se laisser impressionner par un simulacre.

— J'aurais voulu t'y voir !

— Ma foi... Je crois que je vais rêver à cette sirène, maintenant que je sais qu'il s'en trouve dans les eaux de notre lagune.

Les deux amis s'étaient retrouvés, comme convenu, dans une petite malvoisie proche du campo dei Santi Apostoli. Une fois n'étant pas coutume, sous le coup de l'émotion, ils buvaient verre sur verre d'un *raboso* qui les réchauffa avec générosité.

— Ce Mage est un homme de théâtre tout à fait extraordinaire, reprit Flavio. S'il mettait ses connaissances au service d'un entrepreneur de spectacles, il ferait fortune...

— Mais sans doute entend-il gagner plus encore en

se faisant passer pour un sage, et étendre son emprise sur les autres satisfait-il plus encore sa soif de pouvoir.

— Tu as raison, Gasparo. Il a incontestablement en lui une force qui lui permet d'imposer sa volonté aux plus faibles.

— Mais dites-moi, Flavio, comment vous êtes-vous tiré de ce marché ? Car je suppose que s'assurer le secours d'une ondine doit bien se payer ?

— Fort cher ! J'ai fait comprendre au Mage que j'étais en attente d'un héritage, et que je lui remettrais mon obole dès son arrivée chez mon notaire.

— Ce qui nous laisse un peu de temps avant qu'il ne découvre le pot aux roses...

— Exactement.

— Et maintenant, que faisons-nous, Flavio ?

— Nous regagnons nos demeures, prendre un repos mérité. Viens me retrouver demain, vers les onze heures. Nous tiendrons conseil avec Assin.

Les deux amis se donnèrent l'accolade, puis se séparèrent, chacun partant dans une direction opposée. Ils ne virent pas, postée dans l'ombre, la silhouette brune d'un des golems du Mage, qui les observait.

10

Les esprits se déchaînent

Une gondole filait sur les eaux glauques du Grand Canal, en direction du canal de Cannaregio. Une autre la croisa, puis deux passèrent encore, qui voguaient vers le pont du Rialto. Quelques rires fusaient, sous le couvert du *felze.* Puis le calme nocturne reprit possession des lieux. Il était déjà fort tard, et Venise s'endormait par une nuit sans lune, tandis que des filaments de brume commençaient à se déplacer, semblables à de légers spectres, quelques pas au-dessus de la surface opaque.

La plupart des palais se trouvaient à présent dans l'obscurité, quoique, çà et là, on voyait danser l'éclat de chandelles aux fenêtres de certains *piani nobili.* Devant la petite Ca' Curnis, à San Stae, un gondolier, en passant, entendit un rire, le rire gras d'un homme d'un certain âge, et celui, perlé, d'une femme. Quoi de plus naturel que de se livrer aux jeux de la séduction ? Cela semblait provenir du *portego*, ou peut-être d'une chambre, et le gondolier se contenta de sourire tout en plongeant sa rame dans l'eau, songeant que, dans cette cité, il y aurait toujours des hommes qui travailleraient tandis que d'autres prendraient du bon temps...

Le palais en question est de dimensions modestes, mais richement meublé. On y voit de belles œuvres d'art, des bibelots de prix, l'argenterie brille, et dans la chambre à coucher du maître, le luxe est ici patent. C'est que messer Curnis est un fort riche marchand, et qu'il a de plus très bon goût, pour la peinture, et surtout pour les bijoux, dont il pare ses doigts boudinés et son poitrail rebondi. Messer Paterniano Curtis a eu le chagrin de perdre son épouse, ses enfants sont mariés, et l'on n'attend que sa mort pour prendre possession de toutes les richesses accumulées par le veuf. Comme il ne se lasse pas de la compagnie féminine malgré son âge, Curtis paie les services de courtisanes. Mais ce soir, il s'est offert un vrai présent des dieux : un moment avec la fameuse Egiziana venue de Prague avec le Mage qu'il est allé entendre il y a peu, et qui l'a aussitôt séduit.

Quelle splendeur de femme ! Pour elle, il a fait préparer par sa cuisinière un souper froid, accompagné des vins les plus fins, puis il a renvoyé tous ses gens. Personne ne doit voir la perle égyptienne ! À présent, il est revêtu d'un simple vêtement d'intérieur qui révèle les bourrelets de graisse de son corps fatigué, mais permet les rapprochements. Les mets ont été à peine touchés mais le vin a coulé surtout dans son propre verre, et voici l'enchanteresse qui joue avec lui de tout le pouvoir de sa séduction, qu'elle pimente d'une certaine autorité, ce qui excite le gros homme au point de lui faire perdre la tête. Plus l'Egiziana se fait aguichante, plus il la désire, et plus il ouvre ses cassettes pour la parer de colliers et de bagues. Elle montre ses seins, et le malheureux, presque nu, s'agenouille pour y enfouir son visage, ce qui lui permet de ne pas voir le sursaut de dégoût qui vient une seconde perturber le beau visage de l'Egiziana. Elle, faisant mine de céder à la caresse, regarde autour d'elle, scrute tout ce qui l'entoure. Puis, tandis que messer Curnis, fou de désir, l'embrasse avec passion, d'une voix douce et persuasive, l'Egiziana prend son visage entre ses mains, lui parle comme à un enfant, fait jouer les reflets d'une de ses bagues dans les yeux de l'homme dont la volonté commence bientôt à chavirer. Elle parle, parle encore, et soudain, messer Curnis demeure immobile, le regard fixe. L'Egiziana se rajuste et se lève. Elle n'a plus qu'à faire tranquillement son marché dans cette caverne aux trésors.

Quand elle a rempli un plein sac de bijoux de grand prix, et remis par-dessus sa robe le *tabarro,* elle vient chuchoter encore quelques mots à l'oreille du marchand, affalé, sa robe d'intérieur ouverte. À présent, sa voix se fait dure et précise. Le marchand ne réagit pas. Alors, silencieuse et légère, l'Egiziana quitte le petit palais endormi.

Un moment plus tard, dans le silence de la nuit qui a gagné le Grand Canal, la silhouette fantomatique de messer Curnis apparaît à la porte d'eau de la Ca' Curnis. Le gros homme, sans aucun linge sous son habit d'intérieur, les pieds nus, s'avance lentement, comme un somnambule, sur le ponton. Dans une barque, deux pêcheurs qui s'en vont au travail l'aperçoivent, lui crient de s'arrêter. Mais messer Curnis n'entend, dans sa tête endormie, que les ordres cruels de l'Egiziana, et sans prendre garde aux cris d'alarme des pêcheurs, il tombe sans même réagir dans l'eau glaciale du canal et coule à pic. Il ne reparaît pas à la surface, et son corps gonflé ne ressurgira que plusieurs jours après, affreusement endommagé par le séjour aquatique en compagnie des crabes.

Le lendemain matin, les deux témoins iront raconter ce qu'ils ont vu à la *Quarantia criminale*. Après une brève enquête, on conclura que le marchand, ayant été victime d'un habile cambrioleur, s'est donné la mort.

Ce matin, Flavio s'est retiré dans son cabinet. La veille au soir, à son retour de Cannaregio, il a longuement raconté à Assin l'entrevue avec le Mage, son attitude inquiétante, et l'apparition de l'ondine. Ce dernier détail a fait sourire son épouse.

— Je parie qu'elle portait de grosses perles autour du cou !

Cette saillie a considérablement détendu l'atmosphère, et le couple s'était alors retiré pour la nuit.

À présent, Flavio, assis près de la cheminée, tient en main sa pierre de réflexion, qui laisse voir le réseau de veinules noires, au sein de sa structure orangée. Il vient de poser un livre et réfléchit à ce qu'il a vu, tentant de séparer le réel de l'imaginaire, ou du moins de l'artifice théâtral. Tout en songeant, son regard se porte sur un meuble qui se trouve en face de lui. Soudain, le chat Francesco apparaît, comme s'il venait de surgir de nulle part, faisant sursauter Flavio qui, sans l'avoir voulu, pousse un bref cri de surprise qui provoque un mouvement de peur chez le chat.

— Eh bien mon ami, dit-il en prenant Francesco dans ses bras et en le caressant, tu viens de me faire comprendre un mystère.

Le chat, un peu inquiet, le fixe de ses yeux jaunes. Flavio considère le mur derrière le meuble. La couleur de la peinture, d'un ocre défraîchi, est à peu près semblable à celle de la fourrure rousse du chat. Celui-ci se tenait immobile comme une statue, sur ce fond qui le masquait grâce à la pénombre. Un mouvement en avant, et il était là. Ainsi avait donc fait le Mage, d'abord sur la scène du Casino des Esprits, vêtu de noir devant un fond de même nuance, et il avait renouvelé cette apparition fantastique dans le petit salon de la Ca' Contarini dal Zaffo. Un truc de théâtre, ou de magie, fort simple dans sa conception, et très efficace.

— On n'observe jamais assez les chats, dit-il à Francesco, qui se laissait à présent caresser en ronronnant avec volupté, sous l'œil plein de reproche de Mafalda, toujours un peu jalouse dès qu'elle avait le sentiment d'être moins aimée que son compagnon.

C'est à ce moment que l'on frappa à la porte du cabinet de travail. Le long visage de Gasparo, encadré de sa perruque à ailettes, apparut dans l'entrebâillement.

— Entre, mon cher garçon ! dit Flavio. Je m'étais plongé dans l'étude des mystères de la ville de Prague.

— Et qu'avez-vous appris ? répondit-il en venant s'asseoir en face de son ami.

— Sous le règne de Rodolphe II de Habsbourg, dans la seconde moitié du XVIe siècle et au début du suivant, alchimistes, astrologues et occultistes avaient la part belle, car l'empereur était une âme inquiète, un passionné d'ésotérisme, collectionneur d'objets étranges et mystérieux, persuadé de l'existence des esprits, et certain qu'il était possible de produire de l'or. Il existe toujours, sur le Hradschin, à l'ombre du château de Prague, cette fameuse ruelle d'Or dont les petites maisons étaient occupées par des alchimistes. Parmi les plus célèbres, qui eurent les honneurs de la cour, je retiens le nom de l'Anglais John Dee et de son associé, Edward Kelley, qui se rendirent chez l'empereur, et y organisèrent des séances, où se manifestaient des anges, grâce à l'intervention d'une boule de cristal et d'un miroir magique ; ces figures angéliques me semblent de proches cousins des esprits de notre ami le Mage. Les relations se tendirent quand Dee ne parvint pas à transformer la poudre de projection concoctée par Kelley pour en faire de l'or.

— Et ces golems dont vous parliez l'autre soir ?

— Ah ! C'est encore une légende liée à la cité pragoise, et plus particulièrement au quartier juif. Le Golem était, dit-on, un être artificiel fait de terre modelée, et portant sur le cœur une étoile sur laquelle était peint un caractère sacré qui permettait au rabbi de l'animer. Cela dans le but d'aider les juifs du ghetto à se défendre contre les persécutions.

— Le Mage se serait inspiré de cette statue de terre pour l'aspect des hommes de son entourage ?

— C'est très probable. De même qu'il semble avoir hérité de certains objets mystérieux dont on prêtait l'usage à John Dee, comme ce miroir magique que nous l'avons vu mettre en œuvre lors de la soirée du Casino des Esprits.

— Il détiendrait un réel pouvoir, à votre avis ?

— Gasparo, quiconque est capable de manipuler ses semblables est fatalement un être possédant des pouvoirs hors du commun.

Le jeune homme étendit ses longues jambes et soupira.

— Ce qui est terrible, Flavio, est que la plupart des *nobiluomini* que j'ai interrogés à propos du Mage ne tarissent pas d'éloges à son égard. Ils lui prêtent toutes les qualités, et affirment que l'homme ne songe qu'à faire leur fortune.

— Alors qu'à mon humble avis, il pense à se l'approprier, s'il n'a pas déjà commencé ! Mais il a su jouer sur une corde sensible chez les Vénitiens, dans un moment où toutes sortes d'événements, que l'on peut considérer comme mystérieux, se produisent, en mettant en avant ces superstitions liées aux esprits.

— Que pouvons-nous faire, Flavio ?

— Je vais parler à Basilio Morosini. Je pense qu'il serait important de demander au doge de diligenter une enquête sur l'identité de cet homme et de ses comparses auprès de notre ambassade à Prague.

— Très bonne idée.

C'est alors que la porte s'ouvrit, sur une Assin portant encore un manteau de velours vert, les joues rosies par le froid. Elle fit signe à Gasparo, qui se levait déjà, de ne pas bouger, et vint se percher sur un des accoudoirs du fauteuil de Flavio.

— Ah ! mes amis, je rentre tout juste des Mercerie où j'étais allée avec Nilufar quérir une pièce de tissu.

— Que t'est-il arrivé ? questionna Flavio.

— Figure-toi que nous arrivions dans la Merceria, quand je vois venir, dans l'autre direction, cette Egiziana. Elle portait un petit paquet, elle avait dû faire un achat. Je me suis approchée d'elle, en lui souriant. Elle s'est arrêtée, m'a considérée avec une certaine méfiance. Je lui ai dit que je faisais partie des invités de la marquise d'Urfé, au Casino des Esprits. Alors sa physionomie s'est détendue. Du moins jusqu'à ce que l'idée saugrenue qui m'est venue se soit manifestée.

— Mais... Qu'as-tu fait ?

— Je lui ai subitement parlé en arabe. *« Al-salâmou alaikoum, Yaseti. Enti helwa awi. »*

— Ce qui veut dire ? demanda Gasparo.

— « Bonjour madame. Vous êtes très belle. » Elle me regarda en écarquillant les yeux. À quoi j'ajoutai, toujours en arabe : « J'ai l'impression que vous ne comprenez pas ce que je vous dis, et que vous êtes aussi égyptienne que je suis française ! »

— Et alors ?

— Elle m'a repoussée sans un mot, l'air furieux, et s'est éclipsée au plus vite. Mais maintenant, nous voilà fixés. Cette femme n'est certainement pas orientale.

Flavio et Gasparo regardèrent Assin avec un regard admiratif.

— Encore une preuve de l'imposture représentée par ce petit groupe, dit Flavio.

— Mais alors, comment parviennent-ils à se faire passer pour des prophètes ? demanda Gasparo.

— Parce qu'ils disent aux Vénitiens ce qu'ils ou elles ont envie d'entendre, dit Assin. Ils flattent leur vanité. On ne saurait mieux s'y prendre.

Les deux hommes acquiescèrent. L'illusion gagnait leurs concitoyens avec la rapidité d'une maladie contagieuse.

Sous le masque de verre qui déformait ses traits, sa chevelure blonde emprisonnée dans un foulard, le corps dissimulé par un tablier de cuir, il eût été difficile de reconnaître la charmante physionomie de la marquise d'Urfé. Le Mage de Prague était tout aussi méconnaissable, portant lui aussi le même attirail, destiné à se protéger des projections d'acide et autres produits corrosifs.

Tous deux se trouvaient dans le petit casino du palais sur le rio Marin, où Madame d'Urfé avait installé son laboratoire alchimique. Cette salle ovale avait accueilli jusque-là, sans doute, de bien gais convives, avec son décor de fresques carnavalesques où l'on reconnaissait le style joyeux de Gianantonio Guardi. Quel contraste entre ces personnages occupés à festoyer sans arrière-pensées et ces deux êtres possédés par la soif de pouvoir.

Madame d'Urfé éloigna son masque, et le Mage en fit autant.

— La poudre de projection ne semble pas agir...

— Vous n'avez pas dû respecter le degré exact de chaleur, Jeanne.

— Mais si ! répondit-elle, exaspérée.

— Alors c'est l'eau régale qui était mal préparée, laissa tomber le Mage.

Madame d'Urfé s'éloigna de l'athanor, dont la chaleur était intense, enleva son tablier et son foulard. Elle portait une tenue très simple qu'aucune femme de condition n'aurait pu adopter, et son visage était à peine fardé. Le Mage, toujours vêtu de noir, lança un dernier regard à la cupule remplie de liquide rougeâtre qui continuait de bouillonner. La marquise s'impatientait.

— À quoi bon ! lança-t-elle. Cela fait des années que je poursuis mes recherches, sans obtenir de résultat tangible. Je viens à Venise avec l'intention d'y parvenir. Si vous ne m'y aidez pas, que vais-je devenir ?

— Tranquillisez-vous, Jeanne, dit le Mage, et regardez.

Le Mage sortit d'une de ses poches un mouchoir de batiste, plié et noué. Il le posa sur une table, défit le nœud et l'étala. À l'intérieur, un petit tas de poudre dorée luisait. Madame d'Urfé approcha son visage pour mieux voir, et ne put cacher son admiration.

— Vous y êtes parvenu ! Il est magnifique.

— Vous voyez, avec un peu de patience, vous arriverez à donner corps à vos rêves.

Madame d'Urfé se redressa, et lança son habituel regard ingénu vers le Mage, ce regard qu'elle dispensait quand elle voulait séduire.

— Vous et moi, nous pourrions accomplir de grandes choses, si nous devenions plus encore l'un pour l'autre, murmura-t-elle.

Le Mage la considéra avec froideur.

— J'ai renoncé à tout commerce charnel avec les femmes.

Ce fut comme si la marquise avait été giflée.

— Suis-je donc si laide et bien vieille ?

— Non, Jeanne, mais c'est ma règle de vie.

— Peut-être préférez-vous la compagnie de vos domestiques, dit-elle avec l'amorce d'un sourire mauvais.

— Je ne suis point un sodomite. Et je vous le répète : aucun commerce charnel. Le déduit est l'ennemi des philosophes, la perte des fluides réduit l'énergie spirituelle.

— Je comprends... bredouilla la marquise, humiliée.

— Moi aussi, je peux imaginer qu'une belle femme comme vous souhaite une présence masculine. Je vous enverrai le sylphe, c'est un esprit plein de charme.

— Vraiment ? fit Madame d'Urfé, dont la curiosité

reprenait le dessus. C'est que je me sens si triste. L'âge se fait sentir, son empire laisse des traces sur mon visage. Je serai bientôt une vieille dame dont on dira que, jadis, elle avait été une beauté.

— Allons, dame d'Urfé, concentrez-vous sur vos recherches, et continuez à m'aider comme vous le faites. Notre prochaine réunion doit attirer la fine fleur de la noblesse vénitienne.

— Vous avez raison. Je vais m'y employer.

— Pour vous être agréable et vous prouver ma reconnaissance, le sylphe viendra vous montrer bientôt comme vous êtes restée jeune et désirable.

Une larme coula d'un des yeux bleus de la marquise. Elle se sentait perdue, à ce moment, face à cet homme impitoyable dont elle espérait cependant tant de choses. Après tout, il était dans le vrai. Le moment était malvenu pour se laisser aller. Il fallait mener à bien cette aventure vénitienne.

Le Mage sortit contrarié de cette entrevue avec Madame d'Urfé. S'il était satisfait d'avoir remis au pas la marquise, il était fort agacé de la voir toujours aussi préoccupée par ses propres recherches alchimiques, et soucieuse de le séduire. D'un geste de la main, il renvoya son gondolier et décida de regagner la Ca' Mastelli en marchant, histoire de se calmer. Le soleil brillait, mais l'homme n'en profitait pas, cheminant à pas rapides, tête baissée. Parvenu au bout d'un moment dans Cannaregio, il dépassa Sant'Alvise, et arriva bientôt à proximité de la Madonna dell'Orto. C'est alors que, surgissant de la vaste église, le moine qui courait la cité en stigmatisant les péchés des Vénitiens, et en prédisant l'apocalypse, aperçut le Mage.

Il se précipita vers lui, l'invectivant, brandissant un crucifix.

— Ah ! te voilà, suppôt du démon, dit-il d'une voix forte.

Le Mage, plongé dans ses pensées, s'arrêta et considéra sans aucune émotion ce grand escogriffe vêtu de bure qui l'invectivait. Sur le *campo*, plusieurs passants s'arrêtèrent. Ce n'était certes pas la première fois qu'ils voyaient le moine dans son exercice d'accusation publique.

— Tu viens ici semer la débauche et le mal ! reprit le possédé. Tu n'es pas le bienvenu à Venise. Retourne d'où tu viens ! En enfer !

— M'y accompagneras-tu ? dit le Mage de sa voix grave.

— Arrière, maudit ! hurla le moine.

Tandis que trois ou quatre personnes s'approchaient, plutôt goguenardes, pour observer l'altercation, le Mage avança soudain sans que l'autre, occupé à vociférer, ne l'ait vu venir, et le saisit à la gorge, d'une poigne de fer. Puis il plongea son insondable regard noir dans celui du pauvre dérangé. Un vague borborygme sortit de ses lèvres tordues, mais une terreur sans nom se lisait dans ses yeux.

Alors, le Mage le lâcha, comme il aurait écarté une saleté de son chemin, et le moine tomba à la renverse sur le sol de terre battue. Personne ne bougea autour d'eux. Tandis que le Mage s'éloignait en direction de la proche Ca' Mastelli, le moine, tremblant de tous ses membres, restait sur son séant, hébété.

— Satan ! Satan ! dit-il d'une voix qui coassait comme celle d'un batracien.

Au même instant, au deuxième étage du palais Ducal, dans la salle du Collège, au sommet du dais qui surplombait la vaste pièce, le doge Grimani présidait une séance du *Magistrato alle acque*[1] réunissant les Sages exécuteurs aux eaux. Sous les caissons stuqués et les ors du plafond, entourés des immenses toiles du Tintoret et de Véronèse, tous écoutaient avec attention la communication du sénateur Basilio Morosini.

En pleine décadence de Venise, et tandis que le Mage et ses comparses semaient les germes d'une étrange folie dans la cité, certains hommes de bien pensaient, de leur côté, à la survie de la Sérénissime. Auprès de Morosini se trouvait Bernardino Zendrini, ingénieur hydraulicien qui venait de publier un traité où il exposait ses théories sur l'art et la manière de maîtriser les eaux courantes[2]. Il s'agissait bien sûr de mener à terme un projet déjà évoqué au début du siècle par le père Vincenzo Coronelli. Ce moine franciscain, éminent cartographe et géographe, célèbre en son temps pour avoir réalisé les deux globes terrestres offerts à Louis XIV par le cardinal d'Estrées, se préoccupait déjà du sort de la lagune vénitienne et de sa protection. Zendrini exposait à l'assemblée son projet, auquel il travaillait depuis 1738, pour protéger utilement Venise des fortes marées de l'Adriatique.

— Jusqu'à présent, votre seigneurie, et vous, nobles sages, nous nous sommes contentés de ceinturer les

1. Magistrat aux Eaux : institution gouvernementale, créée en 1501, chargée du contrôle des eaux lagunaires. Elle comportait trois Sages exécuteurs et une quarantaine de membres choisis parmi les sénateurs.

2. *Leggi e fenomeni, regolazione ed usi delle acque correnti*, Venise, 1741.

lidos de frises de pieux retenus par des tas de pierres. Cette maigre défense offre une faible résistance aux flots capables de se déchaîner, comme nous l'avons encore vu ces derniers jours, quand le tremblement de terre a provoqué une forte marée.

— Que proposez-vous donc ? demanda Pietro Grimani.

— De remplacer ces troncs d'arbres, que l'on doit renouveler chaque année à la belle saison, par de véritables murailles de pierre d'Istrie, colmatées entre elles au moyen de pouzzolane. Nous renforcerons ainsi de manière pérenne, grâce à ces *murazzi*, les trois points faibles de la côte : une grande part de l'île du Lido, Pellestrina sur toute sa longueur et, enfin, la presqu'île de Chioggia.

— C'est une œuvre titanesque que vous nous proposez là, maître Zendrini, dit le doge.

— Votre seigneurie, je n'en verrai sans doute pas la fin[1], et sans doute aucun d'entre nous. Mais au moins pourrons-nous être honorés d'avoir lancé des travaux qui permettront la sauvegarde de notre cité et de sa lagune.

— Et nous vous approuvons, dit Grimani. Qu'en dites-vous, Morosini ?

— Votre seigneurie, je me réjouis. Venise n'est pas que la cité du plaisir chère aux étrangers ; c'est aussi et avant tout un lieu de vie qu'il importe de préserver, et nous avons fait aujourd'hui un grand pas dans ce sens.

1. Les travaux des *murazzi* commencèrent en 1744 et s'achevèrent en 1782. Zendrini mourut en 1747.

11

Les saints et les morts

Ce matin, les cloches n'en finissaient pas de sonner à travers Venise. Malgré l'épais brouillard qui avait envahi la cité, rendant la circulation des bateaux difficile, voire périlleuse, à en juger par les nombreux cris et appels des gondoliers et bateliers pour s'annoncer ou éviter des collisions, on entendait bien le tintement de toutes ces belles dames d'airain ou de fonte qui se balançaient dans les si nombreux clochers de Venise. Ce jour-là, 1er novembre, on fêtait les saints, tous les saints.

Ognissanti, la Toussaint, était ici une fête importante comme partout dans le monde chrétien. Les Vénitiens lui avaient même consacré une de leurs églises, construite au début du XVIe siècle, sur l'emplacement d'un petit sanctuaire bâti par les moines cisterciens venus de Torcello, au siècle précédent. Ce bel édifice de style Renaissance, élevé dans Dorsoduro, près de San Barnaba, accueillait bien des fidèles le jour de la Toussaint, mais il en allait ainsi partout dans les églises des six sestiers de la cité, ainsi que dans les monastères et paroisses de la lagune.

Assise dans sa chambre devant sa table de toilette,

Madame d'Urfé buvait son chocolat du matin, en feuilletant nerveusement les nombreux billets qui se trouvaient devant elle. Des messages de tous ces nobles personnages convaincus par le Mage d assister ce soir même à une cérémonie propitiatoire, au Casino des Esprits. La marquise portait encore sa chemise de nuit, et un vêtement d'intérieur aussi chaud que gracieux, avec des bouillonnements de dentelles. La femme de chambre avait remis des bûches dans la cheminée quand elle était montée lui porter son déjeuner. En somme, Jeanne de La Rochefoucauld aurait dû se sentir tout à fait satisfaite. Elle avait attiré bien des *nobiluomini* et leur fortune dans les rets du Mage, leur fortune était quasiment faite, et ses recherches alchimiques progressaient à grands pas, grâce à l'aide éclairée de cet ami providentiel.

Pourquoi, alors, ce poids sur le cœur ? Songeait-elle à ses enfants ? Si peu ! Elle n'avait vraiment jamais eu le goût de la maternité. Les hommes ? Elle avait aimé Louis-Christophe, son mari, mort si jeune, mais qu'en était-il de l'aspect physique du mariage ? Elle n'était pas faite pour les simples humains, elle qui, en cabaliste reconnue par ses pairs, avait commerce avec les génies du monde supranaturel !

Madame d'Urfé en était là de ses réflexions lorsqu'elle entendit frapper à l'une des fenêtres de sa chambre. C'était comme le martèlement du bec d'un oiseau. Reposant sa tasse vide, elle se retourna vers les baies donnant sur le jardin. Quelle ne fut sa surprise de voir, debout derrière la vitre, un jeune homme d'une grande beauté.

— Le sylphe...

Elle l'avait aussitôt reconnu, ayant été frappée, lors

de la soirée au Casino des Esprits, par son apparition mémorable. Ainsi, le Mage avait tenu parole. Il lui avait envoyé cet esprit des airs. Comme en un songe, la marquise ouvrit la fenêtre, puis recula pour laisser entrer le sylphe. Celui-ci, en dépit du froid humide, portait simplement des chausses de toile et une chemise échancrée, et aux pieds, des sandalettes de peau.

Sans un mot, il marcha, un sourire ineffable aux lèvres, vers Madame d'Urfé, la prit par les bras, la forçant à faire retraite vers le grand lit à baldaquin, sur lequel il la renversa bientôt.

Il eût fallu un peintre pour décrire la scène qui suivit. Sans doute pas un artiste vénitien, mais plutôt français, apte à chanter la beauté physique et la sensualité des corps, d'une manière très directe, quelqu'un comme Watteau ou Boucher, Lancret ou Fragonard. Car le sylphe ne s'embarrassa ni de mots doux, ni de baisers ou de caresses tendres. Fouillant les dentelles et les soieries, arrachant, déchirant ce qu'il ne pouvait écarter plus doucement, il dénuda l'intimité de la marquise qui, interdite, se laissait faire. Puis le sylphe se contenta d'abaisser ses chausses, révélant l'intensité de son désir. Sans se départir de son sourire, il la prit d'un coup, arrachant un cri de délicieuse douleur à la marquise. Bientôt, le sylphe, debout face à cette femme couchée contre la courtepointe du lit, qu'elle agrippait de ses deux mains, besognait avec force sa proie consentante. Sur le visage et le cou de la froide Madame d'Urfé, les coups de boutoir du sylphe amenèrent des rougeurs, tandis qu'un peu de sueur brillait sur son front. Elle aurait voulu lui murmurer des mots d'amour, lui dire de ralentir un peu cette frénésie, de savourer l'instant, mais l'expression de complète froideur du jeune homme, sous le masque du sourire, l'en empêcha. Au contraire, il accéléra encore, tandis que ses fesses musclées et fermes, comme celles d'une statue antique, se contractaient, et qu'il inondait d'une vague de plaisir sa victime pantelante.

Sans un mot, il se redressa, remonta ses chausses et les attacha. Madame d'Urfé, incrédule, eut le temps de voir que le membre volumineux du jeune homme n'avait guère changé de position malgré la jouissance. Puis, adressant un dernier froid sourire à la marquise, qui retombait, brisée, sur le lit défait, le sylphe repartit par où il était venu. Allait-il descendre le long des gouttières ? S'élever dans les airs ? Comment savoir la manière dont en usent les esprits, se dit Madame d'Urfé... Alors, elle entendit encore les cloches qui sonnaient, appelant à la prière, et la marquise se dit qu'elle se mettait vraiment en état de péché mortel. Qu'est-ce que cela changeait ? Elle était au-dessus de tout cela.

Au même instant, on frappa au marteau de la Ca' Celsi-Donà. Hassan ouvrit la porte, et sourit en se trouvant face à la Patrizia, qui traînait après elle un gamin dépenaillé.

— Sior Flavio est-il chez lui ? demanda-t-elle aussitôt, l'air préoccupé.

— Je n'ai pas vu sortir le maître, il doit être là. Venez.

Le majordome nubien, après avoir refermé la porte, précéda Patrizia, qui se retournait pour flanquer de petites taloches au garçon qui s'attardait, regardant de tous côtés. Lorsqu'ils furent arrivés au *piano nobile,* le gamin se montra soudain très intimidé, et s'accrochait à un bras de la marchande de vin. Prévenu par

Hassan, Flavio, en tenue d'intérieur, arrivait déjà à leur rencontre.

— Patrizia, quel plaisir ! dit-il en l'embrassant, à la grande stupéfaction du petit.

— *Amore*, c'est toujours un plaisir de te voir, mais si je viens te déranger, c'est pour une raison grave, qui a un rapport avec ce que tu cherches.

— Je m'en doutais un peu, dit-il, entraînant son amie et l'enfant vers la serre.

À Adriano qui se trouvait par là, Flavio demanda d'apporter quelques friandises pour le petit, et de quoi boire. Il les fit asseoir.

— Voilà, dit la Patrizia. Ce mauvais sujet fait pour moi toutes sortes de courses, il habite du côté de la Misericordia, et comme il n'a ni les yeux ni les oreilles dans ses poches, il me raconte parfois des choses curieuses. Mais cette fois-ci, c'est très grave. Raconte ce que tu as vu hier soir au sior conte, Marco.

Le gamin lança des regards affolés, Flavio lui sourit.

— Ne t'inquiète pas. Dis-moi les choses simplement.

— Eh ben... Hier soir, en rentrant, je suis resté à traîner avec mes amis, vers Sant'Alvise. Et puis je suis retourné chez moi, il était déjà très tard. C'était désert, dans les rues.

L'enfant marqua un temps, visiblement ému de se trouver dans un décor aussi luxueux. Adriano arriva avec le plateau de douceurs, et de la citronnade, et Flavio l'invita à y goûter. Le petit ne se fit pas prier, sous l'œil attendri de Patrizia.

— Alors ? demanda Flavio.

— J'approchais de l'endroit où les hommes sortent des murs...

— Quoi ? firent ensemble Patrizia et Flavio.

— Ben oui, quoi, les bonshommes de pierre...

— Ah ! Les *Mori* ! Tu étais à côté du palais du Chameau ? demanda Flavio.

— C'est ça, dit le gamin en enfournant un fruit confit.

— Que s'est-il passé ?

— J'ai vu arriver ce moine bizarre, qui traîne partout dans la cité, et qui sermonne tout le monde...

— Le prédicateur ?

— J'sais pas, mais il était là, et il tournait en rond sur le *campo,* en marmonnant des trucs comme « Satan ! Satan ! » Alors je me suis caché à l'angle d'une maison pour regarder. Heureusement que j'étais de l'autre côté, parce que le type, il est sorti du palais sans faire de bruit, il est arrivé derrière le moine qui n'a rien vu venir, et il lui a passé une petite cordelette autour du cou, et *couic* !

— Il l'a étranglé ?

— Vu la langue que l'autre tirait, ça ne fait pas de doute.

— Comment était-il, l'assassin ?

— Pas très grand, costaud, le crâne rasé, et j'avais l'impression qu'il avait les yeux comme un Chinois.

— Ah ! fit Flavio à l'intention de Patrizia, un des serviteurs du Mage.

— Quand le moine a perdu connaissance, il l'a vite pris sous les bras, et il l'a tiré à l'intérieur du palais. Ni vu ni connu. À mon avis, l'affreux moine doit être au fond de la lagune avec une grosse pierre accrochée autour du cou.

— C'est probable, fit Flavio.

— Voilà, *carissimo*, dit la Patrizia. Je pensais que c'était important que tu le saches.

— Très important, Patrizia, tu as bien fait. Et toi, Marco, je te remercie. Si j'ai un conseil à te donner, garde cette histoire pour toi. Ces gens sont très dangereux, tu l'auras compris. Grâce à ce que tu m'as raconté, nous allons certainement finir par les coincer.

Après avoir donné deux ducats au gamin qui n'en croyait pas ses yeux, Flavio le raccompagna, ainsi que Patrizia, jusqu'à la porte du jardin. Assin entra à ce moment-là, s'amusa de voir Patrizia lui baiser la main avec effusion en lui donnant du *siora contessa,* et après quelques mots amicaux échangés, Flavio et son épouse se retrouvèrent seuls. Pas pour longtemps. Un gondolier arriva au même moment à la porte d'eau, et donna à Mauro une missive pour le comte Foscarini. La personne qui l'envoyait attendait une réponse. Flavio brisa le sceau, et lut à haute voix, devant Assin, le billet rédigé d'une belle écriture énergique.

« Flavio,

J'ai eu vent d'une réunion secrète qui se tiendra ce soir au Casino des Esprits. Des *nobiluomini,* de riches marchands, des notables de la République s'y trouveront, sous le masque, afin de n'être pas reconnus par leurs pairs. Il s'agit, si j'ai bien compris, d'une cérémonie propitiatoire qui devrait garantir à tous ces personnages séduits par l'appât du gain l'intercession des esprits.

J'y vois pour ma part, tout comme vous, une flagrante imposture.

Je compte sur vous pour m'aider à confondre ce soi-disant Mage.

Habillez-vous de noir, portez *tabarro,* tricorne, *larva* et *bauta* afin de conserver l'incognito.

Je passerai vous prendre avec ma gondole sur les huit heures, ce soir.

Votre Caterina Sagredo Barbarigo. »

— Eh bien, dit Flavio à son épouse, qu'en dis-tu ?

— Si je fais abstraction de ce que la femme que je suis pense de la tentatrice qu'elle est, je dois avouer que Caterina ne manque pas de cran.

— C'est certain. Ni de hauteur de vue. À l'inverse de bien des *nobiluomini*, qui se sont tous laissé rouler dans la farine. Mais je dois avouer, pour avoir bénéficié d'un tête-à-tête avec le Mage, qu'il faut avoir une forte volonté pour ne pas céder à son empire.

— Tu seras prudent, bien entendu ?

— Il ne s'agit pas de faire de coup d'éclat, à présent que nous savons que cet homme est capable de meurtre. Je pense qu'il nous faudra glaner le plus d'éléments susceptibles de le faire condamner et expulser de Venise.

— C'est bien, mon aimé, dit avec philosophie Assin, cherchant déjà ce qu'elle allait bien pouvoir faire de son côté pour apporter sa pierre à l'édifice.

La Toussaint s'était passée pour de nombreux Vénitiens en prières et en dévotions. La nuit qui tombait à présent, et qui précédait le Jour des morts, prêtres, moines et religieuses cédaient la place aux sorcières, devins et nécromants, qui se réunissaient pour des cérémonies impies dans les cimetières paroissiaux, dans les coins les plus déserts et déshérités de la cité. Près de l'une des plus anciennes églises de Venise, à l'est de

Dorsoduro, San Nicolò dei Mendicoli, dominée par son solide campanile carré de style vénéto-byzantin, des lanternes sourdes étaient disposées sur le sol du campiello dell'Oratorio. Plusieurs silhouettes psalmodiaient sous la houlette d'un mystagogue qui prétendait faire monter des tombes les effluves des âmes du purgatoire, grâce à ses incantations. Indéniablement, des volutes de brume s'élevaient des vieilles sépultures, prenant en tournoyant dans l'air l'apparence de corps désincarnés. Que de soupirs, de lamentations, de supplications, que les intéressés trouvaient plus réconfortants que le secours de l'église. Ici, dans la compagnie des morts, parmi les plus humbles de la cité, on communiait sous les espèces improbables de la magie incantatoire et du faible espoir de lendemains moins cruels.

D'autres cultes impies se célébraient vers les mêmes heures un peu plus loin, dans Santa Croce, près de Sant'Andrea della Zirada, ou encore à l'extrémité la plus déserte de Castello, près de Santa Maria del Pianto. Partout, il y avait un homme ou une femme pour invoquer les esprits des défunts, et tenter de donner, au-delà de la crainte suscitée par ces réunions nocturnes, un peu d'espoir à de pauvres gens qui n'en avaient plus dans la vie de chaque jour.

Telles étaient les croyances superstitieuses qui avaient encore cours dans la Venise de l'âge des Lumières ! Si l'on pouvait pardonner au petit peuple, qui cherchait à se rassurer, et à trouver un sens aux manifestations inquiétantes qui affligeaient la cité lagunaire, de même que leur vie quotidienne difficile, il n'en allait pas de même des membres de la haute société qui se pressaient, cette même nuit, à la soirée donnée par le Mage de Prague au Casino des Esprits. Ceux-là possédaient tout : le nom, la position, une superbe demeure, la fortune, mais aussi l'insatisfaction qui leur faisait désirer plus encore.

Vers huit heures, à la porte d'eau de la Ca' Celsi-Donà, Flavio attendait comme promis Caterina Sagredo Barbarigo. Une gondole arriva en effet, mais c'est un jeune homme que Foscarini vit bondir sur les marches de pierre à sa rencontre. Saisi, il fit un pas en arrière, ce qui n'empêcha pas l'inconnu de lui prendre les épaules et d'approcher de lui un visage masqué, mais au parfum très reconnaissable d'ambre et de fleur d'oranger.

— Caterina ? articula Flavio.

— Elle-même, *caro mio*. Je passerai plus inaperçue sous une identité masculine.

— À condition de ne pas vous serrer de près ! fit Flavio, qui trouvait la chose fort divertissante.

— Trêve de bavardages, mon ami. En route ! dit la Barbarigo.

Tous deux s'assirent sous le *felze*, à l'abri des regards et du froid humide. Le gondolier fit demi-tour, et s'engagea dans le long trajet menant vers la Misericordia. Les deux conspirateurs avaient tout le temps d'accorder leurs violons avant de parvenir à la Ca' Contarini dal Zaffo.

— Avez-vous idée du nombre de nos concitoyens à qui ce Mage a fait miroiter la fortune ? demanda Flavio.

— J'en connais au moins une cinquantaine, de près ou de loin. L'influence de cet homme est effrayante, et il bénéficie en outre des talents de cette folle de Madame d'Urfé pour attirer ses pratiques.

— Vous ne semblez pas la porter dans votre cœur...

— Mais c'est bien elle la responsable, Flavio ! Regardez comme elle a fait venir ce Mage de Prague, et la façon dont elle a abusé de la faiblesse de Lucrezia Contarini dal Zaffo. Je suis surprise, je l'avoue, de voir à quel point le cher Giorgio semble aveugle à toutes ces manigances.

— Vous pensez qu'il a donné dans le panneau lui aussi ?

Caterina étendit ses jambes que gainaient de fort belles bottes de cuir noir et eut l'air de réfléchir. La gondole filait sur le rio de San Giovanni in Laterano.

— Je l'ignore, et j'en doute. C'est un de vos amis, Flavio, et pour ce que je le connais, un homme de bien.

— Je vous le confirme. Je le vois mal courir après un sylphe pour augmenter son patrimoine. En revanche, il est si préoccupé par la santé de Lucrezia qu'il est prêt à tout faire pour la contenter.

— Comme d'avoir prêté son *ridotto* à ce Mage et à la bienheureuse Urfé !

— Exactement, Caterina. Il faudrait que nous le persuadions de lui en retirer la jouissance.

— D'où l'importance de réunir des arguments de poids.

— Vous l'avez dit. Giorgio étant un homme sensé, il en tirerait aussitôt les conséquences.

Tandis que la gondole avançait à présent sur le large canal de la Misericordia, Flavio raconta à Caterina l'épisode du meurtre du moine.

— Il est grand temps de mettre fin aux agissements de cet homme, conclut-il.

— Je ferai de mon mieux pour vous aider, dit la

belle comtesse, qui parvint malgré le masque à passer un doigt sur les lèvres de Flavio.

Déjà, la gondole s'arrêtait devant la Ca' Contarini da Zaffo. Foscarini fut surpris de voir la comtesse se saisir d'une bourse de cuir posée sur un accoudoir, et la serrer contre elle.

— Que faites-vous ? s'enquit-il.

— Nous devons payer notre écot. Les esprits sont exigeants, comme vous pourrez le constater.

— Mais vous n'allez tout de même pas donner cette pile de ducats pour du vent !

Le rire de Caterina résonna gaiement.

— Rassurez-vous, Flavio, ils sont faux.

— Quoi ?

— Tout juste des jetons qui n'ont cours que dans un *ridotto* de la cité où l'on joue gros jeu. Ce qui évite aux pontes de transporter de vraies fortunes sur eux. Fort bien imités, ma foi. Voyez vous-même, dit-elle en lui montrant une supposée pièce d'or. Le temps qu'ils réalisent la supercherie, nous aurons quitté le Casino des Esprit depuis longtemps.

Flavio était de plus en plus étonné par l'intelligence malicieuse de la comtesse. Tous deux mirent pied à terre, et se dirigèrent vers le petit palais. Si les deux torchères allumées annonçaient que la demeure était occupée ce soir, on n'y sentait pas du tout l'atmosphère de fête qui avait été celle de la fameuse soirée. Les invités, masqués, semblaient s'éviter, se faire les plus discrets possible. L'incognito, à l'évidence, était de règle, et l'on se rendait là cette nuit pour parler affaires. Avec des esprits, certes, mais il s'agissait bien cependant de le faire dans l'anonymat.

Caterina et Flavio pénétrèrent dans le palais. Ils

s'approchèrent d'une table où une femme au visage dissimulé par un épais voile de dentelle noire recevait les dons faits par les convives. Aussitôt après, ils furent dirigés par un des golems vers le jardin. De petites lanternes posées à terre, le long du sentier principal, balisaient le parcours jusqu'au Casino des Esprits. Caterina se félicita d'avoir dû porter *tabarro* et *bauta*, car l'humidité était intense. Vérifiant du regard que personne ne les suivait de près, Caterina souffla à Flavio :

— La momie voilée qui agrippait les sequins, vous l'avez reconnue, n'est-ce pas ?

— Madame d'Urfé ?

— À n'en pas douter, mon cher.

Le *piano terra* du *ridotto* était à peine éclairé et les tentures sombres recouvraient toujours les parois de pierre et de stuc. Sur un buffet étaient disposées des douceurs, et deux serviteurs offraient aux personnes qui arrivaient un verre de cristal rempli d'une boisson dorée. Flavio regarda autour de lui, mais ne vit aucune bouteille. Il se pencha vers Caterina.

— Prenez le verre mais ne buvez en aucun cas. Ne mangez rien non plus.

— Vous pensez qu'ils veulent nous droguer ?

— Je ne peux en être certain, mais mieux vaut prendre ses précautions.

Ils s'éloignèrent un peu, firent mine de porter le verre à leurs lèvres, et en vidèrent discrètement le contenu dans l'un des vastes pots de terre contenant des orangers et des citronniers. Puis, à l'exemple des invités arrivés avant eux, Caterina et Flavio montèrent l'escalier menant à l'étage du Casino.

Le *piano nobile* était toujours aménagé de la même

manière, avec les quatre décorations d'angle à la gloire des esprits élémentaires, et le ciel où brillaient la lune et les étoiles. Les fresques de Guarana et Tiepolo disparaissaient derrière des tentures sombres. Une lumière parcimonieuse était dispensée par quelques candélabres d'argent placés en divers points de la salle. Sur la scène, le clavecin sur lequel la Polacca avait interprété *Les Barricades mystérieuses* semblait étrangement abandonné. Point de musiciens, cette fois-ci, pour accueillir et divertir l'assistance, que l'on avait fait asseoir en cercle, laissant l'espace central vide.

Mais peut-être Flavio avait-il pensé cela trop rapidement ? Car la svelte Polonaise fit son apparition, vêtue d'une robe de brocart noir rehaussé de broderies vertes qui moulait son corps nerveux, et vint s'installer devant l'instrument, commençant d'y jouer la pièce qui semblait composer l'essentiel de son répertoire. Alors que les accords s'enchaînaient, et que *Les Barricades* répétaient à l'infini, en écho, leurs étranges arabesques, le Mage de Prague fit son apparition. Comme à son habitude, il était tout de noir vêtu, ombre parmi les ombres, tenant en main son miroir magique. Flavio chuchota à Caterina de baisser les yeux quand le mystérieux appareil serait mis en action ; elle pressa sa main pour dire qu'elle avait compris.

Une fois parvenu au centre de son public, le Mage se figea et son regard inquisiteur passa en revue cette assemblée d'hommes vêtus, tout comme lui, de noir, et dont il ne pouvait distinguer les visages. Une insolite et presque inquiétante cohorte de mannequins de cire, personnages respectables et honorés dans la vie sociale de Venise, mais ici créatures avides de pouvoir et de fortune sous l'anonymat du masque.

Le Mage, qui avait déposé son miroir sur un petit guéridon, étendit les bras, paumes en l'air, et commença à psalmodier.

— Ô divin créateur de toutes choses, père éternel, toi qui domines ce monde et l'autre, écoute ma requête. Toi qui as créé les anges et les esprits, envoie vers nous les habitants de la terre, de l'eau, du feu et de l'air. Permets-leur de quitter leurs sphères d'éternité pour venir nous faire profiter de leurs immenses capacités. Oui, venez à nous, gnomes, ondines, salamandres et sylphes, transférez-nous vos immenses pouvoirs, et en retour, atteignez à l'immortalité que vous appelez de tous vos vœux.

Il y eut comme un murmure approbateur à travers le groupe d'invités. Alors, le Mage prit le miroir qui reposait sur la petite table, l'éleva devant lui, et commença à tourner la manivelle. Plusieurs bougies étaient allumées à l'intérieur. Dès qu'il commença à manœuvrer le dispositif, des éclairs lumineux en sortirent, se répercutant sur les parois obscures du casino. Sur scène, la Polacca reprenait inlassablement la musique de Couperin. Flavio et Caterina observaient les masques autour d'eux. Les têtes dodelinaient, d'étranges murmures échappaient à ces visages sans expression. À l'évidence, la boisson et les aliments qui leur avaient été offerts étaient drogués. Maintenant, la musique obsessionnelle et le rythme cataleptique du miroir magique ajoutaient au désordre de leur tenue. Ils ne s'appartenaient plus. Ils devenaient les esclaves de ce Mage, homme puissant qui avait décidé de les mettre sous sa coupe.

Les deux conspirateurs, qui avaient conservé intact leur jugement, étaient malgré tout assaillis de sensations et d'images. Flavio vit voltiger autour de lui le visage souriant du sylphe, la silhouette séduisante de l'ondine, puis l'affreuse figure du gnome et la gueule de la salamandre, crachant le feu. Caterina sentit elle aussi la présence insistante du sylphe, tandis que des voix chuchotaient à son oreille des paroles de séduction et d'incitation à se donner. Au bout d'un certain temps, l'illusion était à son plein. Un homme, ne se contrôlant plus, arracha son masque, et chacun reconnut aussitôt un *nobiluomo* de renom. Flavio eut peur que tous les autres n'en fissent autant, mais il n'en fut heureusement rien. Le Mage avait atteint son objectif : tous ses invités, à l'exception de Caterina et Flavio, étaient à présent sans volonté, prêts à accepter toute suggestion et à l'exécuter.

Effarés, les deux amis entendirent alors le Mage exiger que chacun donnât tout ce qu'il était possible, et qu'il recevrait en échange, comme il se devait, tout ce qu'il était en mesure d'espérer. La preuve était faite. Celui qui se faisait passer pour une sorte de guide spirituel était bel et bien un homme de théâtre fort doué, doublé d'un brigand de haute volée.

Il y eut encore une série de passes mystérieuses propres à ramener à la conscience cette audience qui avait reçu et mémorisé, au plus profond de sa conscience, le message maléfique. Puis le Mage de Prague se retira, et les golems reconduisirent les invités, un peu désorientés, hors du Casino des Esprits. L'air frais du jardin remit tout ce joli monde d'aplomb. Un ballet de gondoles les emmena prestement vers leurs demeures. Flavio décida de rentrer à pied. Ils convinrent de se retrouver le lendemain en compagnie de Gasparo, afin de décider la suite de leur plan d'attaque.

Caterina lui fit signe de la main de l'intérieur du *felze*, tandis que la gondole s'élançait sur le rio à présent désert. Flavio apprécia de cheminer à travers les ruelles sombres qu'il connaissait par cœur depuis l'enfance. Sans aucune crainte de rencontrer quelque péril que ce fût. Il savait dans quel décor sévissait le mal absolu.

12

La pastelliste et l'académicien

Flavio avait peu dormi car dès qu'il était rentré Assin l'avait bombardé de questions, demandant le récit complet de sa soirée. La nuit était déjà bien entamée lorsqu'ils s'endormirent dans les bras l'un de l'autre. À présent, à peine Adriano lui avait-il porté son déjeuner du matin que l'on frappa à la porte du jardin. C'est à un Gasparo très agité qu'Hassan ouvrit. Le jeune écrivain grimpa de toute la vitesse de ses longues jambes l'escalier, puis se précipita dans les appartements de Flavio.

— Que fais-tu là de si bonne heure ? questionna ce dernier, l'esprit encore un peu vague.

— Flavio, je viens en émissaire. C'est incroyable !

— Mais quoi donc, Gasparo ? Il se passe tant de choses inimaginables que je ne sais pas si je puis être encore surpris. Assieds-toi et reprends ton souffle. Après, tu pourras boire une tasse de chocolat pour te remettre.

Le jeune homme obéit et, une fois réconforté par le breuvage parfumé et une brioche, expliqua à son ami le motif de son agitation.

— Figurez-vous qu'ayant reçu un message de

Madame Rosalba, je suis aussitôt passé lui rendre visite. Comme vous le savez, même si elle sort fort peu, la chère dame se tient au courant de tout ce qui se passe dans la cité. Bien sûr, cette histoire du Mage de Prague et des esprits l'intrigue beaucoup et, le hasard faisant bien les choses, elle reçoit en ce moment un de ses amis parisiens dont la science, en matière de sylphes, est fort grande.

— Encore un autre charlatan ?

— Non, Flavio. Tout le contraire. Un esprit éclairé comme en produit la France. Il se nomme Moncrif et...

— Que ne l'as-tu dit plus tôt ? J'éprouve, sans le connaître, une grande tendresse pour l'auteur de l'*Histoire des chats*, qui figure en bonne place dans ma bibliothèque.

— Vous l'avez lue ?

— Bien sûr.

Flavio se leva, parcourut du doigt un rayonnage et en sortit un petit volume qu'il tendit à Gasparo, et reprit.

— Moncrif se trouve chez Madame Rosalba ?

— Oui, Flavio, et c'est pour cela qu'elle m'a demandé de vous prévenir ; elle vous attend cet après-midi, ayant dans l'idée que cet homme pourra vous apporter, sinon son aide, du moins des éclaircissements sur cette étrange affaire.

— Voilà qui est extraordinaire. Peut-être devrais-je faire prévenir la Barbarigo ? Je vais te raconter ce dont nous avons été témoins hier au soir.

Et Flavio narra à son ami l'étrange séance qui s'était déroulée la veille au Casino des Esprits. Gasparo ouvrait des yeux effarés.

— C'est étrange, Madame Rosalba avait déjà songé à inviter la comtesse.

— Quelle femme admirable !

— Alors c'est entendu ? Nous nous retrouverons chez elle à partir de trois heures, dit Gasparo en prenant congé. Je me sauve ! Une traduction à porter à un notaire. Encore de la haute littérature...

Riccardo conduisit Flavio en gondole jusqu'à la Ca' Biondetti, sur le Grand Canal, à Dorsoduro, où vivait la pastelliste Rosalba Carriera depuis des années. Ses parents, avant elle, louaient cette insolite et fort modeste demeure, blottie entre la Ca' Venier[1] qui arborait son orgueilleuse tour, la Ca' Centani et la gothique Ca' Da Mula. Malgré sa renommée européenne, Rosalba n'avait jamais souhaité acheter la maison qu'elle occupait, et continuait de payer un loyer infime de soixante-dix ducats par an. Rosalba avait beau être le peintre vénitien le plus célèbre de son temps – *primapittrice dell'Europa*, ainsi l'appelait-on –, cela ne l'empêchait pas de vivre une existence modeste. Plus encore à présent que cette femme, qui avait dédié toute sa vie à son art de miniaturiste et de portraitiste, vivait seule. Sa mère, puis Giovanna, celle de ses deux sœurs qui était toujours restée auprès d'elle, étaient mortes l'une après l'autre. Depuis peu, son élève favorite, Felicità Sartori, qu'elle considérait comme sa fille, s'était mariée et était partie vivre à Dresde avec son époux Franz Josef von Hoffmann. La solitude lui pesait terriblement.

1. Le premier palais Venier, Ca' Venier dalla Torresella, sera détruit vers 1748 pour laisser place au projet jamais terminé de la Ca' Venier dei Leoni.

Comble de tristesse, Rosalba souffrait depuis un certain temps de la cataracte, et sa vue s'en ressentait, au point de dénaturer sa perception des couleurs. Autant dire que la Carriera qui, en bonne Vénitienne, aimait plus que tout les délices de la conversation, était fort heureuse de recevoir dans sa modeste demeure un ami de longue date, avec qui elle pouvait échanger de beaux souvenirs de cette lointaine année 1720 où elle avait été reçue avec tant d'égards à Paris et Versailles. Elle peignait encore, mais de façon plus parcimonieuse.

C'est à Pierre Crozat, financier et collectionneur avisé, que Rosalba Carriera devait la célébrité. Fin connaisseur de la peinture vénitienne, Crozat avait ouvert à Rosalba toutes les portes. Elle fit le portrait du futur Louis XV, alors âgé de dix ans, rencontra Caylus, Watteau, Law, Coypel, tout ce que Paris et ses environs comptaient d'artistes et d'hommes de lettres, et fut reçue à l'Académie royale de peinture et de sculpture. Apparentée au peintre Antonio Pellegrini, qui avait épousé sa sœur Angela, Rosalba, pourtant issue d'une modeste famille bourgeoise, parlait français, anglais et allemand. Tout le monde la respectait et l'aimait, pour son immense talent et aussi pour sa personnalité chaleureuse et sans apprêt, y compris l'un des personnages des plus fantaisistes qu'elle avait connus à Paris, et qui était ce jour-ci son hôte à Venise.

François Augustin Paradis de Moncrif, poète, auteur dramatique, historien, musicien, et bretteur à l'occasion, possédait tous les dons, y compris celui d'être un habile courtisan. Auteur de pièces jouées au Théâtre-Italien et à la Comédie-Française, il s'était rendu célèbre grâce à ses *Essais sur la nécessité et sur les moyens de plaire* – un titre qui était presque un aveu ! –, précédé, une dizaine d'années plus tôt, par cette fameuse *Histoire des chats* à propos de laquelle il fut abondamment brocardé, surtout au moment de sa réception à l'Académie française, en 1733. Un farceur lâcha un chat dans la salle de l'Institut au moment où Moncrif lisait son discours de réception, provoquant rires et quolibets. Moncrif, protégé en haut lieu, était devenu en 1734 lecteur de la reine Marie Leszczynska, une position qui lui avait attiré de nombreuses jalousies. Mais l'homme ne s'en souciait guère. Séduisant, heureux de vivre, il avançait dans la vie comme l'incarnation par excellence d'un personnage de roman libertin de son époque.

Flavio, pénétrant dans la Ca' Biondetti, monta l'escalier de la petite demeure fleurant bon l'encaustique et la peinture. Des toiles de Rosalba Carriera ornaient les murs, pour la plupart des copies de ses propres œuvres, dont la pastelliste souhaitait garder une trace. Avant d'arriver au premier étage, dans une pièce lumineuse donnant sur le Grand Canal, où Rosalba travaillait et recevait ses amis, Foscarini entendit les éclats d'une joyeuse conversation.

— Ah ! cher Flavio, entrez, entrez, dit Rosalba en l'apercevant. Il ne manquait plus que vous.

Foscarini s'avança vers le petit groupe faisant cercle autour de Rosalba. Il y avait Caterina, Luisa et Gasparo, bien sûr, et ce fameux Moncrif dont Flavio jugea favorablement le visage avenant et souriant. Rosalba avait vieilli. Elle était désormais une matrone aux cheveux blancs, au visage large, un peu affaissé, mais le pli volontaire de ses lèvres et ses yeux rieurs étaient toujours les mêmes. Flavio alla tout d'abord baiser la main de la pastelliste, qui portait toujours des traces des poudres colorées qu'elle utilisait pour ses peintures.

— Chère Madame Rosalba, j'ai toujours la sensation de parvenir à embrasser un papillon exotique !

— Flavio, vous êtes incorrigible, dit Rosalba avec un grand sourire. Vous savez bien que je travaille sans cesse.

— Un travail qui est celui d'une fée, Madame Rosalba.

— Je ne vais pas rougir, car je sais ce que je vaux, et que je n'ai guère plus l'âge de minauder. Laissez-moi vous présenter mon cher ami Paradis de Moncrif.

Tout en s'inclinant devant Caterina et en adressant un sourire à Gasparo, Flavio vint serrer la main que lui tendait le Français. L'homme respirait l'intelligence et le charme, avec sa physionomie aimable, ses yeux clairs. Vêtu d'un habit de couleur pourpre et portant la perruque blanche à boucles serrées à la mode de la cour de Versailles, il était d'une élégance discrète et raffinée. Tandis qu'une servante apportait un plateau d'argent chargé de tasses et de pâtisseries, et offrait à chacun le chocolat fumant, la conversation s'engagea tout naturellement. Moncrif s'exprimait en français, langue que les quatre Vénitiens comprenaient et parlaient à la perfection.

— Rosalba m'a conté les étranges événements survenus dans votre ville, puis l'arrivée presque conjointe de Madame d'Urfé et de ce prétendu Mage.

— Que pense-t-on de la marquise à Paris ? coupa aussitôt Caterina, qui ne portait décidément pas la dame dans son cœur.

— Oh ! répondit Moncrif avec un sourire charmant,

savez-vous ce que disait de sa passion pour l'alchimie la marquise de Créquy ? « C'est une femme perdue ; elle en a la tête à l'envers, et tout son bien s'en ira par le soufflet. »

On rit beaucoup de cette saillie, mais Caterina revint à la réalité.

— J'ai bien peur qu'ayant en effet tout perdu à Paris, elle ne soit venue ici afin de se refaire une santé sur le dos des plus riches Vénitiens, en les grugeant.

— Cela n'aurait rien de surprenant, reprit Moncrif. Cette femme sans cœur qui n'hésite pas à abandonner ses propres enfants est capable d'avoir recours à tous les expédients pour parvenir à ses fins.

Flavio conta à Moncrif tout ce qu'il était possible de lui dire à propos des agissements du Mage et de la marquise. Il était important qu'il puisse se faire une idée de l'emprise que ces deux-là étendaient sur la noblesse vénitienne. La faute en revenait, au départ, à Madame d'Urfé.

— Comment a-t-elle manigancé cette histoire d'esprits ? demanda Flavio.

— Mon cher ami, vous devez savoir que les sylphes sont terriblement à la mode, chez nous, depuis le siècle dernier. En 1670, pour être précis, un illuminé, l'abbé Nicolas Montfaucon de Villars, publia un fort curieux volume intitulé *Le Comte de Gabalis, ou Entretiens sur les sciences secrètes.* Il y racontait ses rencontres supposées avec un illuminé, prétendant tout savoir du commerce des hommes avec les esprits des quatre éléments, gnomes, salamandres, ondines et sylphes.

— Est-ce un ouvrage sérieux ? demanda Gasparo.

— Il en donnait tous les aspects, mon ami. Cet ouvrage connut, en tout cas, un succès fulgurant.

Chacun voulait entrer en contact avec l'esprit de son choix. Mais ce triomphe ne porta pas bonheur à son auteur.

— Qu'advint-il ? questionna Caterina.

— Cinq ans plus tard, sur la route de Lyon, Montfaucon de Villars fut assassiné. On ne sut jamais qui avait fait le coup, mais la rumeur affirma que la Rose-Croix l'avait fait exécuter, ou encore que les esprits, furieux de voir ainsi les secrets de leurs mœurs étalés au grand jour, s'étaient vengés.

— Étrange histoire, et qui me fait frissonner, dit Rosalba.

— Je vous prie de m'en excuser, chère Rosalba. Il n'empêche que le destin de cet abbé m'a toujours fasciné. Je vous avouerai que j'ai jeté les bases d'une œuvre lyrique ayant pour personnage principal un sylphe, et que je destine à l'Opéra de Versailles[1]. Bien sûr, il s'agira d'une fantaisie exotique. On y verra une jeune femme, Zirphé, découvrant, en pleine jungle, dans un temple antique, un sylphe nommé Zélindor, endormi depuis trois mille ans. Ils tomberont amoureux, mais cette passion entre un esprit et une mortelle provoquera la jalousie d'une sylphide, et Zélindor disparaîtra dans les airs, laissant la malheureuse Zirphé toute seule.

— Charmant argument ! dit Luisa en experte.

— Mais j'ai bien peur que votre Mage ne prenne la chose fort au sérieux, comme ce fut le cas pour Montfaucon de Villars, répondit Moncrif. Je crois qu'il est des sujets qu'il ne faut point trop creuser, sous peine de s'attirer des catastrophes.

1. *Zélindor, roi des sylphes*, livret de Moncrif, musique de Rebel et Francœur, sera en effet créé à l'Opéra de Versailles en 1745.

— La marquise a-t-elle lu l'ouvrage dont vous parlez ? demanda Flavio.

— Mais mon cher, cette folle ne lit que ce genre de littérature ! Tout ce qui touche à l'occultisme, à l'alchimie, aux sciences secrètes. Elle est persuadée – et elle le chante sur tous les tons en société – d'être en contact permanent avec les esprits.

— Elle serait vraiment dérangée à ce point ? fit Caterina.

— Un euphémisme, chère madame. C'est une âme perdue, conclut Moncrif.

— Que la dame soit toquée ne fait aucun doute, dit Flavio, mais pour en revenir aux agissements du Mage, pensez-vous qu'il pourrait y avoir un semblant de vérité dans ces visions mystérieuses auxquelles nous avons assisté au Casino des Esprits ? Je pensais à des trucages de théâtre, à des tours de magie.

— C'est troublant. Il y a certainement une bonne part de spectacle et de dupe dans tout cela, mais votre personnage me semble posséder une personnalité bien inquiétante. Dieu sait de quoi il est capable !

— Comment le prendre en faute ? demanda Caterina.

— Ne peut-on signaler sa conduite scandaleuse aux inquisiteurs et le faire mettre aux Plombs ? suggéra Rosalba.

— C'est que nous n'avons guère de preuve tangible à faire valoir, dit Flavio.

Il y eut un moment de silence. Chacun réfléchissait. Gasparo tirait sur les ailettes de sa perruque, Caterina égrenait ses perles entre ses doigts, Luisa souriait en fixant un détail du décor, en face d'elle, Rosalba observait le fond de sa tasse comme pour y lire l'avenir, et Flavio se contentait de bouillir intérieurement. Seul Moncrif demeurait calme et souriant. Toutes et tous le regardaient, sans en avoir l'air, attendant qu'il prenne la parole.

— Il ne serait pas de bon ton de l'assassiner, dit l'académicien avec grâce. Mais nous pourrions au moins trouver une manière habile de l'humilier publiquement et de le chasser. Une fois qu'il aura fui Venise, il y a gros à parier que l'emprise qu'il a sur tous ces notables et ces riches marchands devrait s'estomper puis disparaître.

— Comment faire ? L'inviter à une soirée, et le démasquer devant un parterre de *nobiluomini* ? dit Flavio. Il est bien trop fin pour se risquer hors du Casino des Esprits. Là-bas, il possède sa garde rapprochée, tous ses artifices fonctionnent pour brouiller la raison de celles et ceux qu'il y fait venir. Et j'imagine que ses deux comparses ne sont pas restées sans rien faire, ces derniers jours. Elles doivent rendre des visites discrètes pour dire l'avenir ou monnayer leurs charmes !

Rosalba leva les bras au ciel. Elle n'ignorait rien de l'atmosphère décadente qui était celle de sa cité, depuis un certain nombre d'années, mais cette surenchère dans le vice l'épouvantait.

— Mais où allons-nous, mes enfants ? Où allons-nous ? se lamenta-t-elle.

Caterina se leva, et vint la réconforter.

— Que pensez-vous de ce sylphe, Monsieur de Moncrif vous qui connaissez le sujet mieux que quiconque ? demanda Gasparo, tout en engloutissant un beignet.

— La description que vous en faites les uns et les autres me laisse un peu songeur.

— Pour ma part, lança Flavio, j'ai plutôt eu l'impression de me trouver face à un brave pêcheur de nos îles. Bien découplé, solide, vraiment rien d'éthéré ou d'aérien dans ce physique. Le genre de garçon que l'on rencontre en ramant sur la lagune, ou bien au marché, en train d'y livrer ses poissons.

— Incontestablement un bel éphèbe, dit Caterina, mais je l'imagine mal s'élever dans les airs. Plutôt occupé à lever le coude dans les *bacari* et à trousser les paysannes de Sant'Erasmo.

— Il faut croire que ce genre de jeune homme fait rêver bon nombre de Vénitiennes, dit Flavio.

— C'est possible, dit sèchement Caterina. Je suis sûre qu'il contenterait mes femmes de chambre.

Cette saillie ramena le sourire sur les visages.

— Alors, une supercherie ? dit Flavio.

— C'est plus que probable, conclut Moncrif. Je vous avoue que ma curiosité est piquée au vif, et que j'aimerais bien voir votre Mage de près.

— J'ai peur que ce soit impossible en dehors du Casino. Il ne se montre nulle part, et sa vision de Venise doit se réduire aux allées et venues entre le palais du Chameau, où il habite, et le Casino des Esprits, qui se trouve à cinq minutes de marche.

Le Français joignit ses longues et belles mains, les passa sur son visage, réfléchissant sans doute à la meilleure manière d'attaquer.

— Connaissez-vous les nobles et les marchands à qui cet extravagant personnage a promis la lune ?

— Hélas non ! répliqua Flavio. Hier au soir, avec la comtesse Barbarigo, nous les avons côtoyés, mais tout le monde était masqué, et portait la *bauta.* À part l'un d'eux qui s'est démasqué.

— En les observant, il m'est venu quelques suppositions, dit Caterina. Mais peut-être le plus simple serait-il de nous ouvrir de nos inquiétudes auprès de Giorgio Contarini dal Zaffo ?

— Lui suggérer de chasser le Mage du Casino des Esprits ? dit Flavio.

— Voyez-vous une meilleure manière d'opérer ?

Tout en suivant l'échange entre Caterina et Flavio, Moncrif se mit à sourire, et leva un doigt en l'air.

— Si nous ne parvenons pas à le déplacer hors de son antre, dit-il, il n'en sera pas de même avec Madame d'Urfé. Elle tuerait pour être reçue dans les plus grandes demeures, elle l'a prouvé à Paris et à Versailles ! En ridiculisant la dame, publiquement, nous atteindrons le Mage.

— Vous pouvez compter sur moi, dit Caterina avec un air réjoui qui laissait craindre le pire.

— Voulez-vous que j'aille en ambassade chez Giorgio ? demanda Flavio. Madame Rosalba, me permettez-vous de suggérer au comte Contarini dal Zaffo de recevoir l'éminent homme de lettres français qu'est Monsieur de Moncrif ?

— Mais bien sûr, cher Flavio. Si j'ai ménagé cette rencontre, outre le plaisir de vous faire connaître un ami cher et talentueux, c'est que j'avais dans l'idée qu'il pourrait vous aider à confondre ce malfaiteur.

— Si le comte donne suite à ma requête, et organise cette réception, nous ferez-vous l'honneur d'accompagner Monsieur de Moncrif ? La Ca' Contarini alla Carità n'est qu'à deux pas de chez vous...

— Je sais bien, Flavio. Si ma santé le permet. Vous savez, je suis une vieille femme, à présent.

Ce fut un cri général de protestation. On vanta sa

bonne mine, son art toujours si parfait, tout ce qu'elle représentait pour les vrais Vénitiens et à travers l'Europe. Mais Rosalba semblait presque malheureuse de recevoir tous ces témoignages d'affection, et elle ne put retenir ses larmes.

— Mes enfants, je crois avoir toujours été guidée dans ma vie par ma force de caractère, et par une certaine ambition. Mais la vieillesse est un ennemi farouche, qui ne vous laisse aucune chance. J'ai perdu les êtres qui comptaient le plus pour moi, et je me trouve à présent au cœur d'un silence terrible.

— Mais vos amis sont là, chère Rosalba, dit Caterina, se précipitant à son côté pour l'étreindre.

— Je sais, ma chère Caterina, et vous m'en voyez fort émue. Je vous demande pardon à tous de m'être ainsi laissée aller.

— Chère Rosalba, dit Moncrif, s'agenouillant devant elle et prenant une de ses mains, vous viendrez, et je serai, dans la tradition vénitienne, votre sigisbée.

— Ô mon ami ! répondit Rosalba qui retrouva le sourire à cette saillie, je vous souhaite de trouver dans Venise une plus accorte cavalière.

— Il n'en est pas question ! conclut Moncrif.

Leur hôtesse ayant repris empire sur elle-même, les conspirateurs accordèrent leurs violons. Ce serait donc à Flavio de lancer la machine de guerre en suggérant à Contarini une réunion amicale où paraîtrait aussi Madame d'Urfé. En espérant que la dame ne soupçonnât pas une cabale.

— Cabale est bien le mot ! lança Gasparo, que l'on n'entendait plus depuis un petit moment, provoquant de nouveau les rires.

L'atmosphère s'était considérablement détendue, nonobstant les moments pénibles qui attendaient les adversaires du Mage ; le temps était venu de se quitter quand Flavio confessa à Moncrif tout le plaisir qu'il avait pris à lire son *Histoire des chats.* L'écrivain se rembrunit un bref instant.

— Lorsque je composais ce livre, en 1727, je voulais rendre justice à un animal que je chéris particulièrement, et que nos souverains aiment à la folie. Mais je souhaitais également faire œuvre satirique. Il est patent que certains de mes lecteurs n'ont point senti ce basculement permanent entre le sérieux et la parodie. Lorsque je fus reçu à l'Académie française, six ans plus tard, on me resservit mes chats, si j'ose dire, en fanfare, en lâchant un matou furieux dans la salle. L'un de mes rivaux, qui se cachait bravement sous le pseudonyme de Raminagrobis, me chansonna dans un texte intitulé *Le Miaou*[1].

— Quel à-propos ! dit Flavio.

— Je le pris fort mal à l'époque. Mais je dois avouer, le temps ayant passé, que certains passages expliquant pourquoi les académiciens m'avaient invité parmi eux ne manquaient point d'humour. À présent, il me fait bien rire.

— Quel était-il ? demanda Rosalba, toujours curieuse.

Moncrif prit l'attitude d'un comédien et lança d'une voix forte :

1. *Le Miaou, ou très docte et très sublime harangue*, miaulée par le seigneur Raminagrobis. À Chatou, chez Minet, Au Chat qui écrit, 1734.

Ils ont des rats,
Il leur faut quelqu'un
Pour les prendre ;
Ils choisiront
L'auteur des Chats.

Les quatre amis applaudirent en riant. Rosalba fit promettre que l'on se reverrait vite, et l'on se quitta à la porte d'eau, où Riccardo attendait son maître avec la gondole, Moncrif faisant comprendre à Flavio qu'il se tenait à sa disposition s'il avait besoin de son aide.

13

La Polacca à l'ouvrage

Quand Flavio mit le pied sur la première des marches menant à l'entrée de la porte d'eau de la Ca' Celsi-Donà, il sentit une présence, et se figea. Dans la pénombre de l'*androne*, se tenait une silhouette féminine. Une mendiante, ou tout au moins une *popolana*, une femme du peuple, vêtue d'une ample jupe et d'un corsage, en partie cachés par un long châle noir. Quelques mèches de ses cheveux ébouriffés apparaissaient sous un foulard à la propreté douteuse. En raison du contre-jour, Flavio ne pouvait distinguer le visage de l'inconnue.

— Que faites-vous ici ? demanda-t-il.

Aucune réponse. Flavio fit deux pas en avant.

— Que voulez-vous ? dit-il plus durement.

— Vous voir, joli seigneur, susurra la jeune femme.

Mauro s'était élancé pour la ceinturer, craignant qu'elle ne cachât un poignard sous ses hardes. C'est alors qu'un rire cristallin, bien reconnaissable, sortit de la bouche de l'intruse.

— Assin ?

— Pour te servir, mon aimé ! répondit-elle en joignant ses deux mains à l'orientale.

Flavio s'approcha, regarda d'un air incrédule l'invraisemblable souillon qui lui faisait face. Sous la crasse, les yeux rieurs étaient sans aucun doute possible ceux de sa femme.

— Vas-tu m'expliquer ?

— Eh bien, voilà. Comme tu étais parti chez Madame Rosalba tout l'après-midi, j'ai décidé de me rendre utile. Avec l'aide de Nilufar, je me suis composé ce joli personnage, et je suis partie musarder du côté de la Misericordia.

— Quoi ? Mais tu es folle !

— Pourquoi ? L'air de la lagune est très vivifiant, tu sais. Viens, montons, je vais tout te raconter en enlevant ces nippes.

Encore sous le choc, Flavio suivit sa femme jusque dans ses appartements où, aidée par Mahinour, elle entreprit de se dévêtir, de se débarbouiller puis de passer une tenue orientale plus seyante. Flavio s'était assis, et elle vint le rejoindre tandis que Nilufar apportait un plateau avec des rafraîchissements.

— Donc, reprit Assin, je suis allée traîner mes savates du côté de la fondamenta della Madonna dell'Orto. Avec ce déguisement, je ne risquais pas de me faire importuner par les messieurs, et j'ai pu observer tout le petit monde qui gravite dans les parages. Les artisans, les petits marchands, les prostituées, les enfants livrés à eux-mêmes, les mariniers, les femmes qui faisaient à peine attention à moi, ce qui prouve que Nilufar avait vraiment bien pensé mon travestissement.

— Tu es restée longtemps ?

— J'ai fait plusieurs allers et retours entre la Ca' Contarini dal Zaffo et la Ca' Mastelli, sans apercevoir rien d'intéressant. Chose étrange, j'ai été importunée par les *gabbiani*, Je ne sais pas ce qu'ils ont, nos goélands, depuis le tremblement de terre, mais ils ne cessent de tournoyer, et même de faire des piqués vers les gens. Je venais d'en chasser quelques-uns de la main, et je m'en retournais une fois de plus vers le palais du Chameau, quand je l'ai vu arriver.

— Le Mage ?

— Oui, avec deux de ces hommes que tu appelles des golems. Il était habillé comme d'habitude, tout en noir. Quand il s'est approché, je me suis avancée vers lui, la main tendue, en prenant un air suppliant, et je lui ai dit : « La charité, pour l'amour de Dieu ».

— Qu'a-t-il fait ?

— J'en suis encore bouleversée. Il m'a regardée, avec ses yeux si noirs, si pleins de méchanceté, son visage traversé par un sourire diabolique, et il m'a dit : « J'ai une mauvaise nouvelle à t'annoncer : Dieu n'existe pas. » Puis il m'a bousculée, tout en éclatant d'un rire effrayant, et a continué son chemin avec ses sbires.

— Décidément, le personnage est encore pire que tout ce que l'on pouvait imaginer.

— Deux femmes du peuple qui ont assisté à la scène sont venues me demander si je ne m'étais pas fait mal, car il m'a projetée par terre, avec sa poigne de fer. Elles m'ont même fait l'aumône, en me disant d'aller boire quelque chose pour me remettre. Dès que j'ai été hors de leur vue, j'ai donné les sous à un gamin qui m'avait l'air d'en avoir bien besoin. Et voilà, mon mari chéri, ce que j'ai appris.

Flavio la serra dans ses bras, ému par son courage, et perturbé par ce qu'il venait d'apprendre sur le côté décidément obscur et maléfique de cet homme. Il était grand temps de mettre fin à ses agissements.

Pendant que le Mage continuait à promettre l'intercession des sylphes, ondines, salamandres et autres gnomes à un nombre considérable de riches Vénitiens venus le rencontrer au Casino des Esprits, ses acolytes poursuivaient elles aussi leur travail d'extorsion en se rendant discrètement dans les palais où elles allaient lire l'avenir ou invoquer les esprits elles aussi, à leur manière. À la nuit tombée, la Polacca se fit déposer en gondole le long du rio di San Canciano, à proximité d'une belle demeure dont les baies gothiques tréflées se reflétaient dans l'eau glauque. La mince claveciniste polonaise était vêtue comme une dame de la haute société, et son ample robe de couleur violette avec le corsage assorti s'harmonisait avec son teint mat. Elle avait pris soin de porter le *tabarro* et de couvrir son visage d'un *zendale* de dentelle sombre qui masquait ses traits, afin de ne point être identifiable par la domesticité qui allait lui ouvrir la porte du palais où l'attendait Bartolomeo Erizzo, un *nobiluomo* veuf, riche et lubrique.

La Polacca fut introduite dans le *portego* du palais par un valet qui s'en fut prévenir le maître des lieux, et s'éclipsa dès que ce dernier fit son apparition. L'homme avait un certain âge, mais il était grand, sa stature était imposante, et l'œil ardent qu'il darda vers son invitée pouvait laisser des doutes sur l'intérêt qu'il portait à la cartomancie. La Polacca évalua le danger, mais elle était habituée à ruser avec ce genre de personnage. En outre, la bourse de ducats qui avait été mise dans sa main aux longs doigts, en guise de préliminaire, l'obligeait à se montrer, sinon consentante, du moins compréhensive. Bref, il allait falloir jouer les coquettes.

Dans le petit salon, qui devait être le boudoir de feu la comtesse, car l'aménagement et la décoration dénotaient une touche résolument féminine et quelque peu surannée, une belle flambée crépitait dans la cheminée, une bergère et des fauteuils moelleux invitaient à s'installer confortablement devant une petite table où les flacons de vins et de liqueurs voisinaient avec des fruits confits et d'appétissantes pâtisseries. L'hôte fit installer sa visiteuse, lui offrit à boire et, s'entendant réclamer un alcool fort, se dit en lui-même que cette belle Polonaise ne devait pas manquer de tempérament. Il se fit un peu pressant, et la Polacca sortit les cartes de son réticule, puis commença à les étaler sur la table, et à prophétiser sur l'avenir du comte. Celui-ci faisait mine d'écouter, et la pythonisse commença à lui raconter tout ce qu'il souhaitait entendre, mais il n'avait d'yeux que pour les épaules de la jeune femme. À un moment, n'en pouvant plus, il se pencha rapidement pour déposer un baiser furtif sur le côté de son cou.

— Monsieur le comte, dit plaintivement la Polacca, vous m'empêchez de me concentrer.

— Mais ne vois-tu pas que tu me rends fou ! dit le *nobiluomo* en se jetant à ses genoux.

— Ah ! Mais ce n'est pas ce qui était convenu avec Madame d'Urfé, protesta-t-elle.

— Ne t'inquiète pas pour cela, ma belle. Je paierai. Je serai très généreux.

Pendant ce temps, les mains de l'homme n'étaient pas restées inactives, et tentaient de s'insinuer où elles le pouvaient. La Polacca le repoussa d'abord avec douceur, et tenta de le raisonner, pour le ramener à la consultation des oracles. Peine perdue. Ce colosse esseulé n'avait qu'une idée en tête, et il recommença à se montrer entreprenant.

— Un baiser, susurra-t-il. Donne-moi au moins un baiser.

— À condition que vous soyez sage après, dit-elle, avant de s'exécuter.

Cet avant-goût du paradis n'eut pas l'effet escompté. Au lieu de calmer les ardeurs du comte, le contact de cette bouche rougie par le fard exacerba son désir, et il se jeta sur la Polacca, pesant de tout son poids, la renversant sur la bergère. Il avait désormais une vue plongeante sur le corsage de la jeune femme.

— Ah... On ne peut pas dire que tu aies une gorge imposante, dit-il en connaisseur, habitué aux rondeurs à la Véronèse des femmes vénitiennes. Mais peu importe.

Une main furtive s'élança sous la robe et les jupons, bien décidée à parvenir à son objectif.

— Ah... râla le comte, je sens qu'il y a là un joli petit coquillage.

Quelle ne fut pas sa surprise quand ses doigts agiles butèrent sur une protubérance pour le moins inattendue. Il se redressa d'un coup.

— Mais ! Vous êtes...

Il n'eut pas le temps d'achever sa phrase. Attrapant une statuette de bronze qui se trouvait à portée de sa main, la Polacca lui en asséna un coup magistral sur une tempe, et le comte, sans même parvenir à articuler un cri ou porter une main à la blessure, s'écroula à terre, tandis que le sang jaillissait. La Polacca se leva prestement, pour éviter que ses vêtements ne soient tachés. Puis elle se pencha pour observer l'homme. Ses yeux étaient ouverts, mais il semblait respirer encore. Alors la Polacca reprit la statuette en main. Le blessé roulait des yeux terrorisés. Sans aucun état d'âme, d'un coup extrêmement violent, elle fracassa le crâne du malheureux. À présent, il ne pourrait pas révéler son secret. Le comte baignait dans son sang. Une large flaque d'un rouge sombre s'étalait sur le tapis précieux et commençait à s'écouler en ruisselets sur le sol en *terrazzo*.

Sans se troubler devant ce spectacle d'horreur, ayant repris ses cartes désormais inutiles – l'avenir de ce client était tout vu –, la Polacca fureta autour d'elle, ouvrit tiroirs et placards, empochant ducats et bijoux, avant de redescendre sans bruit, dûment couverte et voilée, jusqu'à la porte d'eau. Là, elle n'eut qu'à siffler, d'une manière particulière, et la gondole arriva aussitôt pour l'emmener dans la nuit.

Cette même nuit, Assin fit un rêve fort étrange. Elle voyait Flavio déambuler dans la Ca' Contarini alla Carità, en plein jour. Personne ne s'y trouvait à part lui. La domesticité était invisible. Lucrezia et Giorgio Contarini dal Zaffo avaient déserté les lieux, pour une raison inexpliquée, mais tout dans la demeure était en ordre. Flavio pénétrait par la porte d'eau, montait l'escalier qui le menait jusqu'au *piano nobile*, puis il parcourait le vaste salon où ils s'étaient trouvés il y a peu lors de la réception en l'honneur de Madame d'Urfé, ainsi que la plupart des autres pièces de réception, avant d'entrer dans les chambres. Bientôt, il se trouva dans celle de Lucrezia. Il regarda autour de lui, finit par s'approcher de l'alcôve, et enfin de la cloison. Plaquant ses mains contre les briques, Flavio appuyait de toutes ses forces, et une partie du mur pivotait sans un bruit, comme s'il s'agissait d'une porte secrète. Dans la pénombre, Assin distinguait la silhouette de la femme assise sur sa chaise, ses longs cheveux blonds encadrant son visage squelettique. En face d'elle, il y avait ce tableau, la vanité que lui avait décrite Flavio. Flavio qui approchait la main de la peinture. Au moment où sa main allait atteindre et caresser la toile, l'un des bras du squelette s'anima, quittant l'appui de la chaise pour se tendre vers l'intrus, et la mâchoire de la femme parut s'ouvrir plus encore qu'elle ne l'était, tandis qu'une voix venue de l'au-delà affirmait :

— Cette peinture m'appartient !

Assin se réveilla en sursaut, le cœur battant à la folie. Elle regarda Flavio, assoupi à côté d'elle. Il n'avait pas bougé, pas plus que le chat Francesco. Seule Mafalda ouvrit les yeux, bâilla et se rendormit. Assin eut du mal à retrouver le sommeil.

Un timide soleil filtrait ce matin à travers les fenêtres de la Ca' Celsi-Donà. Après s'être restauré, Flavio décida qu'il irait ramer en compagnie de Mauro, histoire de soigner un peu sa forme physique. C'est ce qu'il dit à Assin, ne voulant pas lui signifier que son escapade de la veille lui avait donné envie d'aller surveiller lui aussi le lieu où sévissait le Mage, mais par la voie des eaux.

Les deux hommes quittèrent le palais par le rio di San Francesco della Vigna, à bord du *s'ciopon.* Vêtus de pantalons de toile bouffants et d'une veste de laine, la tête coiffée d'un bonnet pour se protéger du vent humide, ils ramaient debout et, se faufilant à travers le passage incessant des gondoles, des barques de pêche et des *cofani*, ils gagnèrent en peu de temps la sacca della Misericordia. Parvenus dans la lagune, ils bifurquèrent sur la gauche, et furent vite en vue de la silhouette solitaire du Casino des Esprits. Depuis l'eau, cette bâtisse était bien plus impressionnante que lorsque l'on y parvenait par le jardin de la Ca' Contarini dal Zaffo. Depuis la barque, le pavillon, qu'aucune autre construction n'entourait, s'auréolait de mystère, avec ses deux étages de façade donnant sur la lagune, comme une porte ouverte attendant l'arrivée de visiteurs venus de l'air ou de l'eau. La porte des esprits ? L'on ne pouvait trouver meilleure métaphore en termes d'architecture.

Mauro et Flavio accélérèrent le rythme pour s'approcher du bâtiment qui semblait un visage dont les grands yeux aveugles les observaient, sous la lumière du soleil matinal, qui donnait du relief à la couleur ocre des murs, au blanc des marbres des balcons et de la pierre d'Istrie encadrant les fenêtres. Les hautes cheminées surmontant le toit pentu en tuiles achevaient de conférer encore un peu plus de sévérité à l'ensemble, dont le style dénotait une grande rigueur, pour un lieu dévolu au plaisir. Sans doute une manière hypocrite de mieux cacher ce qui s'était toujours déroulé à l'intérieur des murs ? songea Flavio.

L'eau étant fort calme ce matin-là, en quelques coups de rames nerveux, la barque passa à proximité du *ridotto*, dont on pouvait voir que les baies avaient été occultées de l'intérieur par des voilages noirs. Flavio fit signe à Mauro de continuer à longer les abords du bâtiment. Un haut mur de briques ceinturait le jardin, dont on apercevait les arbres. Comme le Casino ne possédait pas de porte d'eau, un appontement avait été ménagé dans le mur, matérialisé par une sorte de porte dominée, au-dessus des briques, par deux colonnettes surmontées par deux *putti* de marbre. Quelques marches de pierre d'Istrie descendaient vers l'eau, entourées par deux ou trois *bricole* plantées dans le sol de la lagune afin de permettre aux embarcations de s'amarrer un instant.

Une grille de fer forgé ouvragé interdisait le passage. Flavio et Mauro vinrent se placer doucement devant, et avec une de ses rames qu'il ficha à travers la grille, le jeune gondolier stabilisa l'esquif devant l'ouverture. De là, il était possible de voir l'étendue du jardin. Tout semblait calme. L'endroit était réellement magnifique, avec ses palmiers et ses bosquets, la vigne qui grimpait sur une vaste treille, près du mur d'enceinte, les allées peuplées de statues. Une oasis de grâce et de paix, vraiment.

C'est alors qu'une silhouette apparut, à mi-chemin du petit palais Contarini et du pavillon. Quelque chose dans son allure alerta aussitôt Flavio. C'était un jeune homme, à la physionomie aussi solide qu'aimable, vêtu comme un batelier. Il portait un sac de toile sur une de ses épaules, et se dirigeait vers le *ridotto.*

— Le sylphe ! ne put s'empêcher de dire Flavio.

Mauro le regarda, une question muette sur ses lèvres.

— Comment avez-vous dit, sior Flavio ?

— Ici, on l'appelle le sylphe.

— Drôle de nom, dit le garçon. J'ai déjà vu ce gars.

Je ne sais plus dans quelle île de la lagune. Ce devait être à Pellestrina. C'est un batelier, en tout cas.

— C'est bien ce qui me semblait, répondit Flavio, un petit sourire aux lèvres.

— Qu'est-ce qu'il fait là ? Si je ne suis pas indiscret, sior Flavio, s'excusa Mauro.

— Eh bien, il joue un personnage, pour les charlatans qui ont pris possession des lieux, et je suppose qu'il est payé bien plus grassement que pour aller charrier des troncs d'arbres ou de la pierre d'Istrie !

— Vous allez me donner des idées, dit le garçon avec un sourire qui découvrit ses dents très blanches.

— Je ne te le conseille pas, Mauro. Ça va forcément mal finir pour lui.

Il était trois heures de l'après-midi quand Flavio s'annonça Ca' Contarini alla Carità. Le comte Giorgio l'accueillit avec chaleur, comme toujours, mais Flavio vit aussitôt que son ami semblait las. Son visage portait les stigmates de la fatigue, et ce n'était certes pas sa fonction de sénateur qui en était la cause. Giorgio entraîna Flavio dans son cabinet de travail, le fit asseoir, demanda à son valet de leur apporter le café et du cognac français, puis il lui montra un minerai précieux qu'il venait d'acquérir et, sans crier gare, se prit la tête entre les mains, et demeura quelques longues minutes silencieux, avant d'avouer à Flavio qu'il se sentait fort mal. Foscarini avait respecté son silence, et il attendait à présent que son hôte prît l'initiative de se confier.

Le serviteur entra juste à cet instant, porteur d'un plateau. Les deux hommes burent avec plaisir leur café. Giorgio se saisit d'un flacon de cristal où dansait, telle une flamme, le bel alcool ambré, et en versa une dose généreuse dans deux verres à pied de Murano, de fort belle facture, ce qui ajoutait au plaisir d'y savourer un excellent cognac. Contarini, ayant retrouvé des couleurs, s'assit confortablement, montra de la main le flacon à Flavio, pour lui faire comprendre qu'il ne devait pas hésiter à se resservir.

— Je suis à bout, mon cher Flavio.

— Vous semblez fatigué.

— On le serait à moins. Cette terrible découverte, puis l'état de faiblesse dans lequel s'est trouvée Lucrezia. À présent, si elle semble ne plus y penser, je la vois bien préoccupée par ces visiteurs étrangers. Je me demande si cette Madame d'Urfé a une si bonne influence sur elle, tout comme ce Mage.

— L'aurait-elle revu depuis la soirée dans votre *ridotto* ?

— Comment le saurais-je, Flavio ? Quand je lui pose une question, je la trouve bien fuyante. Au début, elle avait l'air heureuse de l'amitié que lui portait la marquise, je trouvais qu'elle reprenait goût aux plaisirs de l'existence, mais j'ai la sensation à présent que cette femme lui fait peur.

— Elle, ou bien le Mage ?

— Ah ! je n'en sais rien. Lucrezia est une femme si discrète, et si intègre, que j'ai toujours eu pour règle de ne pas lui poser de questions sur ses fréquentations et ses occupations.

— Giorgio, puis-je être franc avec vous ?

— Mais je vous le demande instamment, Flavio.

— J'ai bien peur qu'en invitant le Mage à Venise, cette Madame d'Urfé n'ait ouvert la boîte de Pandore.

— Que voulez-vous dire ?

— Derrière la façade théâtrale, les tours de magie, les enchantements, se cache à mon avis une redoutable machination, visant à extorquer de grosses sommes à bien des *nobiluomini*, notables et marchands.

— Mais alors, cette histoire d'esprits volant au secours de la cité ?

— De la poudre aux yeux, des fables, apparemment très en vogue à Paris depuis un certain temps. L'on n'y compte plus les sylphes, si j'en crois ce que m'a raconté ce grand écrivain qu'est François Augustin Paradis de Moncrif.

— Moncrif ! Vous l'avez rencontré ?

— Il est l'invité de Rosalba Carriera en ce moment, j'allais justement vous demander...

— Mais amenez-le quand il lui plaira ! coupa Contarini.

Flavio se redressa, et croisa ses mains devant lui. Son regard s'était assombri.

— Giorgio, je suis certain qu'il sera fort heureux et honoré de vous connaître, mais je voulais vous demander une faveur.

— Mais bien entendu. De quoi s'agit-il ?

— D'inviter, disons, de manière plus officielle, Monsieur de Moncrif chez vous. Madame Rosalba l'accompagnerait.

— Avec joie ! s'écria Contarini.

— Ce n'est pas tout, dit Flavio. Giorgio, voulez-vous m'aider à démasquer le Mage de Prague ?

— Bien entendu. Dois-je alerter les inquisiteurs et le doge ?

— J'ai peur qu'en l'état des choses, il soit difficile de porter une accusation solide. L'homme est si retors qu'il s'en tirerait sans peine, et c'est nous qui nous trouverions en mauvaise posture. Non, ce que je souhaiterais, c'est que vous invitiez les personnes qui comptent à Venise à cette occasion, mais aussi Madame d'Urfé.

Contarini bondit sur son fauteuil.

— Comment ? Après ce que vous m'avez raconté, et alors que je vous parle de son influence pernicieuse sur ma femme ?

Flavio eut un geste d'apaisement, et précisa son idée.

— Notre objectif est le suivant : comme il nous est impossible d'atteindre directement le Mage, qui ne se déplace nulle part, il nous faut attaquer celle qui l'a introduit dans la place. Nous avons déjà accordé nos violons, avec Moncrif et mon jeune ami Gasparo Gozzi. C'est Caterina Sagredo Barbarigo qui se chargera d'ouvrir les hostilités.

Giorgio Contarini leva les bras au ciel, puis se resservit un verre de cognac qu'il but d'un trait, dans son émotion.

— Vous êtes incroyable !

— Vous voulez dire que vous ne souhaitez pas que cela se fasse, Giorgio ? Je comprends vos réticences.

— Mais pas du tout ! rugit le sénateur. Je suis admiratif, et fort heureux de tenir mon rôle dans ce complot. Il s'agit de la santé de mon épouse, mais aussi du bien public, si je vous suis.

— Tout me porte à croire, car j'en ai été témoin avec Caterina, que le Mage est capable d'influencer les volontés, d'obliger ses victimes à faire ce qu'il désire. Il promet l'intercession des esprits pour favoriser les entreprises commerciales, et produire des ducats, mais c'est lui qui les empoche. Je pense que les deux femmes qui gravitent autour de lui utilisent les mêmes procédés, auxquels elles ajoutent leurs atouts personnels !

— Ce sont de fort belles créatures, je dois l'avouer.

Les deux hommes restèrent un instant silencieux. Les verres de cognac furent encore remplis et savourés, Giorgio, ayant retrouvé un peu de calme, montra à son ami ses dernières acquisitions. C'est alors que Flavio lui posa la question qu'il retardait depuis un bon moment.

— Giorgio, qu'avez-vous fait de la vanité ?

— Ah ! C'est curieux que vous m'en parliez. Elle se trouve ici, je l'ai serrée dans ce scriban.

Le comte se leva, alla jusqu'à un meuble de marqueterie dont il souleva l'abattant, puis en retira la toile, de dimension moyenne, qu'il passa à Flavio. Celui-ci la regarda avec attention. Au premier coup d'œil, la ressemblance avec le style de Carpaccio était assez claire, ce qui permettait de dater l'œuvre du début du XVIe siècle. L'iconographie était assez classique : sur un fond sombre, posés sur un cabinet d'écriture, un crâne humain, des fleurs, des fruits, des oiseaux, des livres, un sablier, et cet ange souriant semblant voler sur la gauche du tableau.

— Qu'en pensez-vous ? demanda Giorgio.

— L'avez-vous montrée à quelque artiste ou connaisseur ?

— Non, pour le moment, j'ai tenu à garder cette affaire secrète.

Tout en parlant, Flavio manipulait la toile pour l'amener dans la lumière, quand un de ses doigts accrocha une aspérité au dos. Retournant la toile, il vit alors, dans l'encadrement, un très léger renflement. Il y repassa le doigt, faisant un peu bouger une baguette. Giorgio s'approcha, le regardant procéder avec curiosité. Flavio n'eut qu'à tirer un peu : la pièce de bois se sépara de l'ensemble. Il la prit en main. Du côté opposé, une petite cavité avait été ménagée. Elle contenait une feuille de papier, un peu jaunie, pliée de manière à épouser la largeur de la baguette de bois. Le cœur battant, Flavio la sortit de sa cachette et la tendit à Giorgio. Celui-ci chaussa ses bésicles et lut. Sa main retomba sur ses genoux, et il poussa un long soupir, avant de tendre la feuille à Flavio.

— C'est incroyable ! dit-il. Lisez.

Flavio eut vite fait de parcourir le texte, écrit à la plume d'une belle écriture féminine, sans aucun doute possible, avec un post-scriptum d'une écriture plus masculine. Il lança vers Giorgio un regard tout aussi étonné.

— Cher Flavio, parvint-il à articuler, tant l'émotion l'avait saisi, puis-je vous demander pour le moment le silence sur cette affaire ?

— Tant que vous le souhaiterez, Giorgio.

Contarini et Flavio se levèrent. Le comte étreignit longuement son ami, incapable de dire quoi que ce soit d'autre. Il lui fallut s'asseoir. Flavio lui enjoignit de ne pas le raccompagner, et c'est seul qu'il se dirigea vers le campo San Vio, avec l'intention d'aller prendre le *traghetto* près de la Ca' Dario, afin de gagner l'autre rive du Grand Canal.

Il avait donné rendez-vous à Gasparo sur la Piazza. Cinq heures sonnaient au campanile de San Marco, ainsi que sur la tour de l'Horloge où les deux Maures de bronze frappaient la cloche de leurs marteaux, ce qui eut pour effet de provoquer un vaste envol de pigeons.

L'on en comptait plus sur les dalles de la Piazza que de promeneurs, à cette heure où la fraîcheur humide et l'obscurité qui commençaient à tomber n'incitaient guère à la promenade. Flavio n'eut aucune peine à trouver Gasparo, qui déambulait, les mains croisées dans le dos, donnant la curieuse impression de parler tout seul.

— Hé là, mon ami ! Que fais-tu donc à tourner ainsi ? le questionna Flavio.

— Ah Flavio, vous voici. J'avais hâte de vous voir.

— Que se passe-t-il ? dit Foscarini, passant son bras sous celui de l'écrivain, et l'entraînant vers les Procuraties neuves.

Gasparo semblait préoccupé, plus nerveux que d'habitude, à tel point que Flavio craignit qu'il ne fût arrivé un malheur dans sa famille. Il le lui dit.

— Non, non, Dieu merci, tout va bien chez moi. Du moins la situation n'est-elle pas plus hasardeuse qu'à l'accoutumée. Flavio, je suis perplexe. Il y a un instant, avant que vous n'arriviez, j'ai vu venir vers moi, à travers la Piazza, le *nobiluomo* Centani. Il marchait curieusement, on aurait dit un de ces automates confectionnés par Vaucanson.

— Avait-il abusé de nos bons vins ? dit Flavio avec un sourire.

— Je ne pense pas. Il affichait un air hébété, et quand il fut près de moi, je le saluai. Comme il me regardait fixement, sans réagir, je me nommai, pensant qu'il peinait à mettre un nom sur mon visage. Il ne répondit rien, et passa son chemin. Si je ne m'étais pas effacé, Flavio, il serait passé à travers moi, comme si je n'existais pas !

— Voilà qui est singulier. Peut-être a-t-il eu un transport au cerveau ?

— Je ne sais pas. Mais je ne peux m'empêcher de faire un parallèle avec ce que vous m'avez conté à propos de la dernière réunion au Casino des Esprits, et de la manière dont le Mage annihilait la résistance des personnes présentes grâce au miroir de John Dee.

Flavio le considéra gravement, puis hocha la tête. Rien n'était impossible, après tout. Ce diable d'homme semblait vraiment posséder un pouvoir hors du commun pour manœuvrer ses semblables.

Les cris des goélands le sortirent de ses réflexions. Comme c'était étrange, la manière qu'avaient les *gabbiani*, ces derniers temps, de se grouper pour tournoyer au-dessus de la cité. Ils s'en prenaient même aux pigeons, qui fuyaient à tire-d'aile. Flavio poussa presque Gasparo sous l'abri des Procuraties, dans la boutique de Florian où les quinquets étaient allumés, et où le maître des lieux les accueillit avec sa gentillesse coutumière.

Accoudés au *banco*, les deux amis burent une *ombra* que Gasparo accompagna de deux ou trois beignets. Autour d'eux, les conversations allaient bon train et les rires fusaient. Flavio songea soudain à un détail qui lui était sorti de la tête.

— Je me demande si le Mage s'est aperçu que Caterina lui avait refilé de fausses pièces d'or.

Gasparo faillit s'étrangler. Flavio se mit à rire sans pouvoir s'arrêter. La tension devenait telle qu'un peu de détente s'imposait. Gasparo, ayant retrouvé le souffle, fut pris à son tour par ce fou rire communicatif. Face au danger qui se précisait, c'était déjà une arme qu'il ne fallait point négliger avant de passer vraiment à l'attaque.

14

Sous le signe de la raison

Erminia regarda d'un air plein de réprobation l'assiette à demi pleine de Flavio. La cuisinière prenait toujours très à cœur le fait qu'un plat qu'elle avait préparé avec amour pût ne pas plaire. Elle s'était approchée de la table de la mezzanine où Assin et son mari aimaient prendre leur dîner[1] quand ils étaient seuls, et considéra son maître, une lueur d'inquiétude dans ses bons yeux sombres.

— Sior Flavio n'aime plus le *lièvaro in salmi*?

Flavio, qui était abîmé dans ses réflexions, fut surpris par sa question et lui sourit aussitôt, sous l'œil amusé d'Assin qui l'observait depuis un petit moment.

— Oh non ! Ma bonne Erminia, ton civet est délicieux. C'est moi qui suis perdu dans mes pensées. Je vais le finir, tu vas voir.

Joignant le geste à la parole, il prit sa fourchette et engloutit à la suite plusieurs bouchées de lièvre tendre qui avait mariné dans le vin, le sang, les aromates, le lard et les raisins. Le sourire enfantin d'Erminia

1. Notre actuel déjeuner.

illumina aussitôt son visage tout rond. Avant de tourner les talons et de regagner sa cuisine, satisfaite, elle lança tout de même un avertissement.

— La fête de la Madone approche. J'espère que vous mangerez la *castradina* avec plus d'appétit.

— Mon Dieu ! Déjà la Salute, dit Flavio. Il s'est passé tant de choses étranges depuis quelque temps.

Assin se mit à rire doucement. Il lui lança un regard surpris.

— Tu ne tiens guère en place, au cas où tu ne l'aurais pas remarqué. Toutes ces affaires t'occupent tant que tu ne vis plus que pour les résoudre.

— C'est un reproche ? demanda-t-il en tendant une main vers la sienne à travers la petite table.

— Mais non, tu le sais bien. Je connais trop bien ton inclination pour ce genre d'exercice et il ne me viendait pas l'idée de te le reprocher. Je ne veux pas te voir malheureux. Y a-t-il du nouveau ?

— Oui et non.

Flavio sentit que sa femme, si intuitive, savait qu'il avait quelque chose à lui confier. Sous le sceau du secret, il lui raconta la lettre trouvée derrière le tableau, chez les Contarini. Assin en fut bouleversée.

— Mais alors, dit-elle, tout cela n'a aucun rapport avec l'affaire du Mage.

— Aucun, en effet. Désormais, tous nos efforts doivent tendre à mettre hors d'état de nuire ce redoutable personnage. C'est ce que nous allons tenter de faire en attaquant de front cette marquise d'Urfé, qui a introduit le loup dans la bergerie.

— Comment comptes-tu t'y prendre ?

— Eh bien, expliqua Flavio, tu sais que nous sommes conviés chez Lucrezia et Giorgio, pour saluer la présence à Venise, chez Madame Rosalba, de l'académicien français Moncrif.

— L'historien des chats ?

— Lui-même. Il se trouve qu'il est fort expert en matière de sylphes... et d'imposture. Moncrif connaît Madame d'Urfé, et n'en pense pas du bien. Quant à notre chère Caterina...

— Ta chère Caterina ! coupa Assin.

— Voyons, ma chérie... Tu sais fort bien que si elle ondule avec autant de grâce et de panache que le Bucintoro[1], je nage pour ma part bien plus vite qu'elle. Comme un *bisato*[2] !

Assin battit des mains, gagnée par le rire.

— Que va-t-elle donc faire, notre galère amirale ?

— Provoquer la marquise en public, devant la fine fleur de la noblesse vénitienne.

— Je ne voudrais manquer cela pour rien au monde !

— Ah ! dit Flavio un peu moqueur, quand elle s'en prend à une autre, tu l'approuves.

— Mais... de tout cœur. Pour une fois, je ne peux lui donner tort.

À peine Assin avait-elle lancé ces derniers mots que des bruits de pas parvinrent de l'escalier, et qu'un Gasparo épuisé d'avoir couru, la perruque en bataille, arrivait et se laissait tomber sur une chaise. Le couple ne dit pas un mot, car le jeune écrivain était d'habitude un modèle de courtoisie. Ce fut lui,

1. Le Bucintoro (Bucentaure) était la galère de parade du doge, utilisée en particulier pour la fête de la Sensa (l'Ascension) et la cérémonie des épousailles de la mer.

2. Une anguille.

une fois son souffle retrouvé, qui se confondit en excuses.

— Assin, Flavio, je suis désolé. J'ai couru depuis la Piazza. J'ai rencontré le sénateur Morosini. Flavio, il veut vous voir au plus vite.

— Ce doit être grave...

— J'en ai peur. Je vous accompagne.

Sous l'œil un peu inquiet d'Assin, Flavio enfila un manteau de cuir fauve par-dessus son habit, et les deux hommes partirent à pied, à vive allure, vers San Marco.

Porta della Carta, les deux soldats en faction laissèrent passer Flavio et Gasparo, dès qu'ils se furent identifiés. Les deux hommes gravirent les marches de l'escalier des Géants, gardé par les statues monumentales de Mars et Neptune exécutées par Jacopo Sansovino, puis empruntèrent la Scala d'Oro. Tous deux avaient beau connaître les lieux, cette montée sous la richesse imposante des plafonds à caissons où les stucs, les ors et la peinture formaient un ensemble d'une exceptionnelle richesse – le symbole du pouvoir de la Sérénissime – suscitait toujours en eux la même émotion.

Prévenu par un huissier, Basilio Morosini vint à leur rencontre dans la salle des Quatre Portes, où les sénateurs avaient l'habitude de se réunir ou de recevoir des personnes étrangères au gouvernement.

— Ah ! mes amis, vous voilà, dit-il en les accueillant avec son amabilité coutumière. Merci, cher Gozzi, d'avoir fait diligence. Flavio, je tenais à vous mettre au courant d'événements fâcheux qui viennent de nous être rapportés par les agents d'Anzolo Pemma.

— La *Quarantia criminale* s'occuperait-elle enfin de ce triste sire ? commenta Flavio.

— Il était grand temps, et ce n'est pas faute d'avoir alerté le doge à ce sujet, répondit Basilio.

Il fit signe à ses deux visiteurs de s'asseoir avec lui à une table à l'écart, afin que leur conversation demeurât discrète.

— Le problème est que notre poète de doge continue à penser que le Pragois taquine la muse, l'ondine et le sylphe en Arcadie, reprit Morosini, et qu'il s'agit d'un doux rêveur. J'ai suggéré à Pietro Grimani de diligenter une enquête auprès de l'ambassade de Bohême, mais la guerre de succession d'Autriche, qui sévit depuis un certain temps dans cette partie du continent, rend les choses difficiles. Nous aurons beaucoup de mal à connaître la véritable identité de ce fameux Mage.

— J'imagine que ce n'est pas uniquement pour nous dire cela que vous m'avez fait venir, Basilio ? dit Flavio.

— Non, hélas. Il semble que l'une des créatures de ce redoutable personnage, le sylphe en l'occurrence, vienne d'attenter à la vie d'une *nobildonna.*

Flavio et Gasparo le regardèrent, effarés.

— Comment cela ? demanda Flavio.

— Cette dame, dont je tairai l'identité par égard pour le nom qu'elle portait, était convenue d'un rendez-vous galant, dans un *ridotto* à la réputation douteuse, avec le fameux sylphe.

— Comment le sait-on ? demanda Gasparo.

— Parce que la malheureuse a donné son nom, avant de rendre l'âme.

— Il l'a donc assassinée ! fit le jeune homme, atterré.

Morosini les considéra tous deux, et s'approcha pour leur faire à mi-voix cette confidence qui, à l'évidence, le gênait.

— C'est une femme de chambre qui travaillait là, et qui, entendant des gémissements, monta dans le boudoir pour trouver cette dame à l'agonie. Le coupable s'était éclipsé. La femme a eu le temps de confier l'horrible machination dont elle a été la victime, et elle a payé affreusement un moment d'égarement. La malheureuse portait une plaie sanglante où vous devinez, les chairs déchiquetées comme si elle avait été prise par un animal. Cette bête immonde, elle l'a nommée : le sylphe. Il semblerait qu'au lieu de s'arrêter au plaisir, comme la nature le réclame normalement, il ait continué à besogner sa victime sans s'arrêter, sans même tenir compte des supplications de la pauvre femme, et de ses cris de douleur, jusqu'à causer des blessures irréversibles et une hémorragie fatale. Nous avons tous pu voir, lors de la soirée du Casino des Esprits, que ce garçon avait été particulièrement doté par la nature, mais un petit sachet de cuir trouvé à côté du lit montre qu'il forçait sa virilité et donne la clef de l'énigme. Les policiers appelés y trouvèrent deux ou trois cachets, que l'on montra à un apothicaire, qui eut vite fait de reconnaître là ce que nos amis français appellent *dragées d'Hercule,* ou *pastilles de Richelieu*, autrement dit, de la poudre de cantharide, un très puissant aphrodisiaque que l'on extrait d'un coléoptère réduit en poudre. D'où la raison de son effrayante vaillance.

— Mais c'est épouvantable, dit Flavio. Je peux comprendre le libertinage, mais pourquoi aller jusqu'au meurtre ?

— Croyez-vous que ce garçon, qui n'est probablement pas plus un esprit de l'air que je ne suis chanteur d'opéra soit autre chose, sous son apparence aimable, qu'une véritable brute ? C'est sans doute un pêcheur ou un marin, ramassé sur une des îles de la lagune.

— L'un de mes gondoliers est certain de l'avoir aperçu à Pellestrina.

— Ah ! Vous voyez. Si, comme nous pouvons le penser, il est sous l'influence pernicieuse de ce Mage, sans doute ce dernier lui a-t-il commandé d'occire de plaisir l'épouse trop légère d'un mari qui refusait de payer son écot aux esprits...

— C'est une vengeance abominable, mais tout à fait dans le style du personnage, conclut Flavio.

Gasparo raconta alors ce qu'il avait vu sur la Piazza, ce *nobiluomo* qui errait sans rime ni raison, et ne répondait pas quand on le saluait. Si le Mage commençait à s'attaquer aux personnes qu'il avait rançonnées, ainsi qu'à celles qui refusaient d'en venir à ses fins, la situation allait vite devenir intenable pour lui à Venise. Flavio narra à Basilio l'étrange cérémonie à laquelle il avait assisté avec Caterina Barbarigo, et la manière dont le Mage en usait avec son miroir magique pour obnubiler l'esprit des spectateurs. Sans oublier l'offrande exigée à l'entrée et que collectait une femme voilée qui ne pouvait être que Madame d'Urfé.

— Une jolie bande d'escrocs ! commenta Morosini. Je l'avais senti dès cette première soirée. Derrière la mise en scène, il y avait ce désir de profiter de la crédulité du public.

— Vous connaissez le goût des Vénitiens pour le théâtre, dit Gasparo.

— Vous avez raison, Gozzi. Ils sont tout acquis à

ce genre de fantasmagorie qui flatte leur goût pour l'irrationnel.

— Cher Basilio, dit Flavio, j'abonderai dans votre sens en disant qu'il est temps de ramener nos concitoyens à la raison.

À présent, la *Quarantia criminale* s'était mise à enquêter, car plusieurs meurtres mystérieux avaient été portés à sa connaissance, comme la disparition d'un vieux *nobiluomo* dont les appartements avaient été dépouillés, et qui recevait ce soir-là une femme, dont la description correspondait à celle de l'Egiziana, et le meurtre sauvage d'un autre membre de la noblesse, que ses gens avaient retrouvé dans ses appartements, le crâne fracassé. Lui aussi attendait cette nuit-là une visite féminine, et le valet interrogé parla d'une femme voilée qui pouvait fort bien être la Polacca. Vu l'incompétence d'Anzolo Pemma, *capitan grande* de la *Quarantia criminale*, le Mage ne risquait sans doute pas grand-chose dans l'immédiat pas plus que ses associées. En revanche, la conspiration que comptaient mener ensemble Flavio et ses amis allait certainement s'avérer plus productive. Il fallait espérer que la marquise d'Urfé ne se douterait de rien avant de se rendre à la soirée chez les Contarini dal Zaffo.

Ce soir-là, pendant quelques brèves minutes, la terre se mit à trembler de nouveau. C'était peu de chose, mais les Vénitiens avaient les nerfs à fleur de peau, depuis la grosse secousse qui avait provoqué dégâts, *acqua alta* et incendies, créant un climat d'inquiétude qui ne s'était pas encore dissipé. La secousse intervenait, de plus, à l'heure où les gens du peuple étaient réunis dans leurs demeures pour le souper, dans les sestiers pauvres de la cité. On entendit, un peu partout à travers les *calli*, des cris de femmes et des pleurs d'enfants provenant des habitations. Puis le sol cessa de remuer, et le calme revint. Seul le bruit du ressac contre la coque des embarcations était audible le long des canaux. Au même moment, dans la Venise des palais, celle de San Marco, Dorsoduro et San Polo, la noblesse s'apprêtait comme chaque soir à partir festoyer, courir les théâtres, l'opéra et les *ridotti*. En l'absence du carnaval, qui ne commencerait qu'à la Santo Stefano, le 26 décembre, les Vénitiens étaient plus que jamais saisis d'une frénésie de plaisirs, et les soirées permettaient de tromper l'ennui qui s'insinuait au long de ces journées de plus en brèves, où la brume noyait la cité dans une pénombre ouatée, dégageant une mélancolie fort contagieuse pour le moral de ses habitants, surtout les plus oisifs.

Au fond de Cannaregio, quand huit heures sonnèrent au campanile de la Madonna dell'Orto, on ne voyait déjà plus aucune barque sur le rio voisin, d'où s'élevaient des nappes de vapeur humide. Une ou deux silhouettes se hâtaient le long de la *fondamenta*, trouant à leur passage des lambeaux de brouillard. Au *piano nobile* de la Ca' Mastelli, un passant aurait pu apercevoir les lueurs mouvantes des chandelles allumées d'un lustre, derrière les baies vitrées. Sur la façade gothique, c'est tout juste si l'on voyait dans l'obscurité la figure en ronde-bosse du chameau portant sa cargaison et de l'homme qui le guidait. Autour de la longue table dressée dans le *portego*, le Mage trônait à un bout, entouré par l'Egiziana et la Polacca. L'homme portait son habituel habit noir, les deux femmes des robes d'intérieur, sans perruque. Si l'Egiziana arborait une belle chevelure rousse, la Polacca, avec ses courtes mèches brunes et raides, et sans maquillage, avait tout l'air d'un jeune homme. Ils étaient en train de souper, servis par un des golems. Aucun des trois ne parlait. Le sylphe n'était pas admis à table, il prenait son souper sous la surveillance de plusieurs des serviteurs, dans la cuisine, à demi affalé sur son assiette, l'air hébété.

Au *piano nobile*, sur la partie de la table qui n'était pas occupée par le service du repas, étaient disposés des petits coffres, ainsi que des sacs de cuir et de toile pleins de ducats. Il y en avait tant que les pièces d'or débordaient et s'accumulaient aussi à même le bois de la table. Si l'esprit des frères Mastelli rôdait encore dans le palais, les trois marchands de Morée auraient pu constater avec satisfaction que l'on entendait toujours dans leur demeure le bruit métallique des pièces d'or tombant dans des baquets.

La réception donnée par Giorgio et Lucrezia Contarini dal Zaffo, même s'il s'agissait d'une sorte de piège destiné à confondre la marquise d'Urfé, se devait d'être organisée avec faste. Une fois encore, les torchères illuminaient la façade de leur palais sur le Grand Canal, et les gondoles des invités se succédaient à l'appontement de la porte d'eau. Assin et Flavio arrivèrent cette fois-ci parmi les premiers invités, tout comme Caterina Sagredo Barbarigo, puis Basilio Morosini et son épouse. Gasparo et Luisa Gozzi suivirent de près ; en marchant depuis le glacial palais familial de San Cassiano, puisqu'ils ne disposaient pas d'une gondole, le jeune homme avait eu toutes les peines du monde à expliquer à son épouse que le Mage était tout sauf un poète, et qu'elle ne devait pas être surprise d'assister à des événements imprévus et peut-être déplaisants au cours de la soirée.

Lucrezia et Giorgio accueillaient leurs invités dans le *portego*, toujours décoré aux couleurs de l'automne. Un petit ensemble à cordes, installé à un angle de la vaste pièce, jouait en sourdine. Flavio remarqua tout de suite que la comtesse Lucrezia semblait plus sereine et que son visage avait retrouvé une part de sa beauté ; conséquence certaine de ce que son mari avait dû lui apprendre concernant l'énigme qui l'avait tant tourmentée.

Les uns après les autres, les invités arrivaient, représentant à eux tous une bonne part de l'aristocratie vénitienne. Flavio, qui observait les arrivées, se demanda combien d'entre ces personnages importants ou imbus leur personne avaient pu succomber au chant des sirènes et des sylphes. Avec Assin, il se tenait en retrait, en compagnie des Gozzi, une flûte d'un excellent *sciampagna* à la main, de manière à pouvoir observer le ballet des arrivées. Caterina Barbarigo et Basilio Morosini s'entretenaient avec animation, non loin de là. L'épouse du sénateur se contentait de sourire ; le mari de Caterina, Gregorio Barbarigo, brillait comme toujours par son absence. La sombre beauté de Caterina était particulièrement mise en valeur par une robe de brocart rouge comme veinée d'entrelacs de fils d'or. Elle était coiffée d'un large béret écarlate, et arborait comme à l'accoutumée ses magnifiques perles autour du cou et en pendants d'oreilles. À l'une de ses mains, un somptueux rubis lançait mille feux.

Le *portego* se peuplait de couples formant bientôt de petits groupes qui devisaient, heureux de se retrouver et de tromper leur ennui. Les accents des instruments, le murmure paisible des conversations, quelques rires qui fusaient, le bruit des bouteilles de vin que l'on débouchait, tout cela créait une atmosphère de plaisir paisible auquel chacun s'abandonnait.

C'est alors qu'arriva à son tour Madame d'Urfé. Si elle sentait une certaine tension autour de sa personne, la marquise le cachait bien. Elle arborait avec sa grâce coutumière une robe de soierie à larges plis dégageant son buste et ses ravissantes et frêles épaules, d'un bleu lumineux, assorti à la couleur de ses yeux. Sa chevelure blonde et mousseuse, coiffée en hauteur et piquetée de fleurs en soie, servait véritablement d'écrin à ce troublant visage qui semblait respirer l'innocence. Évidemment, elle fut aussitôt le point de mire de la soirée. Le comte Contarini dal Zaffo l'accueillit avec toute la galanterie souhaitée, alors qu'il était dans le secret de la conspiration, ce qui fit dire à Flavio qu'il ferait certainement un excellent ambassadeur, habile à masquer ses sentiments. La comtesse eut visiblement plus de mal à feindre, et lorsque la marquise se précipita pour l'embrasser, Lucrezia fit semblant de lui rendre ses baisers tout en la tenant à distance.

Madame d'Urfé, un peu désorientée, fut vite approchée, saluée et fêtée par plusieurs invités qui avaient appris à la connaître depuis les débuts vénitiens du Mage. Certains s'étonnèrent que ce dernier ne l'ait pas accompagné, ce à quoi la marquise répondait invariablement, en prenant des airs mystérieux, que sa mission exigeait la solitude et le silence de la méditation.

Tout en parlant avec Basilio, Caterina se mit à observer celle qu'elle avait décidé de perdre. En guerrière, elle évaluait les dangers et les chances. À n'en pas douter, sous ses airs naïfs de sainte-nitouche, cette alchimiste de marquise était une redoutable aventurière qui cachait bien son jeu, et devait savoir se défendre. Il allait falloir frapper fort et jouer serré, d'autant plus que la dame avait tout de même réussi à fédérer autour du Mage un certain nombre de ses connaissances et relations.

Assin écoutait Luisa lui parler de ses soucis domestiques, de la difficulté d'élever plusieurs enfants tout en troussant un livret d'opéra et quelques odes *pindariques*[1], se disant que l'épouse de Gasparo devait la trouver bien oisive. De leur côté, Gozzi et Foscarini considéraient les protagonistes de la soirée, et surtout la comtesse Barbarigo et la marquise de La Rochefoucauld. Pour le moment, le choc restait encore à venir, les invités d'honneur n'étant pas encore arrivés.

Comme ils venaient à pied en voisins, la Ca' Biondetti ne se trouvant qu'à quelques *braccia*[2] de la Ca' Contarini alla Carità, Rosalba Carriera et François Augustin Paradis de Moncrif s'annoncèrent à la porte du palais donnant sur la calle Sant'Agnese. Rosalba, vêtue d'une robe de velours bleu nuit bordée d'hermine, avec un bonnet assorti, posé sur ses cheveux blancs

1. Dans l'esprit du célèbre poète grec Pindare (518 av. J.-C. – 438 av. J.-C.).

2. *Braccio,* pl. *braccia* : ancienne unité de mesure, équivalant environ à 0,65 m.

comme neige, s'accrocha au bras de Moncrif pour franchir les marches menant au *piano nobile*, Giorgio Contarini venant avec empressement à leur rencontre.

— Madame Rosalba, dit-il avec chaleur, et après lui avoir baisé la main, c'est un honneur pour mon épouse et moi-même de recevoir sous notre toit une glorieuse représentante de l'art vénitien, qui a su porter si haut à travers l'Europe le prestige de notre cité et de la République tout entière. Madame, je salue en vous le plus éminent ambassadeur de la Sérénissime.

Autour des nouveaux venus, bon nombre d'invités s'étaient groupés, et ils applaudirent aux paroles de bienvenue du comte, y joignant des *viva* et des *brava* qui amenèrent les larmes aux yeux de la pastelliste.

— Comte, articula-t-elle avec émotion, je vous remercie de votre si aimable accueil, et de ce témoignage qui me va droit au cœur. On dit de moi que je suis une artiste. J'accepte cet hommage avec joie, mais voyez-vous, en dépit de l'âge et de l'expérience, je demeure au fond de moi-même un artisan, l'un de ceux, si nombreux, qui œuvrent dans notre cité laborieuse ; je suis fière de mon savoir-faire, et toujours désireuse de satisfaire celles et ceux qui m'honorent de leur confiance.

Déjà, la comtesse s'approchait, prenait dans ses mains celles de l'artiste, et lui disait à mi-voix encore d'autres paroles pleines d'admiration et de gentillesse. À côté d'elle, Moncrif, fort séduisant dans un habit gris perle, le regard vif et attentif aux beautés qui se pressaient alentour, sous sa perruque poudrée à petits rouleaux, attendait, un sourire paisible aux lèvres. Rien ne pouvait lui faire plus plaisir que de voir sa vieille amie fêtée avec tant de chaleur.

— Comtesse, et vous, comte Contarini dal Zaffo, permettez-moi de vous présenter mon très cher ami Monsieur de Moncrif, de l'Académie française, lecteur de la reine de France.

— Monsieur de Moncrif, dit Giorgio, c'est un vrai bonheur que d'accueillir à Venise un écrivain français de votre renommée, et un gentilhomme.

Courtisan dans l'âme, Moncrif, qui goûtait toujours les compliments et le plaisir d'être célébré devant un public choisi, retourna le compliment.

— Monsieur le comte, madame la comtesse, quel honneur pour moi de me trouver, auprès de la femme qui incarne dans toute l'Europe la peinture vénitienne et qui m'honore depuis vingt ans de son amitié, dans votre prestigieuse demeure. En m'accueillant dans ce magnifique palais, vous faites de moi le plus heureux des hommes.

Ces échanges de compliments prenaient le tour d'une conversation d'ambassade, aussi Giorgio Contarini entraîna-t-il ses deux invités pour les présenter à ses amis vénitiens, ce qui donna lieu à encore d'autres congratulations, avant que Rosalba ne pût enfin s'asseoir confortablement, en compagnie de Lucrezia, tandis qu'on lui apportait une flûte de *sciampagna*, car Moncrif souhaitait que chacun lui portât un toast, comme il le disait si joliment en français mêlé d'anglais. Puis la pastelliste, toujours aussi gourmande, put enfin se restaurer, et le fil des conversations reprit un peu partout. Flavio présenta Assin à Moncrif, qui tomba aussitôt sous son charme, et le lui dit en termes fleuris.

Flavio surveillait discrètement avec qui parlait la marquise, dont l'astre avait été quelque peu éclipsé par l'arrivée des deux invités d'honneur. Peu de femmes s'approchaient d'elle pour converser ; il est probable que celles qui avaient requis une visite du sylphe ne cherchaient pas à s'en vanter en public ! C'étaient plutôt des hommes qui la sollicitaient et, à en juger par leur mine parfois déconfite ou tendue, Flavio se dit que le recours aux esprits, en matière de commerce, n'était sans doute pas la panacée, et que le vent était peut-être déjà en train de tourner.

Rosalba et Moncrif s'étaient mis d'accord, avant la soirée, pour donner le signal des hostilités à Caterina. Madame Carriera ne souhaitait pas y assister. Elle comprenait parfaitement, mais ne voulait en aucun cas être témoin d'un éclat. Au bout d'une heure, comme convenu, la pastelliste vint remercier avec effusion ses hôtes pour la belle soirée qu'elle venait de passer et, prétextant les fatigues de l'âge et une commande en cours, pour laquelle elle devrait se remettre à travailler de bon matin, prit donc congé. Un valet des Contarini lui offrit respectueusement son bras, afin de la raccompagner sans encombre jusqu'à la Ca' Biondetti.

Les divers protagonistes de la conspiration étant à présent réunis, restait à rapprocher les pièces maîtresses de l'échiquier. Ce fut Assin qui, sans en avoir l'air, s'approcha de la marquise, pour la complimenter sur sa toilette. L'œil bleu supposé innocent toisait cette jeune femme avec curiosité et une certaine méfiance. Madame d'Urfé ne l'associait probablement pas à Flavio, car elle ne les avait vus ensemble qu'à la première soirée au Casino des Esprits, et il y avait foule.

— Votre robe est vraiment ravissante, et elle vous va si bien, dit Assin.

— C'est très aimable à vous, madame, dit la marquise du bout des lèvres. Vous avez un teint merveilleux, fit-elle avec envie, et le vert vous va à ravir.

— Certains affirment qu'il porte malheur, répondit ingénument Assin. Dans le pays d'où je viens, c'est la couleur des djinns, les démons du désert.

À ces mots, la marquise avait frémi.

— Vraiment ? dit-elle. Et cela ne vous effraie pas de les provoquer ainsi ?

— Ils n'existent que dans l'imagination populaire, tout comme les sylphes.

— Vous vous trompez ! lança la marquise, courroucée.

Elle n'avait pas vu approcher Moncrif, suivi de près par Basilio Morosini et Flavio. Le sénateur saisit la balle au bond.

— Des lubies ! Des billevesées tout juste bonnes à effrayer les enfants que l'on veut punir.

— Comment pouvez-vous dire cela ? s'indigna la marquise. Les esprits élémentaires sont nos guides, nos inspirateurs et nos amis.

— Des amis qui n'ont guère de place au siècle de la Raison, madame la marquise, répliqua Basilio.

— Vous êtes donc bien matérialiste, monsieur.

— Je m'en félicite !

Moncrif prit le relais, au grand dam de la marquise, qui le savait proche de la reine, à Versailles, et au courant de toutes les vilaines choses que l'on colportait sur son compte.

— Madame la marquise ! Comme le monde est petit...

— Monsieur de Moncrif, dit simplement Madame d'Urfé, dans l'expectative.

— Venez-vous transformer le Rialto en pont d'or ? dit-il avec un sourire malicieux. Je suis certain que les Vénitiens vous en seraient reconnaissants.

— Monsieur ! gronda la d'Urfé. Ne moquez pas un si noble art.

— Dont vous êtes la diligente prêtresse, répliqua Moncrif, provoquant les rires autour de lui.

Autour du petit groupe, les invités, attirés par le ton des voix qui montait, se regroupaient. Parmi eux, Caterina Sagredo Barbarigo s'était glissée, prête à prendre la parole à son tour. Prudemment, les époux Contarini demeuraient à l'écart. Giorgio savait les soupçons qui pesaient sur Madame d'Urfé et le Mage de Prague, mais il préférait s'éloigner, avec Lucrezia, et ne pas être témoin des éclats qui n'allaient pas manquer de survenir.

Sans l'avoir vue s'approcher, la marquise vit soudain devant elle Caterina qui se contenta tout d'abord d'écouter, un sourire moqueur au coin des lèvres, le plaidoyer pour les esprits que tentait de poursuivre l'alchimiste. Puis, sans crier gare, certaine que tout le monde allait l'entendre, prenant à témoin Flavio, la Barbarigo lança de sa belle voix grave et sonore :

— Que pensez-vous de ces putains françaises qui prétendent faire gratuitement le travail de nos honnêtes courtisanes ?

Il y eut comme un souffle, un murmure, un soupir de saisissement poussé par l'ensemble des invités présents. Quant à la marquise, ce fut comme si elle avait été giflée. Sous son maquillage pâle, elle parut soudain plus blanche encore.

— Madame, articula-t-elle avec peine, je ne vous permets pas...

— Et moi, je ne vous demande point votre avis, madame. Je ne fais que dire tout haut ce que beaucoup pensent sans oser le formuler.

Blême, Madame d'Urfé tenta de se retourner pour se soustraire à cette furie qui marchait sur elle avec détermination, mais il y avait trop de monde pour qu'elle pût s'éloigner. Le spectacle de cette démone en rouge accablant cet ange tout de bleu vêtu aurait pu séduire un peintre de la trempe du Titien ou du Tintoret. Elle n'en avait pas fini avec sa proie.

— Vous avez été accueillie au sein d'une des plus grandes familles vénitiennes, vous avez pu approcher toutes celles et ceux qui composent la fleur de l'aristocratie de notre république, et comment les remerciez-vous ? En les jetant entre les griffes d'un Mage de pacotille, d'un vulgaire escroc ! Mais madame, si je ne m'abuse, si cela se passait à Paris, vous eussiez déjà été jetée à la Bastille, et votre complice avec vous !

Sous le choc, Madame d'Urfé ouvrit la bouche pour parler, resta muette, ses yeux qui regardaient autour d'elle, cherchant de l'aide, ne voyant que des visages hostiles ou moqueurs. Enfin, elle parvint à lancer quelques mots.

— Vous allez payer vos accusations mensongères au prix fort, madame. Je vous préviens, il ne fait pas bon être mon ennemie, souffla-t-elle entre ses dents, tout en dardant des yeux haineux sur la Barbarigo.

— Ni la mienne ! répliqua Caterina, tandis que la marquise se frayait un chemin pour s'enfuir au plus vite du palais.

Un instant de silence complet s'ensuivit. Les musiciens ne jouaient plus depuis un moment et l'on aurait pu entendre voler une mouche. Caterina, dont les yeux continuaient de lancer des éclairs, regarda ses amis.

— Rassurez-moi, ai-je été bien claire ?

— On ne peut plus claire, chère amie, lui dit Morosini en lui baisant une main.

— Maintenant, enchaîna Flavio, il va vous falloir être très prudente. Comme nous autres, d'ailleurs. La marquise, si elle poursuit des chimères, est fort loin d'être sotte, et elle a bien dû comprendre que nous étions tous de mèche, et que nous ne plaisantions pas.

— Nous pouvons être certains que le Mage va être mis au courant dans les plus brefs délais, conclut Gasparo.

Autour d'eux, si certains semblaient approuver les propos féroces de la comtesse Barbarigo, d'autres prenaient l'air outré. Sans parler de ceux dont le visage se fermait complètement. Fallait-il voir en eux, comme le pensait Flavio qui regardait autour de lui, des victimes du Mage ? À présent, quoi qu'il en fût, les dés étaient jetés, et la guerre déclarée.

15

Où est le Mage ?

Les terrassiers avaient bien travaillé : près du campo Santo Stefano, on ne voyait presque plus la trace des récents bouleversements survenus sur le petit campiello dei Morti. Il avait fallu apporter sur de larges barques d'énormes volumes de terre, depuis les environs de Mestre, afin de combler la crevasse ouverte par le tremblement de terre. À présent, le sol était presque plat, et tassé, l'odeur épouvantable s'était dissipée, mais les passants évitaient soigneusement de passer là où le sol s'était effondré, et les femmes se signaient en regardant l'emplacement de l'ancien cimetière.

Là où des cheminées s'étaient écroulées, les charpentiers avaient mis en place des échafaudages et les briquetiers, grimpés sur ces structures de bois, faisaient renaître ces curieux champignons de maçonnerie dressés vers le ciel qui allaient permettre à des familles de sinistrés de pouvoir se chauffer au plus vite.

Dans les églises, les dégâts demeuraient visibles. À l'intérieur de Sant'Andrea della Zirada, si l'on avait balayé et remis de l'ordre dans la nef, les fragments de la grande statue de marbre de l'apôtre, et sa croix, avaient été rassemblés et rapprochés, dans la mesure du possible, mais on attendait, pour restaurer ce saint mutilé, que le patriarcat voulût bien désigner l'atelier qui pourrait accomplir ce miracle. À San Martino, c'étaient les charpentiers de l'Arsenal qui avaient été chargés de remettre en état la charpente à quatre poinçons du campanile ainsi que le joug de la cloche qui, étonnamment, ne s'était ni brisée ni même fissurée dans sa chute. Le travail le plus délicat demeurait celui qui touchait la basilique des Santi Giovanni e Paolo. S'il avait été possible de remettre à sa place le tombeau du doge, il fallait restaurer tout l'appareil décoratif, brisé en une infinité de morceaux lors de sa chute. En attendant, le monument avait été masqué à la vue des fidèles par des voilages.

À quelques jours de la fête de la Salute, si chère au cœur des Vénitiens, l'atmosphère qui règne sur la cité est toujours aussi morose. Ce matin, Erminia, accompagnée comme toujours par Hassan, s'était rendue, à bord de la barque menée par Mauro, au marché du Rialto, afin d'acheter la viande nécessaire pour faire la *castradina*, le plat traditionnel que l'on mangera en famille à l'occasion de la Salute. Il s'agit d'un gigot de mouton, prélevé sur un animal castré, et donc plus gras, qui a été salé, fumé puis séché au soleil, et enfin conservé à l'abri pendant de longs mois. On en produit un peu dans la campagne, sur la terre ferme, mais l'essentiel de la *castradina* est apporté par bateaux depuis l'Albanie et la Dalmatie, où il est de tradition, depuis des siècles, de préparer ainsi la viande de mouton.

L'arrivée de la cuisinière et du majordome des

Foscarini au marché du Rialto ne passe jamais inaperçue. Tous deux sont très grands, ils en imposent par leur allure qui tranche sur celle de la foule composite fréquentant le marché. Erminia, couverte d'un ample manteau de laine, ses cheveux tirés sous une coiffe, et Hassan, vêtu à l'orientale d'étoffes dorées et chatoyantes, turban sur la tête tel un Maure, tous deux se déplacent à travers *l'erbaria*, où Erminia achète les *verze*, ces choux verts de Padoue, qui accompagneront la *castradina*, les oignons, carottes, céleris et autres légumes et herbes aromatiques qu'elle tâte, hume et soupèse avant d'acheter, l'air soupçonneux, en sortant l'argent d'une bourse qu'elle tient attachée autour du cou. Le marchand place alors les légumes dans un sac ouvert qu'approche Hassan puis, après un salut, tous d'eux s'éloignent vers une autre échoppe. Il faut aller à la *macelleria*, quérir au moins deux belles pièces de viande, car les maîtres recevront certainement des amis à l'occasion de la fête de la Madone. Erminia achète encore des seiches et de la *baccalà* à la *pescheria*, puis se met en quête de coriandre et de poivre, gardant pour la fin une visite au *banco* d'Angelo, le confiseur. Il est assez jeune, tout petit, très menu, avec un beau visage, et c'est en véritable artiste qu'il confectionne dragées, pralines, fruits confits, fondants et galettes croquantes. Angelo est capable d'imaginer d'extraordinaires desserts qui sont des merveilles à voir et à savourer, et Assin lui demande régulièrement de se surpasser pour le plaisir des amis qu'elle et Flavio aiment surprendre quand ils viennent souper dans leur demeure. Erminia est volontiers gourmande, mais elle éprouve surtout un sentiment un peu amoureux, quoique peut-être avant tout maternel, pour ce charmant petit homme qui la vénère comme une déesse et lui offre toujours une douceur, quand elle vient faire ses achats. Aussitôt a-t-elle fait l'emplette de cédrats confits, de figues et d'abricots secs, ainsi que de sucre candi, que le gentil Angelo lui offre un petit sachet de dragées.

— Tiens, *amore.* Pour te donner des forces par ce vilain temps.

Le cœur d'Erminia gonfle dans sa poitrine. Elle le remercie avec effusion, avant de s'en aller en lançant toujours la même bénédiction au confiseur.

— Merci, mon tout joli. Dieu te garde.

Pour rien au monde il ne viendrait à l'esprit de l'impavide Hassan de rire. Il respecte trop Erminia pour ne pas comprendre cette faiblesse. Il la suit à présent, ses sacs pleins de victuailles, jusqu'à l'appontement où Mauro les attend. La barque reprend le Grand Canal, laissant derrière eux le joyeux brouhaha du marché.

Dans son cabinet de travail, sous les regards croisés de ses chats, Flavio, assis près de la cheminée où se consument deux bûches, tient dans sa main gauche la pierre de réflexion. La gemme orangée, réchauffée par sa chaleur corporelle, laisse à présent entrevoir, entre les doigts du comte, le fin réseau de filaments noirs semblables aux nervures d'une feuille. Flavio la regarde avec intensité, songeant aux éclats de cette soirée chez les Contarini. Le plaisir de voir Madame Rosalba célébrée par ses concitoyens, et l'agréable conversation avec Moncrif. L'habileté d'Assin. La gêne compréhensible de Giorgio et Lucrezia. L'incroyable audace de Caterina. À présent, il fallait se préparer à une contre-attaque en règle. La dame allait certainement se venger d'avoir subi une telle humiliation en public. Et les *nobiluomini*, ceux qui ont accepté Dieu sait quel placement, en vue de s'enrichir plus encore, et qui ne reverront probablement jamais un ducat ! Qu'allaient-ils faire ? Porter plainte contre la banque des sylphes et des gnomes ? Ou se taire pour éviter la honte d'être montrés du doigt par leurs pairs plus raisonnables...

Flavio en était là de ses réflexions quand Adriano annonça l'arrivée de Gasparo. Le jeune homme avait marché depuis San Cassiano, et transpirait en dépit du froid qui tombait à présent sur la cité lagunaire. Flavio fit signe à son valet d'apporter une petite collation, et invita son ami à s'asseoir.

— Il y a du nouveau, dit-il. Pas joli du tout.

— La marquise ? demanda Flavio.

— Non, la conséquence de cette fascination opérée par le Mage. Je vous avais raconté ma rencontre avec ce *nobiluomo* que j'avais croisé, à deux pas de la basilique, et qui n'avait pas semblé me reconnaître.

— En effet. Enrico Centani ?

— C'est exact. Eh bien il est revenu au même endroit, et là, en plein milieu de la Piazza, devant tous ces gens occupés à bavarder ou à consommer aux boutiques de café, et tandis qu'il y avait aussi des enfants qui jouaient, il a sorti un pistolet et s'est fait sauter la cervelle.

— Mon Dieu ! s'écria Flavio. Quelle horreur.

Les deux hommes restèrent un instant muets à contempler les flammes dans l'âtre. Flavio se leva, pour aller replacer sa pierre dans l'écrin qu'elle occupait au sein d'une vitrine, puis tous deux burent le chocolat qu'Adriano avait apporté. Pendant que Gasparo dévorait des brioches, Flavio reprit la conversation.

— J'imagine que la *Quarantia criminale* prend la chose au sérieux, à présent ?

— Je le pense, répondit Gasparo, la bouche pleine. La logique voudrait qu'Anzolo Pemma aille voir de près ce qui se trame Ca' Mastelli. Au Casino des Esprits, c'est plus délicat, il lui faut demander l'autorisation du comte Contarini dal Zaffo. Celui-ci risque d'être tenu pour responsable, dans la mesure où il a prêté les lieux au Mage.

— Ce serait un comble ! répliqua Flavio. Pouvait-il prévoir ? En fait, c'est Lucrezia, influencée par Madame d'Urfé, qui l'en a persuadé.

— On en revient toujours à la marquise.

— Le problème est le suivant : à ce que je sache, personne n'ayant porté plainte, quel serait le motif pour une perquisition ?

— Sans doute y a-t-il eu des billets anonymes placés dans les *bocche di leone*, mais les inquisiteurs en tiendront-ils compte ? dit Gasparo.

— J'en doute, conclut Flavio. Il leur en arrive tant. Et puis imagine la tête des inquisiteurs lisant qu'un gnome est accusé d'être sorti de terre pour voler une pile de ducats ! Qui pourrait croire également que ce supposé Mage soit capable d'anéantir la volonté d'un homme sensé ? Tout cela sent la sorcellerie médiévale, et peut prêter à rire en 1741.

— Il n'empêche, dit Gasparo. Vous avez bien vu comment il en usait avec ce miroir. Puis il semble avéré que ses deux complices se rendent chez des *nobiluomini* pour les détrousser, voire les homicider.

— Là aussi, Gasparo, encore faudrait-il le prouver. Et si l'on devait enquêter sur tous les hommes de bien de cette cité qui reçoivent des courtisanes qu'ils paient grassement, il y aurait enquête tous les jours de l'année.

— Donc, notre homme est hors d'atteinte ?

— Patience, dit Flavio. Je sens qu'après la volée de bois vert qu'a reçue la marquise, les choses vont vite bouger.

— J'en accepte l'augure, dit Gasparo, en enfournant la dernière pâtisserie sous l'œil furibond du chat Francesco qui n'avait pas même eu droit à une miette.

La marquise était aux cent coups. Elle allait et venait dans ses appartements, en robe d'intérieur, roulant dans sa tête les pensées les plus folles. Que faire ? Sans aucun doute, elle était victime d'une cabale. Chez les Contarini, dès qu'elle avait aperçu la haute silhouette et le sourire narquois de Moncrif, l'homme qui avait l'oreille de Marie Leszczynska, son cœur avait tressailli. Sans aucun doute, ce courtisan peu charitable s'était empressé de rapporter dans Venise toutes les vilaines choses que l'on colportait à son propos à Versailles et dans les salons du faubourg Saint-Germain, moquant ses recherches alchimiques et sa quête de la pierre philosophale, son commerce avec les esprits. Madame d'Urfé pensait sincèrement avoir trouvé, en la personne du Mage de Prague, dont le savoir prodigieux lui avait été vanté par Raimondo di Sangro[1], celui qui lui permettrait de réaliser enfin le Grand Œuvre.

1. Raimondo di Sangro (1710-1771), inventeur, écrivain, alchimiste et franc-maçon italien.

Mais depuis qu'elle se trouvait à Venise, et que le Mage était venu l'y rejoindre, ses travaux n'avançaient guère. Pourtant, elle avait suivi ses conseils éclairés, mais ne parvenait toujours pas à obtenir une poudre de projection susceptible d'aboutir à la production d'or fin. Quant à l'élixir de longue vie, que lui promettait le Mage en échange de son aide – elle répugnait à employer le terme de services –, sa livraison était elle aussi toujours hypothétique. Pourtant, bien des nobles vénitiens avaient eu recours à l'intercession des esprits, et certaines femmes avaient cédé aux charmes ardents du sylphe. Tout cela avait provoqué un bel afflux de ducats, donc la marquise estimait avoir rempli sa part du contrat. Pourquoi, alors, son ami le Mage tardait-il à satisfaire ses aspirations ? Bien sûr, il risquait de se montrer fort courroucé d'apprendre ce qui s'était passé chez les Contarini. Mais pouvait-elle prévoir cet esclandre ? Elle avait envoyé un émissaire Ca' Mastelli pour faire dire au Mage qu'elle devait le voir de toute urgence. Il n'allait certainement pas tarder à se manifester.

Madame d'Urfé en était là de ses réflexions quand sa femme de chambre annonça l'arrivée du Mage. Il entra, toujours vêtu de son habit sombre, d'un pas animé, et vint droit vers elle. En voyant son regard, qui semblait plus noir encore que de coutume, la marquise frissonna et se dit qu'il savait sans doute déjà qu'un désagrément était survenu, et que l'explication promettait d'être orageuse.

— Eh bien, madame, dit-il en l'ayant à peine saluée, que s'est-il donc passé ? Je vous vois bien troublée.

— Ah ! monsieur, je le suis, ô combien. Il m'est

arrivé une terrible mésaventure, hier au soir, chez les Contarini.

Et la marquise raconta à l'homme de Prague ce qui était advenu lors de la réception, et comment plusieurs personnages s'étaient ligués pour la moquer et l'accabler, devant tous les invités. Le Mage écoutait, les traits contractés de fureur.

— Qui a fait cela? explosa-t-il. Je veux savoir les noms.

— Il y avait cet écrivain français, Moncrif, puis les époux Foscarini, et enfin cette terrible comtesse Barbarigo. C'est elle qui fut la plus acharnée à flétrir ma réputation, dit la marquise sur un ton plaintif.

— Je vois, dit le Mage, en joignant les mains de façon si violente que toutes ses articulations craquèrent, donnant l'impression qu'il venait d'étrangler quelqu'un. Ce Foscarini est venu me trouver, prétendant demander l'aide des esprits de l'eau, et je ne l'ai point revu. Mais je soupçonne fort qu'il soit revenu me narguer en compagnie de votre belle comtesse. Nous avons trouvé parmi les offrandes un beau sac de pièces fausses, qui me fait penser que ces gens nous espionnent. Leur attitude à votre égard confirme mon impression. Il va falloir sévir, avant qu'ils ne rendent notre situation délicate.

Madame d'Urfé écoutait, un peu tremblante, ses beaux yeux bleus légèrement humides, comme une élève prise en faute. Le regard du Mage perdit un peu de sa dureté, glissa sur elle comme s'il pouvait lire au-delà de son apparence physique, puis il toucha légèrement de ses doigts le menton de la marquise.

— Quel dommage! dit-il soudain d'une voix

redevenue profonde et enjôleuse. Juste au moment où vous alliez parvenir au but si convoité.

— Vous voulez dire ?... commença la marquise.

— Oui, la poudre de projection. Je crois que vous êtes prête, les esprits me l'ont indiqué.

Madame d'Urfé rapprocha ses mains, comme pour prier, sans réaliser que le Mage jouait avec elle. Les traits de l'homme se durcirent de nouveau.

— Avant d'en arriver là, ma chère amie, dit-il plus brusquement, il nous faut arrêter ces gens, et pour cela, l'aide de puissants esprits est requise.

— Comment comptez-vous faire ? Dans le Casino ?

— Non, répondit gravement le Mage. Pour une invocation aussi considérable, cela doit avoir lieu dans un cimetière, au plus près des morts. Renseignez-vous pour trouver le lieu idéal. Un cimetière dans une partie peu fréquentée de Venise. Hâtez-vous. C'est pour demain.

La marquise se redressa et retrouva d'un coup toute sa superbe. Elle lança un regard plein de flamme au Mage.

— Il en sera fait comme vous le désirez.

Flavio était convenu de retrouver en début d'après-midi Basilio Morosini chez Florian. Il y arriva, accompagné par Gasparo, tandis que sonnaient trois heures au campanile puis, avec un léger décalage, à la tour de l'Horloge. Le sénateur, déjà installé à une table, dans une des deux petites salles, leur fit signe de venir s'asseoir. Le maître des lieux s'en fut aussitôt les saluer et, bientôt, un commis leur porta trois tasses fumantes et parfumées de la *negra bevanda*, le noir breuvage, comme on aimait encore appeler le café. Au milieu des conversations et des rires des autres consommateurs, Flavio et Gasparo écoutèrent Basilio leur raconter ses efforts pour persuader le doge et la *Quarantia criminale* d'agir. En vain. Pietro Grimani ne parvenait pas à comprendre en quoi un artiste, un poète comme ce Mage pouvait avoir de mauvaises intentions. Quant au *capitan grande* Anzolo Pemma, lui conseiller de donner la chasse aux esprits relevait de la gageure la plus complète.

— Mais ces vols, ces crimes avérés dans plusieurs palais ? demanda Gasparo.

— Dans la mesure où l'on n'en connaît pas les auteurs, même si nous soupçonnons fort cette Egiziana et cette Polacca, tout cela relève des suppositions. Vous connaissez le manque de subtilité de notre chef de la police...

— Oh oui ! fit Flavio, en goûtant le café savoureux et corsé. A-t-il été possible d'apprendre quoi que ce soit de l'ambassade de Bohême ?

— Hélas non, reprit Morosini en soupirant. Cette grande instabilité politique, et l'état de guerre qui sévit, empêchent les échanges d'informations. Nous ne saurons rien sur ce trio d'escrocs aventuriers.

— À moins, dit Gasparo en tirant sur une ailette de sa perruque, d'interroger la marquise. C'est bien elle qui l'a fait venir à Venise. Elle sait forcément qui il est, d'où il sort.

Flavio et Basilio considérèrent l'écrivain avec un sourire presque attendri.

— La vérité, dit le sénateur, sort de la bouche des enfants. Des jeunes hommes aussi, cher Gozzi. Vous avez mille fois raison.

Un instant plus tard, Morosini avait obtenu la présence officielle de deux représentants de la police. Il savait par son collègue Giorgio Contarini où vivait Madame d'Urfé. Les cinq hommes se rendirent donc dans une barque à rames jusqu'au rio Marin. Ils frappèrent à la porte du palais. Il n'y eut d'abord aucune réponse. L'un des policiers insista, actionnant avec force et de manière répétée le marteau. On entendit alors des pas, et une voix masculine, un tantinet geignarde. La porte s'ouvrit sur la trogne ahurie d'un valet, sans doute surpris en pleine sieste. L'un des officiers demanda à voir la dame Camus de Pontcarré de La Rochefoucauld. Devant l'air d'incompréhension du gaillard, il précisa qu'on l'appelait aussi Madame d'Urfé. Cette fois-ci, un vague éclair d'intelligence s'alluma dans le regard, et le valet, ayant fait signe d'attendre de la main, s'éloigna.

Quelques minutes plus tard, une femme vint à leur rencontre ; c'était la caméríste de la marquise. Elle commença par dire que sa maîtresse n'était point là, puis se troubla en voyant l'air décidé de ces cinq personnes, et surtout, les deux uniformes. Ils pénétrèrent dans le petit *androne*, et Flavio s'émerveilla au passage du charme du jardin où les grenades persistaient avec leur belle couleur rouge sombre, en dépit du froid qui devenait piquant. La femme les fit monter jusqu'au *portego*, et les pria d'attendre. Des éclats de voix leur parvinrent. À l'évidence la malheureuse fille se faisait houspiller pour avoir laissé entrer des inconnus. Elle revint, l'air penaud, et dit aux cinq messieurs que la marquise allait les recevoir, puis elle les fit entrer dans le petit salon.

Madame d'Urfé allait et venait, battant la mesure

avec un éventail, pour se donner une contenance et tenter de garder son calme. D'un bref coup d'œil, elle reconnut Foscarini et Morosini. Le visage de Gozzi lui était moins familier, et son cœur fit un bond dans sa poitrine en comprenant à l'instant que les deux inconnus étaient des policiers. Les hommes firent mine de s'incliner, pour ne point manquer aux convenances.

— Eh bien, messieurs ? attaqua la marquise. D'où me vient l'honneur de cette visite ?

C'est Basilio Morosini qui prit la parole.

— Madame, nous ne souhaitons pas vous faire perdre votre temps, qui doit être précieux, aussi j'irai droit au but.

— Je vous en remercie, monsieur. En quoi puis-je vous aider ? dit-elle en écarquillant ses yeux couleur de myosotis.

— C'est à vous que nous devons la présence à Venise du Mage de Prague, reprit le sénateur. Nous aimerions connaître son identité, et savoir comment vous avez fait sa connaissance.

La marquise regarda fixement Morosini, et se laissa tomber d'un coup sur un fauteuil qui gémit en dépit de l'extrême légèreté de la dame.

— Monsieur, voilà qui est le comble de l'indiscrétion !

— Madame, vous parlez devant les représentants de la *Quarantia criminale*, dit sèchement le sénateur. Nous avons tout lieu de croire que cet homme se livre à des activités ayant peu de rapport avec ce qu'il prétend être, aussi je vous prie instamment de répondre à mes questions. Croyez-moi, le même interrogatoire dans le secret du palais Ducal serait beaucoup moins plaisant pour la *nobildonna* que vous êtes.

À ces mots, la marquise sembla se recroqueviller sur elle-même. Flavio crut qu'elle allait fondre en larmes, mais en l'observant bien, depuis leur arrivée, il avait pu constater que Madame d'Urfé se comportait en comédienne rouée. Rien chez elle n'était sincère. Elle jouait à présent la victime, avec un art consommé de la composition. Plus d'un l'aurait prise en pitié, mais Flavio eut la satisfaction de voir que Basilio n'était guère plus dupe que lui.

— Allons, madame, dites-nous ce que vous savez.

— Mais bien peu de chose en vérité, articula-t-elle non sans difficulté. Le Mage m'a toujours priée de le nommer ainsi, et si j'ai souhaité entrer en relation avec lui, c'est qu'un fort célèbre alchimiste italien, le signor di Sangro, m'avait fait miroiter ses qualités dans cet art que je cultive aussi.

Les cinq hommes la fixaient, attendant la suite. Madame d'Urfé les regarda en faisant des mains un geste d'impuissance, et demeura silencieuse. Flavio l'observait toujours, et au-delà des yeux bleus, légèrement embués de larmes, et des mains posées sur son giron, qui tremblaient un peu, il comprit à ce moment qu'elle disait la vérité, et qu'ils avaient devant eux une créature, certes exaltée et poursuivant d'improbables chimères, mais avant tout une femme orgueilleuse, humiliée et dupée.

— Nous ne sommes guère plus avancés, dit Flavio alors que tous reprenaient place à bord de la barque.

— Non, conclut Basilio. Et à présent, je sens que la *Quarantia criminale* va complètement se désintéresser de la question.

Le temps fraîchissait encore, en fin d'après-midi, et il allait certainement geler cette nuit-là. Par les baies donnant sur le jardin de la Ca' Celsi-Donà, le bleu du ciel se détachait, sombre, limpide, sans un seul nuage à l'horizon, et il était déjà possible d'y apercevoir quelques étoiles autour d'un majestueux croissant de lune. Assin, qui contemplait ce spectacle apaisant, vêtue d'une de ses tenues orientales, eut soudain l'impression de se voir transportée dans sa Sorie natale.

— Tu as vu, dit-elle à Flavio qui sortait couvert d'un manteau de son cabinet de travail, plusieurs livres à la main, on dirait un ciel des *Mille et une nuits.*

— Avec ma Shéhérazade au cœur du décor, l'illusion est parfaite, s'amusa Flavio, qui vint l'embrasser.

— Où t'en vas-tu ainsi ? La nuit va bientôt tomber.

— Je veux porter ces quelques livres chez mon relieur. Saint-Simon, Rousseau, Moncrif, et d'autres méritent ce traitement. C'est à deux pas, vers Santa Maria del Pianto. Ne t'inquiète pas, je serai rentré dans moins d'une heure.

Assin acquiesça et sourit. Elle avait pour habitude de laisser son mari absolument libre de ses mouvements. Mais elle éprouva un curieux pincement au cœur. Comme lorsque les cartes offraient une mauvaise figure.

Flavio passa un moment dans l'échoppe du relieur, dans l'odeur enivrante des cuirs et de la colle, à choisir pour ses ouvrages modernes telle basane ou tel maroquin, les nerfs du dos, la dorure des tranches, l'ex-libris. C'était pour lui un bonheur de dialoguer avec le maître artisan, un véritable artiste, portant toujours haut la tradition qui avait rendu Venise célèbre dès la Renaissance.

Il faisait nuit quand Flavio sortit. Une froide nuit de

milieu d'automne, illuminée à présent par la lumière de la lune et d'une myriade d'étoiles, qui permettait de se diriger sans lanterne. Dans cette partie excentrée de Castello, peu de gens se déplaçaient encore ; ils étaient chez eux en train de souper. Flavio serra contre lui les pans de son manteau, et marcha avec vélocité le long de la calle delle Cappuccine, puis il traversa le campiello Santa Giustina. Il approchait d'un *sottoportego* lorsque, soudain, le Mage de Prague surgit comme un fantôme vomi par les ténèbres et fut devant lui, son visage presque collé au sien. L'homme l'avait saisi par le col d'une poigne de fer, et plongeait son regard noir dans celui de Flavio tout en le plaquant contre le mur. Avec le froid, il se mit à parler en projetant une buée blanche qui indisposa Flavio tout autant que ses paroles.

— Alors, monsieur le fouineur, on aime à se mêler de ce qui ne vous regarde pas ?

Flavio tenta de se dégager pour répondre, mais l'homme tenait bon. Il semblait doté d'une force incroyable.

— C'est donc que vous avez quelque chose à vous reprocher ? lui dit Flavio.

— Qui êtes-vous pour oser vous mesurer à moi ? gronda le Mage. Je n'ai pas pour habitude d'être troublé dans mes travaux, et n'ai point à répondre à ce genre de questions arrogantes. Vous vous êtes introduit auprès de moi pour des motifs détestables. Les esprits crient vengeance. Ils vous ont condamné à mort.

Flavio n'avait pas vu que le Mage n'était pas seul. Derrière lui, deux de ses golems – le terme de sbires s'avérant à présent plus exact – attendaient que leur maître en eût terminé pour entrer en scène. Avant que Flavio ait pu réagir, les deux brutes se saisirent de lui et le jetèrent dans le rio de Santa Giustina. En un éclair, Flavio entrevit le sourire diabolique du Mage, le ciel qui basculait, puis son corps frappa avec violence la surface de l'eau. Elle était si glaciale qu'il en eut le souffle coupé, en dépit de ses vêtements qui, s'ils le protégeaient un peu de la morsure du froid, l'entraînaient inexorablement vers le fond vaseux. Il ouvrit la bouche, espérant respirer, mais ne fit qu'avaler une gorgée d'eau saumâtre et boueuse, qu'il recracha avec dégoût. Tentant de nager en direction du quai, il ne fit que s'empêtrer plus encore dans son manteau. Le froid le paralysait. Il lui sembla voir un petit bateau qui approchait, et lança un bras en l'air, espérant qu'on le verrait. Mais il étouffait. Alors, incapable de faire le moindre mouvement, il se sentit couler. C'était donc fini...

À demi inconscient, Flavio sentit une main, ou un crochet, l'agripper, des cris, des voix qu'il ne comprenait pas. Il sentit qu'on le hissait à bord d'une barque. Deux pêcheurs qui rentraient avaient aperçu la scène, et s'étaient précipités a son secours. Transi de froid, éructant et vomissant de l'eau boueuse, Flavio parvint à leur faire comprendre qu'il habitait tout près, le long du rio de San Francesco della Vigna. L'un des deux hommes le couvrit d'une toile empestant le poisson. En quelques minutes, ils furent à la porte d'eau de la Ca' Celsi-Donà. Mauro ameuta la maisonnée. Assin accourut, affolée, consciente d'avoir pressenti le malheur qui se dessinait un moment plus tôt. Pendant ce temps, Hassan demandait à Erminia de faire chauffer des bassines d'eau. Tandis que Nilufar donnait un généreux pourboire aux deux pêcheurs, le Nubien prit Flavio dans ses bras comme s'il n'était qu'un fétu de paille, puis l'emporta dans le cabinet de toilette. Bientôt, Flavio fut dévêtu, plongé nu dans une baignoire de cuivre qu'Erminia vint remplir à plusieurs reprises d'eau fumante, tout en détournant les yeux comme une jeune vierge. Flavio, le regard fixe et comme perdu, claquait des dents, tentant de parler, tandis qu'Hassan le brossait vigoureusement à l'aide d'une *loofah*[1] et de savon, et lui faisait avaler un cordial. Assin se tenait près de lui, préoccupée, attendant qu'il reprenne pleinement conscience pour l'interroger. Enfin, Hassan fit lever son maître, le sécha, lui frotta le dos et la poitrine avec un onguent au camphre, tandis qu'Assin lui passait une chemise de nuit, une robe de chambre et un bonnet. Flavio ouvrit un peu plus les yeux, aperçut sa silhouette dans la glace, et un vague sourire tordit ses traits.

— Mon Dieu ! Mais de quoi ai-je l'air ?

— De quelqu'un qui aurait mieux fait de ne pas mettre le nez dehors ! ne put s'empêcher de lancer Assin.

Elle le prit par la taille. Flavio remercia Hassan, et suivit sa femme d'un pas hésitant jusque dans leur chambre, où il fut installé devant un bon feu. Deux chats pleins de curiosité et d'inquiétude vinrent abondamment le renifler, se frotter contre ses jambes. Déjà, Mahinour arrivait avec un plateau chargé de victuailles et d'un flacon de *raboso*. Flavio avait enfin

1. Sorte d'éponge végétale obtenue après dessèchement d'une variété de courgette d'Égypte.

cessé de frissonner. Il prit les deux mains d'Assin dans les siennes, et les embrassa l'une après l'autre.

— Quand je pense que j'aurais pu perdre un tel trésor...

Un éclair jaillit des yeux d'Assin.

— Je préfère ne pas répondre, sinon tu te rendrais compte que pendant ces années, j'ai appris et retenu bien des jurons de la langue vénitienne.

Flavio la regarda par en dessous, l'air contrit, vit qu'elle commençait à sourire, ce qui provoqua chez lui un accès de fou rire, mêlé à une toux caverneuse, et Assin, malgré elle, se mit à rire à son tour.

— Tu es insupportable, mon aimé, un véritable enfant, gronda Assin.

Flavio parvint à manger un peu de poulet froid, qu'il partagea avec les chats, et fit honneur au *raboso.* Le solide et capiteux vin rouge gomma définitivement les relents de vase du canal. Après avoir narré à son épouse ce qui s'était passé, Flavio éprouva le besoin de s'allonger, et il sombra aussitôt dans un sommeil lourd, entrecoupé de moments de délire pendant lesquels il se mit à parler, à se plaindre, tandis qu'Assin lui baignait le front avec des compresses d'eau fraîche mêlée de vinaigre.

Au matin, si la pauvre Assin était épuisée de sa nuit à veiller son aventurier de mari, Flavio semblait un homme neuf, n'ayant en tête que l'idée de réclamer son déjeuner au plus vite, tant il avait faim.

La veille au soir, tandis que le Mage tendait son guet-apens à Flavio, un autre méfait se préparait. Il devait être dix heures du soir, et pour une fois, Caterina Sagredo Barbarigo était restée toute la soirée dans le palais familial, en compagnie de son époux, le comte Gregorio Barbarigo. Elle faisait en sorte de lui accorder ce plaisir régulièrement, en femme avisée, sachant qu'il était sensible à cette marque d'affection et qu'il aimait à la voir jouer les épouses casanières – ce qu'elle n'était pas vraiment – mais qu'importe ! C'était en tout cas la meilleure manière de contenter un mari compréhensif et de pouvoir ainsi conserver sa liberté, ce à quoi celui-ci ne trouvait rien à redire.

Donc, Caterina et Gregorio avaient soupé dans la salle à manger située au *piano nobile* du petit palais donnant sur le Grand Canal, à San Vio, à deux pas de chez les Contarini. Son époux lui avait posé quelques questions concernant les fameux éclats contre Madame d'Urfé, dont tout le monde parlait à Venise, et Caterina s'était défendue d'avoir manifesté quelque méchanceté que ce fût, et avait assuré avoir simplement énoncé tout haut ce que chacun pensait tout bas. Gregorio avait hoché la tête, sachant à quel point son épouse ne se gênait pas pour dire la vérité. Puis, après avoir conversé un instant au coin du feu, tout en regardant la lune qui paraissait aux grandes baies Renaissance de la loggia, l'un et l'autre avaient regagné leurs chambres, chacun de son côté.

Après avoir remercié sa femme de chambre qui l'avait aidée à se défaire de sa robe de soirée, tandis qu'une autre fille venait recharger en bois la cheminée, Caterina avait fait un peu de toilette, enduit son beau visage d'une crème de beauté, et revêtu une chemise de nuit qui soulignait la beauté de ses formes. Puis elle s'était couchée, deux bougeoirs allumés aux chevets de son lit, pour se plonger dans la lecture d'un ouvrage qui la captivait.

Caterina commençait à sentir que le sommeil allait bientôt la gagner quand, dans le silence qui régnait, elle entendit un claquement – le bruit d'une fenêtre dont on forçait le loquet – et son cœur se mit à battre plus vite. Un des lourds rideaux fut agité par le souffle d'air froid venant du dehors. Quelqu'un s'était introduit dans sa chambre.

Elle ne bougea pas, mais posa le livre qu'elle tenait dans sa main gauche, la droite restant crispée sur un objet qui s'y cachait. C'est alors, dans la pénombre qui régnait à l'autre bout de la vaste chambre, qu'elle vit la silhouette émerger des tentures. Un homme ! Un de ces serviteurs du Mage... Il avançait droit vers elle, sans un bruit, comme une sorte d'automate.

Dans son lit, Caterina se raidit, mesurant ses chances. Appeler ne servirait à rien. On arriverait trop tard. Alors elle se prépara. L'homme était déjà tout près d'elle, les mains tendues pour l'étrangler quand, de sa main gauche, elle fit glisser sa chemise de nuit, libérant un sein majestueux et frémissant. Les yeux du meurtrier s'égarèrent vers cette merveille imprévue. Une seconde de trop. Comme un serpent, la main droite de Caterina jaillit et lui plongea en pleine poitrine le stylet qu'elle y tenait, et qui lui servait à couper les pages.

L'homme, ouvrant la bouche sans pouvoir émettre un son, tenta de porter une main vers la blessure où le sang rougissait déjà son vêtement. Il s'écroula sur lui-même, restant à demi suspendu aux couvertures du lit. Caterina, remontant sa chemise de nuit, lui lança un regard plein de mépris.

— Méfiez-vous des femmes qui lisent, car elles sont les égales des hommes, avec des trésors de ruse en plus.

Cette épitaphe ayant été décochée, Caterina repoussa à terre le cadavre du sbire, afin que son sang ne tachât pas la courtepointe, sonna sa femme de chambre, et bientôt Gregorio Barbarigo était à son côté, bien plus affolé que son épouse, et l'on attendait l'arrivée du chef de la police, qu'un valet était allé alerter. Caterina, royale, reçut et témoigna dans son lit, après avoir tout de même caché ses belles épaules sous un châle de laine. On enleva le cadavre de l'assassin, et Caterina, ayant renvoyé tout son monde, se dit que tout cela lui avait enlevé pour un instant l'envie de dormir. Elle rouvrit donc son livre, et reprit sa lecture comme si rien ne s'était passé.

16

La nature se venge

À Venise, ville singulière où sons et paroles s'envolent et ricochent contre la pierre et l'eau, les nouvelles, les bonnes comme les mauvaises, voyagent vite. Ce matin-là, Gasparo vint raconter à Flavio ce qui était arrivé à Caterina, et apprit ainsi à quelle fin affreuse son ami avait lui aussi échappé. De son côté, ce fut Basilio Morosini qui alla s'enquérir de la santé de la comtesse Barbarigo puis, une fois rassuré, se rendit chez ses voisins, les Contarini, afin d'obtenir l'autorisation de Giorgio de faire interdire l'entrée de la Ca' Contarini dal Zaffo au Mage et à sa clique, ce qu'il accepta bien volontiers.

Morosini passa au palais Ducal afin de requérir la présence de plusieurs hommes armés. Cette fois-ci, après l'homicide manqué de la comtesse Barbarigo par un séide du Mage, et celui de Foscarini par ce dernier, la preuve de sa culpabilité ne faisait plus aucun doute, et Anzolo Pemma donna son aval à cette expédition. Il s'agissait non seulement de reprendre possession, au nom du comte Contarini dal Zaffo, de son bien, mais de mettre le dénommé Mage de Prague et ses complices en état d'arrestation.

Incorrigible, Flavio, qui avait déjà physiquement récupéré, obtint, ainsi que Gasparo, de pouvoir accompagner Morosini, le *capitan grande* leur ayant simplement donné l'ordre d'attendre en arrière que l'arrestation ait eu lieu avant de s'approcher. Il pouvait y avoir des échanges de coups de feu, et mieux valait prendre toutes les précautions nécessaires.

Pour ne rien arranger, dans la journée, les abords de la Ca' Contarini dal Zaffo étaient assez fréquentés. Sur la *fondamenta*, des femmes du peuple passaient, enveloppées dans leurs longs *zendali* noirs, accompagnées de nombreux enfants en bas âge, les hommes poussaient des charges sur des chariots ou portaient des marchandises, des légumes et des poissons. Toute cette animation rendait l'opération de police difficile. Fort heureusement, Anzolo Pemma avait prévu d'emmener suffisamment d'hommes pour empêcher le passage des piétons aux abords du petit palais.

Sur le conseil de Flavio, une barque avec plusieurs hommes armés avait été dépêchée à l'embarcadère du Casino des Esprits, sur la lagune. Une retraite précipitée par la voie des eaux était fort possible, et il fallait parer à cette éventualité. Enfin, quand tout fut prêt, le *capitan grande* frappa à la porte du palais. Le comte Contarini dal Zaffo avait confié un jeu de clefs à Basilio Morosini, mais il fallait commencer en manifestant une volonté de dialogue. Personne ne vint ouvrir. Pemma recommença, sans obtenir plus de résultat. Il sortit alors d'une de ses poches les clefs qu'il donna à l'un de ses hommes, puis fit quelques pas en arrière, tandis que ce dernier manœuvrait la serrure, protégé par les fusils de deux soldats. La porte s'ouvrit, sans bruit. Il n'y avait personne dans le petit *androne.* Un bref coup d'œil vers l'escalier et l'enfilade des salons du *piano terra* ne révéla pas plus de présences. Pemma fit signe à Morosini et à ses amis de s'approcher, et tous entrèrent, précédés et suivis par soldats et policiers.

Le palais lui-même était désert. Ils n'y trouvèrent rien de bien significatif, sinon, dans une des antichambres, des bouteilles de vin, des piles d'assiettes et de pièces de vaisselle, reliefs des banquets qui s'étaient donnés là. Tous sortirent alors dans le jardin. Flavio ne put s'empêcher de penser qu'en plein jour, sous un pâle soleil automnal, le lieu perdait son aspect fantomatique et redevenait véritablement enchanteur. Ces allées si bien tracées menant vers la lagune, la splendeur des arbres, des essences différentes, les statues et les colonnes... En passant devant la grotte, Flavio fut presque tenté d'aller y jeter un coup d'œil. Peut-être en revenant aurait-il le temps. Pour l'instant, la petite troupe approchait du pavillon, dont la silhouette claire et les hautes cheminées se détachaient sur le bleu du ciel, et le contour des montagnes enneigées des Dolomites, dont les cimes paraissaient très proches.

Il ne fut pas difficile de pénétrer dans le Casino, qui semblait aussi désert que le palais. La porte était simplement verrouillée. En entrant, une odeur fort déplaisante les prit au dépourvu. Pemma ordonna à plusieurs soldats de défaire les tentures noires et d'ouvrir les grandes fenêtres pour aérer. La lumière du jour permit de voir les orangers et les citronniers en pot, qui semblaient monter une garde silencieuse, mais là encore, il n'y avait personne, et rien de compromettant n'avait été laissé.

Restait à monter au premier étage du *ridotto*. À l'évidence, la pestilence venait de la salle où s'étaient tenues les séances et réunions. Flavio, Gasparo et Basilio, précédés d'Anzolo Pemma et de quelques-uns de ses hommes, montèrent les marches, les soldats se dirigeant tout d'abord vers les tentures pour faire de la lumière. Le spectacle qui les attendait leur souleva l'estomac. Le décor qui avait été installé à l'occasion de la présentation faite par Madame d'Urfé et le Mage à l'intention de la noblesse vénitienne se trouvait toujours là, avec, aux quatre angles de la salle, les ensembles figurant les quatre esprits élémentaires et leur univers. Mais à présent, au sein de ces éléments minéraux et végétaux gisaient quatre cadavres. Deux hommes et deux femmes, la gorge tranchée, avec la volonté évidente que le sang des victimes ait été abondamment répandu dans ces décors. Les visages des morts étaient livides, des plaques verdâtres commençaient à déformer leurs traits. Leurs yeux ternis étaient grands ouverts.

— Des sacrifices aux esprits ! dit Flavio, effaré.

— Que dites-vous ? Qu'est-ce encore que ces inventions ? tonna Pemma.

— Il a raison, fit Morosini. Regardez ! Une femme pour le sylphe, un homme pour l'ondine, une femme pour le gnome, un homme pour la salamandre.

Le *capitan grande* leva les bras au ciel pour montrer son agacement.

— Ah ça ! Mais m'expliquerez-vous de quoi il s'agit ?

— De crimes rituels, monsieur le *capitan grande*, expliqua Flavio, en mettant un mouchoir devant son nez, comme le faisaient aussi les autres hommes.

Le pauvre Gasparo, livide, était incapable de prononcer un mot. Il regardait autour de lui, au bord de la nausée. Les victimes du rituel n'étaient pas des personnes de la noblesse. C'étaient des gens du peuple, sans doute attirés là tandis qu'on leur faisait miroiter la perspective d'un bon souper ou quelques ducats. Les malheureux avaient dû accepter en pensant au bien-être qu'ils pourraient offrir à leurs enfants. On les avait probablement drogués, puis affreusement tués, au nom de Dieu sait quelle diablerie.

— Nous ne pouvons plus rien pour eux. Sortons d'ici au plus vite ! dit Pemma, entraînant après lui le petit groupe, trop heureux de retrouver l'air pur du jardin.

Flavio guida tout de même Gasparo jusqu'à la grotte, lui expliquant que c'était là que lui était apparue l'ondine. Le décor était bien celui qu'il avait vu, de nuit, et l'atmosphère de chaude humidité était semblable. Mais aucune créature de féerie n'occupait la petite plage souterraine.

Des ordres furent donnés pour que l'on vienne emmener les victimes du *ridotto*, et que l'on cherche à déterminer leur identité. Puis des soldats furent postés aux deux entrées du palais, sur le quai et vers la lagune. Pemma fit alors mander un serrurier, afin qu'il changeât toutes les clés des divers accès du palais. Il n'y aurait alors plus besoin de faire surveiller les lieux.

Morosini, Flavio et Gasparo se retrouvèrent sur la *fondamenta*, écœurés par ce qu'ils venaient de voir.

— Cet homme est un dément, dit Flavio.

— Le pire est qu'il semble vraiment croire aux sortilèges qu'il évoque, continua Gasparo.

— Pour en arriver à de telles abominations, c'est

certain, enchaîna Basilio qui, prenant ses deux amis par le bras, les entraîna vers un bacaro.

Une *ombra* s'imposait, pour chasser les miasmes de la mort et l'affreuse impression de barbarie que dégageait ce spectacle inimaginable. Mais comment mettre la main sur le Mage, si tant est qu'il n'avait pas déjà fui Venise, avec ses monceaux de ducats ? Anzolo Pemma avait envoyé plusieurs de ses hommes frapper à la porte de la Ca' Mastelli, mais personne n'avait répondu. Le palais du Chameau semblait désert. À moins, bien sûr, que ses occupants aient simplement décidé de ne pas répondre...

— Je pense qu'il est toujours là, dit Flavio.

— Qu'est-ce qui vous fait dire cela ? questionna Morosini.

— Cet homme est trop imbu de sa personne et de son pouvoir pour manquer l'ultime épisode de sa conquête de la cité. Il n'a pas réussi à nous tuer, Caterina et moi. Pas plus que d'autres *nobiluomini* aussi, peut-être, qui lui ont résisté. Il va recommencer, c'est chose certaine, et il ne s'en ira pas avant.

— Il faut réclamer la protection de la police, dit Gasparo.

— J'ai bien peur qu'elle ne soit d'aucun secours face à la malignité de ce monstre.

Le sénateur hocha la tête, et commanda trois autres *ombre* que les amis vidèrent d'un coup.

Cette fois-ci, le doge, fort ennuyé, fut bien obligé d'admettre qu'il existait une affaire criminelle liée à ce mystérieux poète pragois. Pietro Grimani approuva les actions menées par le chef de la *Quarantia criminale*, qui avait commencé à placer des sbires vêtus en bourgeois ou en personnes du peuple, aux alentours de la Ca' Mastelli, depuis l'échec de la première visite. Sans obtenir de résultats flagrants, apparemment. Peut-être le Mage avait-il quitté les lieux ? S'il était encore dans le palais, il faudrait bien qu'il en sortît un jour ou l'autre. La police ignorait que la demeure possédait une issue cachée, permettant un accès fort discret à ses occupants, dans une ruelle adjacente...

Confortablement installée tout contre Flavio sur un divan parsemé de coussins, au milieu des plantes exotiques de la mezzanine, Assin lui faisait raconter les derniers déroulements de l'affaire. Les deux chats étaient venus se percher, Mafalda sur son maître, Francesco juste à côté de lui, comme s'ils voulaient lui faire comprendre qu'ils n'avaient pas assez goûté ces instants de tranquillité partagés, ces derniers temps.

— Ce que je ne comprends pas, dit Assin en passant une main à travers les cheveux légèrement ondulés de son mari, c'est la raison de cette fascination. Comment un homme aussi haïssable peut-il avoir un tel empire sur les autres ?

— Tu sais bien que de la haine à l'amour, il n'y a parfois qu'un soupir, et que le même chemin peut être parcouru dans l'autre sens.

— Tu as raison, mais dès que j'ai vu ce Mage, le simple fait de croiser son regard m'a donné envie de m'enfuir.

— Parce que tu as la tête sur les épaules, Assin. Cet homme a beau être un charlatan et un aventurier, je l'ai suffisamment approché pour être persuadé qu'il dispose réellement d'une force intérieure peu commune, dont il joue sans vergogne. Souviens-toi :

dans notre cité où tant de notables s'ennuient, englués dans leurs petites intrigues amoureuses, leurs jeux de hasard répétés tous les soirs dans les *casini*, la routine de la vie familiale et de l'administration, voici cet étrange personnage qui surgit, accompagné par deux ravissantes créatures, environné d'esprits dont il affirme qu'ils sont capables d'apporter l'amour et la fortune. Combien de victimes a-t-il pu faire en leur promettant la lune ?

Assin étendit ses bras derrière sa tête, et se mit à sourire rêveusement.

— Pas moi, en tout cas. Je ne suis pas si mal lotie.

— Seulement pas mal ? dit Flavio en lui lançant un regard en coin.

— Plutôt très bien, mon aimé, dit-elle en riant.

— Pense aussi que le Mage est arrivé à un moment où tout Venise craignait de voir arriver la fin du monde. Il a su profiter de l'inquiétude générale, en faisant miroiter un équilibre que rendraient possible ses fichus esprits.

— Et maintenant ? demanda Assin.

Flavio gratta les oreilles de Mafalda tout en caressant Francesco, histoire de ne pas faire de jaloux. Il répondit un peu à côté, ne voulant pas inquiéter davantage son épouse.

— Maintenant, nous attendons. Je pense que cet homme est si persuadé d'être un être supérieur, un démiurge, qu'il entend écrire lui-même le dernier acte de sa pièce macabre. Après, je pense qu'il s'en ira et nous laissera en paix.

— C'est ce que les cartes nous ont dit, à Mahinour et à moi, conclut Assin.

La nuit qui suivit, par un froid devenu si vif que les bords des canaux commençaient à geler, il y avait bien peu de monde pour s'attarder à travers *calli* et *campi* dans les sestiers éloignés du centre de la cité.

Au fin fond de Dorsoduro, près de l'église de l'Angelo Raffaele, personne ne se serait risqué de nuit dans le *campiello* jouxtant l'édifice, et qui n'était peuplé que de défunts. Ce cimetière était assez vaste pour occuper la superficie d'une petite place. Les pierres tombales étaient, pour certaines, fort anciennes et commençaient à s'enfoncer dans le sol. D'autres, plus récentes, témoignaient de l'utilisation encore actuelle de ce *campo santo.* L'endroit était sinistre et désert, et c'est à peine si les chats errants aimaient à s'y attarder. Le lieu idéal, avait-il semblé à Madame d'Urfé, qui s'était renseignée auprès d'une personne de confiance, pour y tenir la messe noire que souhaitait célébrer le Mage.

Ils étaient là, à présent, le Mage, l'Egiziana et la Polacca, avec la marquise et deux des golems qui surveillaient les *calletti* menant au cimetière. Un témoin aurait bien été incapable de reconnaître les femmes, dont les traits disparaissaient sous des voiles sombres et des manteaux noirs. Le Mage portait toujours des vêtements de cette couleur. Grâce à la lumière lunaire, on avait pu souffler la mèche des lanternes sourdes. Le Mage regarda autour de lui, puis se dirigea vers une tombe qui semblait avoir son agrément. Les femmes se rapprochèrent, tandis que leur mentor sortait de sous les plis de sa cape un petit ouvrage. À la lueur de l'astre de la nuit, il se mit alors à psalmodier, sur un ton tellement lugubre que la marquise en eut des frissons. Puis il appela les esprits des quatre éléments, leur intimant l'ordre de détruire Venise – pas moins. Madame d'Urfé avait beau être une femme exaltée, à la poursuite de chimères, cette furie qui s'emparait du Mage la mit fort mal à l'aise. Elle en vint à penser que le commerce des élémentaux était en train de lui faire perdre le sens commun.

Les deux autres femmes ne réagissaient pas. Elles joignaient leurs voix aux invocations du Mage, sur un ton sinistre. La marquise frissonnait, de froid tout d'abord, car la température était glaciale, et de peur, car elle se sentait bien seule près de ces trois personnages dont elle était en train de réaliser qu'ils devenaient incontrôlables, et qu'ils pourraient fort bien ruiner définitivement sa réputation dans la cité lagunaire, de manière encore plus radicale que cette comtesse Barbarigo n'avait entrepris de le faire.

Le Mage réitérait son appel aux esprits. Soudain, il releva une de ses manches. La lame d'un poignard brilla. Il y eut un bref mouvement, et un liquide vermeil coula sur la pierre tombale : le Mage faisait l'offrande de son propre sang aux esprits des morts, en leur demandant leur intercession pour frapper Venise.

À l'instant où l'homme appela les quatre esprits élémentaires, pour la troisième fois, demeurant les bras tendus vers les cieux, un étrange murmure parcourut l'espace à demi-clos du cimetière, entouré par l'église de l'Angelo Raffaele, et par plusieurs maisons d'habitation. C'était comme une rumeur sourde, une voix venue de l'au-delà, et les trois femmes tournèrent la tête en tous sens, craignant de voir surgir quelque trépassé criant vengeance.

La réalité était tout aussi effrayante, car c'était la terre qui recommençait à trembler. Au moment même où le Mage avait exigé la destruction de la cité, voilà que le sol se mettait à bouger sous leurs pieds, comme si les gnomes et les salamandres, entendant le triple appel qui leur avait été fait, se libéraient de leurs chaînes et donnaient de furieux coups pour venir se montrer à la surface.

Madame d'Urfé étouffa mal un cri, provoquant l'ire du Mage.

— Taisez-vous, malheureuse ! Êtes-vous donc une initiée ou une femme de salon ?

La marquise eut l'impression d'avoir été souffletée. Elle ne répondit rien, elle en aurait été bien incapable, tant son cœur battait de frayeur ; jamais elle n'avait été le témoin d'une telle manifestation des éléments. À présent, ses pensées battaient la campagne, et elle commençait à se demander si elle ne ferait pas mieux de quitter Venise et de regagner la France, avant que la situation ne tourne mal.

L'Egiziana et la Polacca restaient immobiles, peut-être soucieuses de ne pas déplaire à leur maître. Celui-ci, les yeux fous, tendait les bras vers la terre, puis vers le ciel, jubilant de voir les éléments lui obéir. Sans aucun doute possible, le Mage de Prague sombrait dans la folie.

Le 20 novembre, au matin, une surprise de taille attendait les Vénitiens. La température était tombée si bas, aux environs de quinze degrés au-dessous de zéro, que tous les canaux de la cité étaient pris par les glaces, y compris le Grand Canal. Le froid était intense, inattendu alors que l'on n'était encore qu'au cœur de l'automne. L'économie de Venise en était bouleversée. Pas moyen pour les pêcheurs et les maraîchers d'approvisionner le marché du Rialto. Aucune marchandise ne pouvait plus circuler par la voie des eaux. Les gondoles demeuraient immobiles devant les palais.

Devant l'église monumentale de la Salute, à Dorsoduro, les charpentiers de l'Arsenal avaient heureusement installé deux jours plus tôt le pont de barques permettant aux Vénitiens de traverser le Grand Canal depuis la calle del Traghetto de Santa Maria del Giglio, à San Marco, pour se retrouver sur Dorsoduro, près de la Douane de mer, devant l'édifice où aurait lieu le pèlerinage, le 21 novembre. À présent, tout était figé ; la glace, que les embarcations parvenaient tout d'abord à briser grâce à leur étrave, était devenue trop épaisse, et la navigation était désormais impossible. Venise devint étrangement silencieuse. Le bruit venait des *calli*, où beaucoup plus de gens allaient et venaient, que ce soit pour assurer l'approvisionnement, se rendre dans les commerces où l'on travaillait et même, pour la noblesse, se déplacer sans le secours de l'eau.

Face à l'église de la Salute, les barques étaient alignées de travers les unes contre les autres, leurs étraves regardant en direction du bassin de San Marco, et surmontées par des planches liées entre elles. Au centre du pont ainsi constitué, un passage plus haut permettait en principe aux embarcations de petite taille de continuer à circuler. Mais ce pont provisoire, en attente de la fête de la Madone, était à présent pris par les glaces. Dieu sait quand il serait possible de le défaire et de rétablir la navigation sur le Grand Canal, ce qui avait lieu d'habitude dès le 22 novembre. Depuis le *piano nobile* des palais, le spectacle de cette grande avenue de Venise saisie par l'immobilité était fort surprenant. Une telle chose arrivait très rarement. La noblesse vénitienne observait avec étonnement et émerveillement ce phénomène qui transformait soudain la cité si animée, si vivante, en une sorte de peinture gigantesque, dont bateaux et demeures, canaux et gens n'étaient plus que des motifs colorés posés là par le pinceau d'un démiurge.

Un matin comme celui-ci, se chauffer convenablement devenait, de manière ironique, plus difficile encore pour les propriétaires de somptueux palais, que pour les pauvres gens s'entassant dans une pièce unique. Comment réchauffer ces immenses superficies, même en alimentant constamment de bûches toutes les cheminées des grandes demeures ? Alors on se repliait dans les pièces les moins spacieuses, et on condamnait les autres, en attendant le redoux.

Ca' Celsi-Donà, Assin s'était éveillée, blottie dans les bras de Flavio, les deux chats serrés contre eux. Flavio s'était relevé au cours de la nuit pour alimenter le feu, et malgré cela la température était tout juste supportable. Aujourd'hui, il ferait bon rester à la maison, bien couverts. Ermima aurait certainement pensé à prévoir une nourriture qui tienne au corps, Assin n'avait aucune crainte à ce sujet.

Ca' Mastelli, il ne faisait guère plus chaud. Car le Mage s'y trouvait toujours, occupé à faire entasser dans de vastes coffres les sommes énormes dérobées aux *nobiluomini* vénitiens. Encore quelques comptes à régler, ce serait le départ pour Prague. Il était temps de fuir, avant que la perle de l'Adriatique ne subisse le sort de l'Atlantide, à présent que lui, le Mage, avait déchaîné les esprits pour précipiter la perte de cette arrogante cité.

Dans le *piano nobile*, seule l'Egiziana se trouvait avec le Mage. Elle prenait son déjeuner sans vraiment y toucher, l'esprit ailleurs. Après avoir accompli un bon nombre de mauvais coups dans des palais, pour le compte du Mage, elle n'avait plus le cœur à l'ouvrage, et la tension qui régnait entre eux était palpable. La Polacca, invisible, devait encore dormir. Pas une parole ne fut échangée. Sans doute les deux femmes, qui conservaient tout leur mystère, souhaitaient-elles plus que tout quitter Venise.

Dans la cuisine, au *piano terra*, où vaquaient plusieurs des golems, le sylphe était assis, dans un piteux état, à l'écart, car il dégageait une odeur incommodante. Du radieux esprit des airs, apparu il n'y a pas si longtemps aux spectateurs du Casino des Esprits, de l'amant ardent qui avait satisfait dans le plus grand secret un certain nombre de *nobildonne* vénitiennes, il ne restait pour ainsi dire rien. Sale, échevelé, les mains agitées de tremblements, un rictus affligeant ce visage il y a peu encore si charmant, le sylphe noyait ses dernières forces dans le vin. Il avait tant abusé de la poudre de cantharide, qui flattait sa vanité et lui permettait d'accomplir des prodiges au lit, que le puissant aphrodisiaque le conduisait à présent aux portes de la folie. C'est ainsi que, ne se contrôlant plus, il avait provoqué la mort d'une *nobildonna.* Depuis, le Mage ne lui confiait plus de missions, il perdait la tête, et du fait d'avoir ingurgité tant de fois le dangereux poison, il était affligé de terribles douleurs au ventre et de saignements à sa *nature.* Le pauvre garçon n'en pouvait plus. Dans un ultime sursaut de volonté, il se leva en titubant, et sortit, bien décidé à rejoindre Pellestrina et à s'y faire oublier.

Le froid lui coupa à peine le souffle, tant son corps était saturé d'alcool, puis il s'habitua peu à peu et prit le chemin qui menait aux fondamenta Nuove, où il trouverait bien des pêcheurs se rendant dans son île, et qui accepteraient de l'emmener avec eux. Près de la sacca della Misericordia, le quai était désert, survolé par un nombre impressionnant de goélands et de mouettes. La *bora*[1] qui soufflait de la lagune où la glace s'étendait déjà à plusieurs mètres de la *fondamenta*, était violente, et les oiseaux, ayant sans doute des difficultés pour trouver de la nourriture, tournoyaient dans les airs en poussant des cris rauques. Le sylphe s'arrêta, la respiration courte, et regarda en l'air en direction des oiseaux. Ce mouvement de la tête vers le bleu intense du ciel provoqua un vertige dans son organisme affaibli. Il tituba, puis resta sans bouger, espérant que le malaise allait passer. Sans doute était-ce ce qu'attendaient les mouettes et les goélands qui piquèrent sur lui, plantant leurs becs acérés dans son dos et ses bras. Sous le choc, le sylphe hurla et, comme il relevait la tête pour comprendre ce qui se passait, un oiseau en profita pour lui crever un œil en y plantant violemment son bec. Portant les mains vers la blessure d'où jaillissait le sang, le jeune homme s'affaissa sur le sol, à demi paralysé de terreur et de douleur. Les oiseaux affamés en profitèrent, plongeant les uns après les autres, inlassablement, déchiquetant la chair, remontant vers le ciel pour y savourer cette provende inespérée, cédant la place à

1. Vent froid de nord-est soufflant de Trieste vers Venise.

d'autres congénères tout aussi voraces, pendant de longs instants. Le sylphe ne ressentait plus rien. Percé d'un nombre effrayant de blessures, baignant dans son sang, il avait perdu conscience. Le bel esprit des airs était mort.

Le Mage de Prague possédait-il de réels pouvoirs ? Cette énergie diabolique qu'il déchaînait sur Venise depuis son arrivée, trouvait-elle un aboutissement dans les hautes sphères avec lesquelles il prétendait communiquer ? Peut-être en était-il ainsi. Sans compter le fait que, depuis cet automne, les éléments semblaient prendre un malin plaisir à décocher leurs flèches les plus cruelles sur la cité lagunaire et ses habitants. Comme si la nature avait décidé de prendre sa revanche sur les humains. Le Mage avait provoqué les éléments, prétendant les dominer. Par un bien étrange concours de circonstances, son entourage payait très chèrement les manigances du démiurge.

Une heure après la mort du sylphe, la Polacca sortit du palais du Chameau, par la porte dérobée donnant sur la calle del Tintoretto. Après avoir en vain discuté avec le Mage, elle avait dû accepter une fois encore d'aller faire des prédictions, cette fois-ci chez une *nobildonna.* Dans son esprit perturbé et révolté, c'était bien la dernière fois qu'elle entendait se livrer à cet exercice. La femme qu'elle devait visiter habitait un palais à San Marcuola. En marchant, elle y serait dans une vingtaine de minutes. La Polacca était chaudement vêtue, son corps svelte disparaissant sous l'ample manteau couvrant une robe mauve à parures de dentelles. Une voilette posée sur sa perruque lui permettait de se déplacer sans être reconnue.

Elle se trouvait à présent sur la fondamenta degli Ormesini. À ses pieds, le rio della Misericordia était entièrement pris par les glaces, les bateaux et barques amarrés aux *bricole* figés sur place le long du quai. La Polacca pressa un peu le pas, quand le bruit se fit entendre. Le même genre de crissement, de rumeur que dans la nuit du cimetière. Dieu du ciel ! La terre allait se remettre à trembler. Cela n'en finirait donc jamais, et cette île maudite était donc bien vouée à l'anéantissement. Alors, la Polacca sentit sous elle le sol bouger, comme s'il ondulait. C'était effrayant, cette sensation de ne plus pouvoir se retenir à quelque chose de solide, et d'immobile. Loin de s'arrêter, la secousse augmenta, tandis qu'un craquement sinistre se fit entendre : la glace était en train de se fendre, et de se fracasser dans le canal, au même moment où le quai était pris de convulsions qui allaient s'accentuant. La Polacca entendit les cris de terreur des passants, qui avaient vécu la même expérience, quelques semaines plus tôt, et redoutaient le pire. Il advint. Soudain, à force d'être secouée, la terre formant le quai s'entrouvrit d'un coup, dévoilant une longue crevasse large de quelques *braccia.* Déséquilibrée, la Polacca y tomba, debout, et s'encastra dans cette fissure. Seules sa tête, qui avait perdu voilette et perruque dans la chute, et ses épaules, dépassaient du sol. Elle appela à l'aide, d'une voix mâle et puissante qui détonnait avec son apparence physique. Un batelier qui n'était pas loin arriva en prenant un luxe de précautions. Mais la terre n'avait pas fini de jouer ses méchants tours. Une secousse encore plus violente fit voler en éclats les plaques de glace du canal, tandis que la faille ouverte sur le quai se resserrait, comme deux mâchoires désireuses de réduire en pièces une nourriture prête à être déglutie. La Polacca, sentant l'étau qui se refermait sur sa poitrine, broyant ses côtes et commençant à l'étouffer, poussa des hurlements inhumains. Elle essayait avec ses mains d'agripper la terre alentour, mais en vain. Les lèvres de la fissure se rejoignirent inexorablement. Les os de la Polacca craquèrent comme de simples brindilles. Un flot de sang jaillit de sa bouche. Ses yeux se révulsèrent. Seuls ses doigts, qui avaient si bien su charmer, tuer et jouer du clavecin, continuèrent à s'agiter spasmodiquement sur les bords de son tombeau de terre, comme s'ils jouaient une dernière fois *Les Barricades mystérieuses*...

Non loin de là, Ca' Mastelli, l'Egiziana, restée seule, fut prise de terreur en sentant que la structure du palais se mettait à danser. Elle allait et venait à travers le salon, les mains contre les tempes, ne parvenant pas à chasser cette angoisse viscérale provoquée par le tremblement de terre. Puis tout se calma, et elle retourna s'asseoir devant une petite table basse. Elle se saisit d'une carafe de *rosolio,* dont elle se versa un verre, qu'elle siffla d'un coup, puis se resservit. Devant elle, les cartes qu'elle utilisait pour la divination étaient étalées, en désordre. Machinalement, elle les rassembla, les battit, puis en choisit une au hasard. Le Diable. De plus en plus, elle tendait à croire qu'il s'agissait du Mage. Dans quelle aventure les avait-il entraînées, elle et la Polacca, son amant... Elle n'aspirait plus qu'à retrouver Prague, même si la situation risquait de ne pas être facile là-bas non plus. L'Egiziana se détendit un peu, se calant contre le dossier du fauteuil, tout en sirotant un autre verre de liqueur de rose.

Dans les combles du palais du Chameau, les rats continuaient inlassablement leur travail de destruction. À travers le plafond vermoulu, ils se nourrissaient depuis un certain temps déjà de cordages maintenant un lustre. Celui du salon du deuxième *piano nobile* où le Mage et ses acolytes prenaient leurs repas, et où se trouvait en ce moment l'Egiziana. Les petits crocs mordaient, mâchaient à peine, croquaient encore, tant et si bien que le peu de corde retenant le gros lustre céda d'un coup, et celui-ci s'abattit sans prévenir sur la malheureuse Egiziana, la coiffant et l'emprisonnant avec violence d'une couronne de fer et de cristal qui la plaqua au sol, l'assommant à moitié. Reprenant conscience, la femme se rendit compte qu'elle ne pouvait pas se dégager. Une légère fumée s'élevait, et elle comprit avec horreur que sur les quelques bougies allumées du lustre, deux ou trois n'avaient pas été éjectées par la chute, et que leur flamme se communiquait à ses vêtements. Elle hurla comme une possédée, tandis qu'une flamme surgissait à hauteur de ses cuisses. Elle cria, supplia, mais personne ne vint à son secours. Les séides du Mage avaient dû sortir accompagner leur maître. En quelques minutes, les flammes coururent sur le tissu de la robe d'intérieur, attaquèrent la peau, brûlèrent les chairs. L'agonie de la malheureuse fut atroce. Il régnait dans la pièce une odeur de viande grillée tout à fait abominable, mais cela n'incommoda pas les rats, habitués à toutes les puanteurs.

Le feu ne s'étendit pas, car il n'y avait point de tapis sur le sol en *terrazzo*. Quand le Mage rentrerait, il trouverait seulement, prisonnière d'un cercle de métal, les restes calcinés de la très belle femme qu'avait été l'Egiziana. Mais le Mage de Prague avait-il l'intention de revenir Ca' Mastelli, ou se cachait-il ailleurs, peut-être chez Madame d'Urfé ? Quand Anzolo Pemma renvoya deux officiers et des soldats au palais du Chameau, personne ne répondit. La demeure de Cannaregio semblait déserte, ou du moins essayait-elle, à l'image du mystérieux marchand se tournant vers sa monture, qui ornait la façade, de conserver son secret.

17

La fête de la Salute

Si le soleil avait brillé la veille, le jour qui se leva sur Venise ce 21 novembre 1741 révéla un ciel beaucoup moins clément, d'un blanc pâle, à l'unisson de la glace qui recouvrait les canaux. On ne savait plus ou finissait l'eau et où commençait l'air, comme si les éléments se mêlaient plus intimement que de coutume. Le froid était un peu moins intense, quoique encore assez vif, mais il en aurait fallu plus pour empêcher les Vénitiens de se préparer à célébrer la fête de la Madone de la Salute.

Parmi les multiples fêtes religieuses qui se succédaient au cours de l'année, celle de la Salute tenait une place spéciale dans le cœur des habitants de la cité. C'est en 1630 que le doge Nicolò Contarini fit le vœu d'élever une église à la Vierge Marie, si la terrible épidémie de peste qui sévissait à Venise et sur la terre ferme cessait. Elle s'arrêta l'année suivante, après avoir fauché le quart de la population vénitienne, soit quatre-vingt mille victimes. Le projet de l'église dédiée à la Madonna della Salute, dû à l'architecte Baldassare Longhena, ne devait être achevé qu'en 1687, mais en attendant, dès 1631, les charpentiers de l'Arsenal bâtirent à la hâte une église provisoire de bois, superbement décorée, et d'assez grandes dimensions, renfermant une effigie de la Vierge, et ainsi, les Vénitiens prirent aussitôt part chaque année, le 21 novembre, jour de la présentation de la Bienheureuse Vierge Marie, à une journée de prières et d'actions de grâce.

Depuis que la majestueuse église baroque parée de marbres précieux et d'une foule de statues, surmontée de l'immense coupole, s'était élevée près de la pointe de la Douane, le pèlerinage était très suivi par tous les habitants de la cité, quelle que fût leur classe sociale. La fête religieuse s'accompagnait de réjouissances populaires. Venise y célébrait ainsi chaque automne son retour à la vie, tant sur le plan spirituel que matériel.

Cette année encore, malgré le froid rigoureux qui régnait à travers Venise, la fête allait avoir lieu avec le même faste et une ferveur identique. Le pont traversant le Grand Canal attendait le passage d'une bonne partie des fidèles, les marchands de cierges tenaient leurs échoppes, près de la pointe de la Douane, à proximité du temple marial, et à l'intérieur, messes et vêpres se succédaient dès l'aube. Il en serait ainsi tout au long de la journée, tandis que la foule allait défiler, à l'intérieur de cet édifice adoptant la forme d'un octogone parfait, conçu pour accueillir cette procession et permettre au public d'entrer, de défiler devant l'autel de la Vierge, puis de continuer jusqu'à la sortie de l'église, vers les Zattere, tout cela sans que se crée un encombrement. Là, à l'extérieur, on trouvait alors des échoppes permettant de se restaurer et de continuer à festoyer en famille ou entre amis.

Chez Assin et Flavio, Erminia avait passé de longues heures dans sa cuisine. Il s'agissait de présenter la fameuse *castradina*, de manière à ce qu'elle soit la plus savoureuse possible. La viande de mouton salée, fumée et séchée, achetée au Rialto aux marchands dalmates, avait mariné pendant plusieurs jours dans l'eau, qui avait été changée à plusieurs reprises. Ensuite, Erminia avait fait cuire les gigots, sur le potager[1] chargé de braises, dans un bouillon de carottes, céleri et oignons, parfumé de clous de girofle, laurier, romarin et poivre. Cette cuisson durait des heures, puis il fallait écumer la graisse, laisser reposer, remettre encore sur le feu la viande qui devenait de plus en plus moelleuse, tandis que la cuisinière frioulane y ajoutait les *verze*, ces choux verts frisés de Padoue, qu'elle taillait en larges tranches et laissait cuire avec la viande et son bouillon, à feu doux, pendant de longues heures encore. La *castradina* était un plat extrêmement savoureux, que l'on ne mangeait qu'à cette occasion à Venise.

Flavio et Assin avaient invité Gasparo et Luisa à se joindre à eux pour le souper, qui devait clore de façon plaisante cette journée de fête. Entretemps, Basilio, prévenu par Anzolo Pemma, avait fait porter à son ami Foscarini les dernières nouvelles, où il relatait la mort effroyable du sylphe, ainsi que celle de la Polacca, dont le médecin avait pu constater, à l'examen du corps, qu'elle était bel et bien un homme se faisant passer pour une femme. La police avait réussi à pénétrer dans la Ca' Mastelli, en escaladant

1. L'ancêtre de notre cuisinière moderne.

la façade sur le rio, et y avait fait la macabre découverte des restes calcinés de l'Egiziana. Ainsi, se disait Flavio, ces trois personnages mystérieux, qui avaient secondé le Mage dans ses crimes, étaient tous morts de façon violente et inexplicable. Cela laissait songeur. Quant à l'homme de Prague, il s'était volatilisé. Se cachait-il chez Madame d'Urfé, ou avait-il quitté Venise sans attendre son reste, mais en emportant, certainement, grâce à ses sbires, les grosses sommes d'argent qu'il avait subtilisées à bon nombre de *nobiluomini* et de marchands ?

Flavio était perdu dans ses réflexions quand Assin, déjà habillée, vint lui demander s'il était prêt. Ce qui n'était pas le cas. Flavio regarda avec admiration son épouse, qui avait concilié, dans sa toilette, le vert de l'espérance et le blanc de la pureté. Il opta pour un habit gris perle. Puis son œil fut attiré, dans un coin de sa garde-robe, par la belle canne à lourd pommeau d'argent ciselé, qui avait appartenu à son père. Flavio décida qu'elle compléterait fort bien sa tenue.

Pas question de se déplacer en gondole, avec le gel qui bloquait la circulation sur tous les canaux. Assin et Flavio entreprirent donc de marcher, depuis Castello, jusqu'à San Marco, ce qui leur demanda un bon moment avant de parvenir à Santa Maria del Giglio, où ils allaient pouvoir emprunter le pont de bateaux pour se rendre à la Salute. Pendant cette promenade obligée, sous un ciel plombé, Flavio raconta à Assin le destin funeste des trois séides du Mage.

— C'est très étrange, dit-il, mais j'avais le sentiment que la police n'aurait pas à les arrêter, et que la justice immanente serait sur eux.

Assin sourit en prenant son mari par le bras.

— Alors voilà qui est inouï. Je passe de longs moments à tenter de faire parler les cartes et le marc de café, et c'est toi qui es saisi d'intuitions, à l'instar d'une pythie. Le monde à l'envers !

— Qui peut savoir ? Je n'écoute pas que la raison, comme Basilio. Je suis aussi sensible à mes voix intérieures.

— C'est pour cela que je tiens tant à toi. Ne change pas, mon aimé.

Aux abords de la calle del Traghetto, il fallait patienter pour pouvoir approcher le pont de bateaux. Une foule de gens arrivaient de toutes les petites *calli* autour de San Moisè, plus ou moins richement vêtus, chacun avançant dans le plus grand calme. Assin et Flavio se mêlèrent à cette marée humaine qui s'écoulait paisiblement dans la calle del Traghetto, puis montait sur le pont provisoire.

Quand arriva le moment pour Assin et Flavio de s'y engager, Flavio entendit quelqu'un crier son prénom. Se tournant, il aperçut la longue silhouette de Gasparo, qui dépassait la plupart de ses voisins avec sa haute stature. Luisa le suivait avec un peu de difficulté. Sur le pont, la circulation était bien plus fluide que dans les ruelles. On y avançait avec mesure, et chacun regardait avec étonnement et un certain émerveillement le Grand Canal pris par les glaces. C'était vraiment une situation exceptionnelle, et Assin s'arrêta pour contempler la perspective toute blanche, les diverses embarcations figées le long des quais, contre les *bricole* devenues inutiles. En face, la majestueuse silhouette de la Salute, dont de nombreuses personnes montaient les marches de marbre blanc, complétait harmonieusement le tableau.

Au milieu de ce paysage idyllique, le regard de Gasparo, qui donnait le bras à Luisa, fut soudain attiré par l'arrivée furtive et rapide d'un personnage qui le fit aussitôt frissonner. Sans aucun doute possible, c'était bel et bien l'homme en noir. Gasparo vit le Mage qui se dirigeait à grands pas vers Flavio et Assin. Vers elle, surtout qui s'était avancée pour contempler la perspective du Grand Canal et du bassin de San Marco. Les intentions du Mage ne faisant aucun doute, Gasparo, plantant là son épouse, se précipita, et il parvint à balancer l'une de ses longues jambes de manière à déstabiliser l'homme qui s'étala, alors qu'il s'apprêtait, les bras tendus, à précipiter Assin dans le canal.

— Flavio, attention ! hurla-t-il.

Celui-ci se retourna pour voir le Mage qui se relevait fou de rage, prêt à recommencer. Il n'en eut pas le temps. Saisissant sa canne par le bas, Flavio fit un moulinet, et le pommeau d'argent frappa l'homme à la tempe, l'arrêtant net. Autour d'eux, plus personne n'osait bouger. Le Mage porta une main à sa tête, ses yeux chavirèrent, il tenta de faire un pas en avant, puis partit à la renverse, s'effondrant deux mètres plus bas, son dos heurtant la glace avec force.

Luisa était venue prendre Assin, choquée, dans ses bras. Gasparo, rejoignant Flavio, regardait ce qui se passait en contrebas. La glace craqua en plusieurs endroits, tout en émettant une sorte de gémissement, tandis que le Mage, reprenant conscience, essayait de s'asseoir, puis de se redresser.

— Il va s'enfuir, dit Flavio. Il faut l'en empêcher.

— Inutile, dit Gasparo. Regardez.

Autour du Mage, deux ou trois filets d'eau se mirent

à jaillir, et le pan de glace sur lequel il était tombé commença à se désolidariser du reste de cette banquise. Alors que l'homme se remettait sur ses pieds, la glace se mit à bouger, puis à se dresser, et l'homme tomba, sur le ventre cette fois-ci. Tentant de ralentir la chute inéluctable, il essaya d'enfoncer ses doigts dans la surface blanche, mais ne réussit qu'à s'arracher les ongles, en glissant vers le creux qui s'était ouvert, laissant sourdre l'eau du canal. Le Mage poussa un cri rauque, et son regard de dément accrocha quelques secondes celui de Flavio et de Gasparo. Il était difficile d'exprimer sans un mot autant de haine.

Puis, avec une lenteur terrible, l'homme en noir glissa vers l'eau, tandis que le monceau de glace se dressait, précipitant le Mage sous les flots. Sa tête disparut dans un bouillonnement, et la glace se referma aussitôt sur sa proie, reprenant sa position initiale. C'était fini.

— Nul doute que les ondines réclamaient sa présence ! lança Gasparo.

Des policiers qui se trouvaient à proximité du pont s'approchèrent, mais ils ne purent que constater les faits. Assin, Flavio et Gasparo répondirent à leurs questions, puis ils finirent enfin de traverser le pont pour arriver au pied des marches de la Salute. Assin tremblait un peu. Flavio serrait dans sa main le pommeau de cette canne qu'il avait si bien fait d'emporter avec lui. Ils achetèrent des cierges, et pénétrèrent dans le sanctuaire. Le parfum d'encens, les chants, le murmure des prières, le ballet silencieux que semblaient danser les pèlerins sur le magnifique pavage géométrique, tout cela les apaisa, et ils allèrent déposer leurs cierges allumés près de l'autel de la Madone. Une action de grâce s'imposait, et c'est le cœur plus léger qu'ils ressortirent du temple, alors qu'un timide soleil faisait mine de sortir de la masse grise des nuages.

En dépit de tout ce qui s'était passé, Assin tenait à ce que rien ne fût changé dans le programme de la soirée. Après tout, l'orage était passé, et il fallait penser à prendre enfin du bon temps. Les deux couples reprirent tranquillement le chemin de Castello. Après avoir fait une pause chez Florian pour se réconforter d'une ou deux *ombre* de vin, ils marchèrent vers l'église des Grecs puis, après avoir atteint le petit campo Do Pozzi, arrivèrent corte Donà, où Hassan vint aussitôt les accueillir.

Le souper fut un moment très agréable. Comme ils n'étaient que quatre, la table avait été dressée sur la mezzanine, au milieu des plantes exotiques, ce qui donnait une atmosphère irréelle à ce souper où l'éclat des chandelles semblait éclairer les recoins d'une forêt mystérieuse. Assin ayant demandé à ce que l'on ne parlât en aucun cas de ce qui s'était produit, la conversation tourna donc autour de sujets futiles et plaisants. La nourriture, tout d'abord. La *castradina*, arrosée d'*amarone*, un capiteux vin rouge de Vénétie, était une parfaite réussite, et les quatre amis s'extasièrent sur les qualités de ce plat riche et savoureux. Erminia fut abondamment complimentée, ce qui la fit rougir de bonheur. Gasparo se resservit, une fois, deux fois, et c'était une joie de voir ce grand jeune homme si maigre engloutir mouton et choux avec un tel enthousiasme. Luisa le regardait avec émotion. Assin et Flavio souriaient à ce spectacle des joies domestiques et de l'amitié, qui venait à point nommé leur rappeler que la vie pouvait aussi être faite de plaisirs simples mais irremplaçables. Les deux chats, perchés sur les divans, venaient de temps à autre réclamer leur dû. Luisa, sans doute bouleversée par ce à quoi elle avait assisté, plus qu'elle ne voulait le laisser paraître, parla sans discontinuer de ses enfants, de ses poèmes, du théâtre, de la difficulté d'être reconnue à Venise comme un écrivain, lorsque l'on était une femme. Assin l'écoutait avec beaucoup d'intérêt, admirative, se disant que Luisa devait trouver curieux qu'elle-même n'ait pas encore eu d'enfants, et qu'elle se contentât de savourer égoïstement la vie heureuse qu'elle devait à Flavio. Mais Luisa n'avait certes pas eu un départ aussi difficile et dramatique qu'elle dans la vie...

Après le souper, les quatre amis s'installèrent dans les divans. Nilufar et Mahinour vinrent apporter le café et les liqueurs. En regardant la belle couleur du *rosolio* dans son petit verre de cristal, Luisa ne put s'empêcher de faire une allusion à la journée qui s'était écoulée.

— Comment tout cela a-t-il pu arriver ?

— Parce que, répondit Flavio, bien des Vénitiens qui jouissent d'une existence enviable ignorent qu'ils ont tout pour être heureux. Ce qui n'est pas votre cas, chère Luisa.

— Sans doute croquemitaine ne serait jamais venu ici, dit Gasparo, si cette marquise ne lui avait pas ouvert la porte...

— Quand le mal doit se manifester, cela arrive toujours à point nommé, peu importe le visage qu'il prend. Terrible ou séduisant, il doit frapper régulièrement, pour nous faire comprendre à quel point notre bonheur est chose fragile. En cela, son rôle est important, et il faut l'accepter.

C'est Assin qui venait de parler. Ils la regardèrent sans répondre, virent deux larmes qui coulaient sur ses joues, comme si elle repensait au sort qui avait été le sien, dans ce lointain harem de Sorie. Luisa s'approcha d'Assin, prit une de ses mains dans les siennes, y déposa un baiser.

— Chère Assin, nous sommes si semblables, au fond, tout en étant si différentes. Mais nous avons toutes deux en horreur les chaînes qui pourraient nous entraver, dit-elle dans un soupir.

— Fort heureusement, continua Flavio qui luttait pour ne pas se laisser submerger par l'émotion, vous avez trouvé deux maris presque parfaits.

Il y eut des sourires, puis un rire franc et sonore les gagna tous les quatre. Il fallait que cette incroyable journée se terminât sur une note de gaieté.

Flavio insista pour qu'Hassan, muni de deux lanternes, accompagnât Luisa et Gasparo jusqu'aux abords du Rialto. Là, il donna l'une des lanternes au jeune homme, qui s'en alla, tenant le bras de son épouse, tandis qu'Hassan reprenait le chemin de Castello.

Après leur départ, Assin et Flavio restèrent un instant blottis l'un contre l'autre, pour le plus grand plaisir des chats. Ils n'éprouvèrent pas le besoin de parler. Tout ce qui s'était passé depuis près d'un mois, avec ce terrible épilogue à la Salute, tournoyait dans leur tête. Peu après, ils se retirèrent pour dormir. Était-ce bien terminé ? Qu'était devenue Madame d'Urfé ? se demanda Flavio avant de sombrer dans le sommeil.

Dans la nuit, le vent tourna au sud, apportant d'un coup, sur la lagune vénitienne, une douceur proche de celle que donnait en été le sirocco. La glace était si épaisse qu'elle mit deux à trois jours pour fondre complètement. Sur le Grand Canal, rendu à la navigation, les charpentiers avaient pu démonter le pont de bateaux de la Salute. Mais le corps du Mage de Prague ne reparut point, ni dans le Grand Canal, ni dans le bassin de San Marco. Sans doute était-il resté prisonnier de la vase. Anzolo Pemma pensa un instant à faire sonder la partie du canal où le Mage était tombé, puis il renonça. Personne ne tenait à aller libérer l'homme en noir de cette prison aquatique qu'il avait méritée pour l'éternité.

18

Le chocolat chez Rosalba

Madame Rosalba avait retrouvé le sourire. Son portrait de Moncrif était terminé, et il trônait sur un chevalet en bonne place, dans l'atelier-salon de la pastelliste. Cet après-midi de la fin du mois de novembre, elle recevait ses amis avant le départ de l'écrivain français, qui s'apprêtait à regagner Paris, et chacun s'émerveillait de la ressemblance avec le modèle, et de la subtilité avec laquelle Rosalba maniait les délicates poudres colorées pour faire naître comme par magie d'aussi belles œuvres.

— Il n'y a rien de magique dans tout cela, mes enfants, dit Rosalba. Vous parlez d'art, mais pour moi, quand je suis devant le support et que je regarde mon modèle, ce n'est que du travail, ou si vous préférez, un artisanat qui réclame toute mon attention, et la mise en œuvre d'une technique que j'ai mis des années à maîtriser.

Autour d'elle, tous les invités, debout, applaudirent la pastelliste qui les regardait avec beaucoup de reconnaissance.

Ca' Biondetti, il y avait, outre la maîtresse de maison et son ami Moncrif, Flavio et Assin, Gasparo et Luisa, Basilio Morosini et Caterina Barbarigo. Tous les protagonistes de la terrible affaire qui venait de secouer Venise cet automne. Ils n'avaient pas eu l'occasion de se trouver tous réunis depuis l'issue du drame, et se réjouissaient de se retrouver chez Rosalba, qui s'était bien sûr tenue au courant d'une part des événements, mais dont la curiosité toujours en éveil attendait aujourd'hui des détails sur cette bien étrange aventure.

Un timide soleil filtrait par les fenêtres du salon de Rosalba, tout comme les appels des gondoliers et les rires des bateliers sur le Grand Canal. La servante avait apporté le chocolat, et plusieurs plateaux de gâteaux et de confiseries auxquels les invités faisaient honneur. Rosalba n'était pas en reste : sa gourmandise était proverbiale.

Pour l'instant, Monsieur de Moncrif jouait les élèves studieux. Ayant écrit cette *Histoire des chats*, il avouait sa surprise d'avoir croisé bon nombre de ces animaux au détour des ruelles vénitiennes. Ces grands chats tigrés aux beaux yeux verts l'avaient séduit.

— Ils viennent de mon pays, la Sorie, lui expliqua Assin.

— Madame, répondit l'écrivain, je vois donc que cette contrée ne saurait offrir à la vue que des objets de grande beauté.

— Prenez garde, Monsieur, répondit Assin avec un charmant sourire, un brin malicieux. Si les Vénitiens ont rapporté tant de chats soriens dans les cales de leurs navires, c'est parce qu'ils avaient remarqué qu'ils sont les plus rapides à se saisir des rats et à les croquer.

— Touché ! fit Moncrif en portant la main à son cœur.

— Méfiez-vous des Français, ma chère, lança Caterina. Ce sont tous des libertins.

— Vous nous flattez, madame, dit Moncrif en faisant mine de s'incliner. Certains le sont, je crois...

Il y eut une vague de rires, et les conversations reprirent, tandis que toutes et tous faisaient honneur à la collation. Ce fut Rosalba, toujours curieuse, qui revint vers le sujet qui avait tant préoccupé ses amis.

— Chère Assin, et vous Flavio, j'imagine que vous avez dû avoir grand peur, ce jour de la fête de la Madone, sur le pont ?

Le sourire d'Assin se figea un peu, mais elle raconta tout de même.

— Je n'en ai pas eu le temps, Madame Rosalba. Tout s'est passé si vite. Je ne remercierai jamais assez Gasparo d'avoir d'aussi longues jambes et de s'en être servi pour entraver le passage de cette brute.

L'intéressé, couvé du regard par Luisa, se tortillait sur son fauteuil.

— Certes, mais c'est grâce à Flavio que cet affreux personnage a été mis hors d'état de nuire, dit-il.

— L'idée d'avoir tué, même indirectement, un homme, m'est odieuse, avoua Flavio, qui était encore hanté par cet épisode. Mais c'était lui ou Assin.

— Vous avez fait le bon choix, dit Morosini. Et avec quelle force !

— Basilio, je sais que tout ce qui touche à l'irrationnel vous répugne, et je suis en règle générale un amant de la raison, mais je ne parviens toujours pas à comprendre ce qui m'a poussé, ce jour-là, à me munir de la canne de mon père, qui ne quitte pour ainsi dire jamais ma garde-robe.

— Entre la fantasmagorie et l'intuition, il y a une marge, dit le sénateur avec un large sourire.

— Certes. Mais je dois avouer que toute cette histoire du Mage de Prague me laisse un sentiment partagé. Nous avons eu affaire à un escroc particulièrement habile, doublé d'un remarquable comédien. Mais il reste une part de faits que je ne peux parvenir à expliquer. D'où mon trouble.

Autour des deux hommes, chacun écoutait avec intérêt. Rosalba, un beignet à la main, attendait la suite. Ce fut Luisa, toujours pragmatique, qui sollicita un récit circonstancié.

— Je n'ai suivi l'affaire que par ce que Gasparo m'en racontait, dit-elle. Je n'ai vu ce Mage qu'à une occasion, au Casino des Esprits. Je dois avouer que je suis tombée sous le charme, et que jamais je n'aurais pu imaginer...

— Que l'ange était un démon ? fit Caterina.

— C'est exact, avoua Luisa. Mais racontez-nous, Flavio. Comment tout cela a-t-il commencé ?

— C'est à Madame d'Urfé que nous devons la venue à Venise de ce personnage.

Au nom de la marquise, Moncrif leva les bras au ciel.

— Que ne suis-je arrivé plus tôt à Venise, dit-il. J'aurais mis en garde le comte Contarini dal Zaffo contre cette aventurière. Plus personne ne la reçoit à Paris ou à Versailles. Elle est la risée de tous avec ses prétentions à jouer les alchimistes. On la chansonne à propos de ses aventures avec les esprits et les charlatans.

— Hélas, reprit Flavio, la dame est fort habile. Son charme et sa persuasion ont su profiter de la générosité des Contarini. C'est, paraît-il, sur la recommandation d'un de nos compatriotes que la dame a eu connaissance des talents du Mage de Prague. Il pouvait l'aider à obtenir la fameuse poudre de projection nécessaire pour parvenir à produire de l'or.

— Elle y a donc cru ? demanda Luisa.

— Je persiste à penser qu'il y a une certaine naïveté chez cette femme, au-delà de la rouerie dont elle fait preuve. Elle poursuit sa chimère, et peu importent les moyens. Cette fois-ci, elle est tombée sur plus fort qu'elle.

— Mais, à propos, où donc est-elle passée ? demanda Rosalba.

Ce fut Basilio qui répondit.

— Après la mort du Mage, le *capitan grande* a dépêché ses hommes dans le palais qu'elle occupait, sur le rio Marin. La demeure était vide. Plus rien. Y compris dans le petit *ridotto* du jardin, qui a dû lui servir de laboratoire alchimique, si l'on en juge par les odeurs méphitiques et les traces d'acides qui y subsistaient et avaient même rongé certains marbres.

— Elle aura donc fait tout emballer et emporter, au vu et au su de la police ? questionna Gasparo.

— Toujours aussi brillant, le sior Anzolo Pemma ! railla Flavio.

Basilio leva les bras au ciel, en signe d'impuissance.

— Qu'aurait-on fait d'elle ? L'arrêter pour complicité ? dit Morosini. Quelques mois de prison, et aucun aveu... Allons, pardon de dire ceci, cher Moncrif, mais mieux valait rendre à la France ce personnage incohérent. À mon avis, le jour où elle rencontrera d'autres aventuriers, elle retombera dans les mêmes excès[1]. En revanche, la police a réussi à mettre la main sur les sbires du Mage. Ils ne voulaient point parler. Les inquisiteurs ont eu raison de leur silence. Ils croupissent à présent aux Plombs, dans l'attente de leur jugement et, probablement, de leur exécution.

— Diable... Mais poursuivez, Flavio, demanda Caterina.

— Vous avez tous assisté à la fameuse soirée au Casino des Esprits. Il ne fait aucun doute que tout avait été préparé avec un soin digne des meilleures compagnies théâtrales. L'apparition du sylphe, les visions de la dame égyptienne, les talents variés de la dame polonaise, les images suscitées par le miroir de John Dee. Nous avons tous été sous le charme. Assin, grâce à sa connaissance de la langue arabe, a pu vérifier que l'Egiziana n'en comprenait pas un traître mot ; quant à la Polacca, c'était en fait un homme, probablement le compagnon de l'Egiziana, et sans doute un ruffian si recherché par la police qu'il se cachait sous cette identité improbable.

— Elle jouait si bien Couperin, soupira Luisa.

— Certes, répliqua Flavio, mais elle ou il a également fait passer de vie à trépas plusieurs *nobiluomini*, tout comme l'Egiziana était capable de leur suggérer de se tuer, après les avoir dépouillés dans leur palais.

— Chère Caterina, vous avez eu plus de présence d'esprit et de courage pour affronter et tuer un des sbires du Mage, dans votre propre chambre à coucher, dit Basilio.

— J'ai en horreur les gens qui prétendent s'insinuer

1. C'est ce qui se passera avec Cagliostro et Casanova.

dans mon intimité sans y avoir été invités, dit la belle comtesse Barbarigo, en faisant un clin d'œil à Flavio, qui n'échappa pas à Assin.

Rosalba passait d'un visage à un autre, et semblait avoir du mal à suivre. Caterina dut lui expliquer qu'après avoir moqué en public la marquise, le Mage avait dépêché dans ses appartements un de ses hommes pour la mettre hors d'état de nuire, mais que c'était elle qui l'avait occis. La pastelliste ouvrit des yeux ronds, mordit dans une brioche au sucre, puis lui dit avec fierté :

— Je reconnais bien là le sang vénitien.

— Madame Rosalba, reprit Flavio, nous avons assez vite compris que le Mage, promettant à de nombreux *nobiluomini* et marchands de notre cité d'accroître leur prospérité grâce à l'intercession des esprits, leur extorquait des sommes importantes. Une sorte de commission sur les montagnes de ducats qui n'allaient pas manquer de pleuvoir sur eux... et dont ils ne virent jamais un sou !

— Mais c'est infâme ! dit la vieille dame.

— C'est le mot, Madame Rosalba, reprit Flavio.

— Et si vous saviez ce que ce Mage offrait aux femmes ! dit Caterina.

Autour d'elle, on cria casse-cou. Rosalba n'aimait point trop les histoires libertines. Caterina usa de métaphores et d'images pour ne point la choquer, mais fit en sorte qu'elle comprît. La pastelliste hocha la tête.

— Là encore, conclut Basilio, il y eut au moins un crime. Une malheureuse dévoyée qui succomba aux assauts de ce supposé sylphe.

— En fait, dit Flavio, un batelier de Pellestrina, appâté par les ducats offerts par le Mage, et trop heureux de jouer le coq dans cette luxueuse basse-cour.

— Mon Dieu ! soupira Luisa, voici une fable champêtre bien éloignée de l'esprit arcadien...

— Je vous l'accorde, chère amie, dit Flavio. Bref, Madame Rosalba, le Mage, comprenant que nous l'avions percé à jour, a commencé à vouloir attenter à nos existences. Il s'en est pris à Caterina ainsi qu'à moi, tout d'abord, puis ensuite à Assin. Vous savez ce qui arriva. Mais pour en venir à ce que je voulais vous dire, Basilio, je reste sur l'impression étrange que m'ont faite ces quatre morts violentes qui se sont succédé. Le sylphe, la Polacca, l'Egiziana, puis le Mage. Madame Rosalba, vous ignorez certainement comment cela s'est produit ?

— En effet, Flavio, fit la pastelliste. Racontez-nous.

— D'abord, il y eut la mort de ce jeune homme, le sylphe, déchiqueté vivant par des oiseaux affamés. Comme si les esprits de l'air se vengeaient de cet usurpateur. Puis, au moment où le sol tremblait, la Polacca tomba dans la terre qui s'entrouvrait, et qui la broya vivante.

— Mon Dieu ! dit Rosalba en joignant les mains.

— Était-ce le signe de la colère des gnomes ? reprit Flavio. Pour l'Egiziana, un lustre, lui tombant dessus, l'emprisonna, et elle fut brûlée vive par les bougies. Comment ne pas songer à une vengeance des salamandres ? Et enfin, le Mage disparut sous nos yeux, happé par les eaux du Grand Canal. Pour reprendre la réflexion de Gasparo, comme si les ondines réclamaient leur dû.

— C'est là une belle fable, dit Morosini, avec un petit sourire en coin.

— Il n'empêche, cher Basilio, dit Caterina, que la justice des hommes n'a pas eu le temps de se manifester, et que ces quatre malfaiteurs sont morts, si je puis dire, par où ils avaient péché.

— C'est, dit Flavio, ce que les occultistes nomment le choc en retour, si je ne m'abuse.

— La coïncidence est plus que troublante, dit Gasparo. Ces gens-là nous ont bernés avec ces contes fantasmagoriques, et ils finissent victimes des créatures suscitées par leur propre imagination.

Moncrif eut l'air très frappé par ce qu'il venait d'entendre.

— Je ne peux m'empêcher de songer à ce qu'il advint à l'abbé Montfaucon de Villars, l'auteur du *Comte de Gabalis*, à qui l'on doit cette vogue littéraire des esprits élémentaires.

— Qu'arriva-t-il exactement ? demanda Assin.

— Comme je l'avais déjà raconté, je crois, mais vous n'étiez point parmi nous, chère madame, l'abbé partit en voyage de Paris à Lyon, en carrosse, mais il n'arriva jamais à destination. En chemin, il fut attaqué et assassiné. Personne ne put identifier le meurtrier, et le bruit courut que Montfaucon de Villars avait été tué par des sylphes, mécontents d'avoir vu leurs secrets dévoilés et mis en lumière dans le livre de l'abbé. À moins que ce ne fût par une salamandre jalouse d'une mortelle qu'avait aimée l'abbé. On parla aussi d'une exécution ordonnée par les Rose-Croix.

— Que de belles légendes, mon cher Moncrif ! dit Morosini. Je ne parviens décidément pas à croire à toutes ces balivernes. Néanmoins, Flavio, je conçois votre trouble. Même si l'on admet que ces quatre morts ont été causées par des phénomènes naturels, l'air, la terre, le feu et l'eau, il faut reconnaître, en effet, que la nature a bien fait les choses, beaucoup plus vite que notre système judiciaire et policier.

La saillie du sénateur les fit tous sourire, mais rien ne put empêcher le sentiment de malaise créé par toute cette affaire de persister et de laisser son empreinte.

— En fait, dit Flavio, les quatre éléments ont épargné Venise et se sont retournés contre les quatre malfaiteurs.

— A-t-on retrouvé tout l'argent volé par le Mage ? demanda Caterina.

— Oui, répondit Morosini. Il se trouvait dans des coffres que les sbires s'apprêtaient à charger sur une barque, au moment où la police les a arrêtés.

— Et que vont devenir tous ces ducats ? demanda Rosalba.

— Eh bien, continua Basilio, le gouvernement va ouvrir une sorte de guichet où toute personne pourra se faire connaître et demander à récupérer son bien. Mais vous imaginez que bien des grands noms de notre cité, qui se sont laissé gruger, préféreront ne pas bouger, plutôt que de devenir la risée de tous !

— Alors ? fit Assin.

— Alors ma chère, j'ai suggéré à mes collègues du Sénat que cette somme soit répartie entre les divers orphelinats de Venise. Ainsi, l'argent sera bien employé.

— C'est une initiative qui vous honore, dit Rosalba.

Le silence se fit un instant dans l'atelier-salon. Chacun repensait à cette sombre histoire, qui avait ébranlé le calme de la Cité des Doges, et à son étonnante conclusion. Un mage occultiste et escroc couvrant de ducats, sans l'avoir voulu, une ribambelle d'orphelins !

Tandis que Moncrif allait admirer son portrait, et complimentait encore son amie Rosalba, et que la servante venait offrir du chocolat chaud et crémeux, Flavio alla regarder par une des fenêtres. De là, il pouvait voir l'endroit du Grand Canal où s'était déroulé le drame du 21 novembre. C'était fini. Mais pour que l'histoire soit complètement terminée, il lui restait à faire une ultime révélation. Il revint s'asseoir, et demanda l'attention de ses amis.

— Quand a commencé cette tragique succession d'événements, je pensais qu'ils étaient liés à un fait fort étrange survenu tout près d'ici, Madame Rosalba, dans le palais Contarini alla Carità. J'étais présent quand la chose advint. Je sais maintenant que cela n'a rien à voir avec l'histoire de Madame d'Urfé et du Mage de Prague, mais, Giorgio m'ayant autorisé à en parler désormais, je vais vous conter cette énigme et son dénouement, qui ne peuvent que toucher le cœur des Vénitiens que vous êtes.

Moncrif voulut parler.

— Vous aussi êtes vénitien, par l'esprit, Monsieur de Moncrif.

L'académicien lui sourit. Flavio raconta alors comment il était arrivé un matin pour voir son ami Contarini, trouvant la demeure et ses occupants dans un état de détresse épouvantable. Il évoqua la comtesse Lucrezia, oppressée par des cauchemars, la décision de faire abattre la cloison qui se trouvait dans l'alcôve de sa chambre, et la macabre découverte de cette femme aux cheveux blonds, sans doute emmurée vivante à la suite de Dieu sait quel terrible crime, assise dans un fauteuil, un tableau représentant une vanité, installé en face d'elle...

— Une vanité ! Mais c'est une histoire bien terrible que vous nous contez là, Flavio, se plaignit la pastelliste.

— Permettez-moi de vous rassurer, Madame Rosalba, dit Flavio. L'issue en est bien moins tragique qu'on pourrait l'imaginer.

Autour de Foscarini, tous les amis ne disaient mot et attendaient la suite. Flavio reprit.

— Comme vous le pensez, Lucrezia fut absolument bouleversée de constater la véracité de ses rêves prémonitoires. Giorgio eut beau chercher dans ses archives familiales – et Gasparo aussi, de manière discrète, dans les registres paroissiaux –, il fut impossible de trouver la moindre trace d'un meurtre ou d'une disparition d'un élément féminin de la famille Contarini dal Zaffo.

— Qu'advint-il du corps ? demanda Luisa.

— Giorgio lui fit donner secrètement, de nuit, une sépulture dans le caveau familial, au sein de l'église San Vio, expliqua Flavio. Puis survint Madame d'Urfé, qui devina aussitôt que la comtesse Lucrezia était en état de faiblesse. Elle lui fit rencontrer le Mage, et celui-ci prétendit pouvoir découvrir l'origine de ses tourments, et en profita pour abuser de sa générosité en se faisant prêter le petit palais de la Misericordia, et son *ridotto*, où il allait pouvoir se livrer à ses diableries. Pendant ce temps, Gasparo et moi poursuivions nos recherches. J'eus l'idée de demander à Giorgio d'étudier de plus près la vanité, proche par le style d'une toile de Carpaccio. En manipulant le petit cadre, mes doigts trouvèrent une aspérité : c'était un casier secret, d'où je parvins à extraire une feuille de papier jaunie par le temps.

— Mon Dieu ! Nous brûlons ! dit Caterina. Qu'était-ce ? Un aveu du criminel ?

— Pas le moins du monde, Caterina. Giorgio lut cette lettre, puis me la passa. Elle avait été écrite de la main d'une de ses aïeules, la comtesse Piuchebella Contarini dal Zaffo, et complétée par une autre écriture, peut-être celle de son époux. Parvenue au terme d'une assez brève existence, la comtesse expliquait à la postérité, au cas où l'on retrouverait sa dépouille, le pourquoi de sa présence. Elle était née dans ce palais, qu'elle aimait profondément, où elle avait été heureuse, et ne pouvait se résoudre à le quitter, même au-delà de la mort. Sa dernière volonté était d'y reposer pour l'éternité, dans le plus grand secret. On prépara donc la petite pièce murée, où un rai de lumière filtrait d'un œil-de-bœuf, et lorsque la comtesse sentit que sa fin était proche, après avoir reçu les derniers sacrements, elle se fit installer dans un fauteuil, en face duquel on plaça une toile qu'elle chérissait, et qui représentait une méditation sur la mort. Puis le mur fut fermé, et Piuchebella Contarini dal Zaffo s'éteignit dans le silence et la solitude, comme elle l'avait souhaité, au cœur de son palais bien-aimé. Voici, mes chers amis, la clef de l'énigme.

Des larmes coulaient sur les joues de Rosalba. L'émotion était palpable dans le salon, où aucun des amis ne parvenait à reprendre la parole. On entendait des sons joyeux, rires et interpellations, qui fusaient depuis le Grand Canal. Ce fut Assin qui, d'une voix étouffée, parvint à poser la question qui lui brûlait les lèvres.

— Mais alors, Flavio, quand Giorgio a su les

dernières volontés de son aïeule, n'a-t-il pas regretté d'avoir touché à sa dépouille?

— Si, bien sûr. Il en a été très perturbé. Mais il songeait aussi à l'équilibre de Lucrezia, bien fragilisé par cette découverte effrayante. Il a donc trouvé une solution dont il a parlé avec son épouse, et que celle-ci a acceptée avec ferveur. Une mèche de cheveux de la comtesse Piuchebella a été prélevée dans le cercueil, puis placée dans un reliquaire, qui fut ensuite installé, à proximité de la vanité, sous la lumière perpétuelle d'une veilleuse à huile, dans la pièce dépouillée de sa cloison. Ainsi, la comtesse demeurait malgré tout dans le palais qu'elle chérissait, d'une manière, somme toute, plus légère.

— Quelle histoire magnifique! s'exclama Moncrif. Elle ne peut que séduire l'écrivain que je suis. Elle est bien la preuve que l'imagination des littérateurs reste parfois bien en deçà de la réalité.

— Et que les Vénitiens aiment leur cité et leur demeure plus que tout! dit Luisa.

Ces réflexions mirent fin à la tension qui était montée avec l'évocation de tous les mystères qui avaient frappé Venise cet automne. Les conversations se firent plus légères, et chacun souhaita à Moncrif un bon retour vers Paris. Rosalba, toujours curieuse, et la mémoire chargée du souvenir des splendeurs de Versailles, lui demanda s'il allait se mettre de nouveau au service de la reine, ce qui était le cas. Puis l'on se sépara, avec la promesse de se retrouver au plus vite, pour se réjouir de choses plus gaies.

À la porte d'eau de la Ca' Biondetti, Mauro attendait ses maîtres avec la gondole. Il aida Assin à monter à bord. Flavio suivit, et tous deux, installés au chaud sous le *felze*, se serrèrent l'un contre l'autre, à l'instant où l'embarcation passa devant l'église de la Salute. Assin se tourna vers son mari.

— J'espère que tu vas passer un peu plus de temps à t'occuper de tes plantes et de tes pierres, et cesser de te mettre en danger ? dit-elle, une nuance de reproche dans la voix, semblant oublier qu'elle-même avait failli périr.

Flavio la regarda avec un sourire qu'il voulait innocent.

— Mais que vas-tu chercher là ? dit-il. Bientôt, le carnaval va commencer, puis il faudra songer aux préparatifs de la fête de Noël. Comment peux-tu imaginer que je songe à me lancer dans d'autres aventures ?

Assin tenta de lui lancer un regard sévère, mais y parvint si mal que tous deux se mirent à rire. Tandis que la gondole continuait son chemin sur le bassin de San Marco, avant de s'engager dans le rio di Ca' di Dio, en direction de leur demeure, Assin se dit qu'accuser son époux de mauvaise foi ne servirait à rien, et que mieux valait emprisonner de l'eau dans un filet qu'imaginer le faire tenir tranquille à la maison, tandis que Flavio remerciait le ciel d'avoir rencontré une femme qui l'acceptait avec ses fantaisies et sa soif d'aventure.

GLOSSAIRE

Amore : « Amour », interpellation très courante chez les Vénitiens, équivalent approximatif de notre « chéri ».

Androne : littéralement, grande entrée. Rez-de-chaussée d'un palais.

Antipasto : hors-d'œuvre.

Bacàn : langue de sable s'étendant de Sant'Erasmo vers la bouche du Lido.

Bacaro : bar à vins.

Baccalà : morue séchée et salée.

Bauta : ensemble vestimentaire comportant un masque blanc (*volto* ou *larva*), un tricorne noir sous lequel on plaçait une longue résille de dentelle noire, et une cape noire (*tabarro*).

Beccaria : boucherie.

Bisato : anguille.

Bocca (plur. **bocche**) **di leone** : c'est dans l'une de ces bouches de lion, disséminées à travers Venise, que l'on déposait les messages de dénonciation à l'intention des inquisiteurs d'État.

Bragozzo : grosse barque de pêche à deux mâts.

Bricola (plur. **bricole**) : gros pieux de bois, reliés entre eux, marquant la limite des canaux dans la lagune.

Calle (plur. **calli**) : rue.

Callette (plur. **calletti**) : ruelle.

Campo, **campiello** : place, placette.

Carampane : quartier réservé de la prostitution, dans le sestier de San Polo, à deux pas du marché du Rialto.

Castradina : plat typique dégusté à la fête de la Salute, composé d'agneau salé et fumé, de *verze* (chou vert) et autres légumes.

Castraure : petits artichauts violets.

Cofano : barque à rames et/ou à voile.

Corno : coiffe d'apparat du doge.

Disgraziato, **disgraziata** : salaud, pourri, dégénéré.

Dominante : nom sous lequel était connue la république de Venise au temps des conquêtes.

Erberia : marché aux fruits et légumes.

Figliolo (plur. **i**) : enfant, garçon.

Fritelle : beignets fort prisés pendant le carnaval.

Gioia ! : litt. Joie ! (expression signifiant « Quelle joie ! »)

Gnaga (plur. **gnaghe**) : homme qui se travestissait en paysanne portant au bras un chat dans un panier, et qui aguichait les clients potentiels sur la Piazza en poussant des cris significatifs.

Grappa : alcool de raisin typique du Frioul et de la Vénétie.

Inquisiteurs : les inquisiteurs d'État étaient trois : un inquisiteur rouge, qui faisait partie des conseillers ducaux, et deux inquisiteurs noirs, issus du Conseil des Dix.

Larva ou **volto** : masque blanc ou noir porté pendant le carnaval.

Liston : décor de pierre d'Istrie parcourant toute la

Piazza, installé par l'architecte Andrea Tirali pour rythmer le pavage de trachyte gris.

Macellaria : marché à la viande.

Magazzino : entrepôt, remise, situé en général au rez-de-chaussée des palais, commerces et habitations.

Malvoisie : vin de Chypre, très apprécié à Venise ; par extension : débit de vins.

Mercerie : rues commerçantes derrière la Piazza.

Merlette : dentelles.

Micio, **micetta** : minet, minette.

Moretta : masque ovale, porté par les femmes, maintenu simplement par une attache que l'on tenait entre les dents ; il était impossible de parler en portant ce masque !

Murazzi : les ouvrages de pierre défendant le littoral des lidos.

Negra bevanda : litt. boisson noire ; ainsi appelait-on le café dans les premiers temps de son apparition, à Venise.

Nicolotti : habitants de la rive gauche du Grand Canal, tandis que les Castellani regroupaient ceux de la rive droite.

Nobildonna, **nobiluomo** : noble dame, noble homme ; les seuls titres nobiliaires officiels, somme toute égalitaires, reconnus par la République de Venise ; seule la noblesse de terre ferme portait les titres (duc, comte, marquis, etc.) connus à travers l'Europe. Cela n'empêchait pas certains nobles d'afficher tout de même ces titres.

Ombra : verre de vin (l'ombre en question serait celle du campanile de San Marco qui permettait aux marchands ambulants de garder leurs vins au frais).

Osteria : auberge.

Palazzo della Libreria : ainsi appelait-on au XVIIIe siècle la bibliothèque Marciana, construite par Sansovino et Scamozzi.

Peata : grande embarcation servant surtout au transport de marchandises.

Pescaria : marché aux poissons.

Petegolezzi : ragots, cancans, en vénitien.

Piano nobile : étage noble ; le premier étage des palais, qui possèdent parfois un second étage, dit *secondo piano nobile*.

Piazza, **piazzetta** : à Venise, seule la place Saint-Marc (Piazza) et la place des Leoncini (Piazzetta) ont droit au nom de Piazza et Piazzetta ; pour toutes les autres, il s'agit de *campi* ou *campielli*.

Plombs (Les) : nom donné aux prisons situées sous les toits couverts de plaques de plomb du palais Ducal. Il y faisait un froid terrible en hiver, et une chaleur tout aussi effroyable en été.

Porco Giuda : litt. Porc de Judas ; remplace le blasphématoire Porco Dio dans la conversation.

Portego : pièce principale de l'étage noble des palais vénitiens.

Provveditori sopra la Sanità : provéditeurs à la santé publique.

Puparin : petite embarcation à rames ou à voile, très maniable.

Putto (plur. **putti**) : angelot nu fréquent dans l'ornementation baroque.

Quarantia criminale : tribunal d'État chargé des affaires criminelles.

Recion : en dialecte vénitien, un homosexuel (le terme est injurieux et dépréciateur).

Rosolio : liqueur de rose.

Sérénissime : appellation officielle de la république vénitienne.

Schie : petites crevettes grises de la lagune.

Sestiers : ainsi nomme-t-on les six quartiers de la ville.

Sigisbée : il tenait compagnie à une dame de la noblesse, était son confident, son ami de cœur, mais jamais – en principe ! – son amant. Tout cela avec la bénédiction du mari, à qui cet arrangement laissait le champ libre pour vivre sa vie comme il l'entendait.

Siora Maschera : litt. « Madame Masque », le terme désignant le masque étant féminin en italien ; ainsi abordait-on un personnage masqué, quel que soit son sexe, pendant le carnaval.

Soffitta : grenier.

Sopressa : saucisson vénitien.

Soria : Sorie, le nom de la Syrie au XVIIIe siècle à Venise.

Soriano : chat tigré provenant à l'origine de Syrie.

Sottoportego : partie d'une ruelle surmontée par des habitations.

Tabarro : manteau noir porté à Venise, en particulier pendant le carnaval.

Terrazzo : sol fait de fragments de marbre et de pierre auquel le polissage donne un aspect brillant.

Te sborro : en vénitien, très approximativement : « Je t'enc... ». Ce juron particulièrement obscène dont il serait indécent de donner la traduction littérale ponctue sans cesse tout dialogue en vénitien populaire qui se respecte.

Traghetto : gondole faisant l'aller-retour à certains points du Grand Canal pour faire traverser d'une rive à l'autre, moyennant rétribution.

Va' in mona ! : expression obscène souvent entendue dans la conversation populaire. *Va* (ou *Vai)* = va, et *mona* signifiant en argot dialectique le sexe féminin...

Zendale : châle ou fichu porté par les femmes du peuple pour couvrir leurs cheveux et leurs épaules.

Zingara : bohémienne.

Zitellone, **zitella** : vieux garçon, vieille fille.

SOURCES

Il s'agit bien entendu d'une œuvre de fiction, néanmoins, certains personnages ont réellement existé :

ROSALBA CARRIERA (1675-1757)

Née à Chioggia dans une famille assez modeste, elle reçut une éducation peu commune pour les jeunes filles de l'époque : musique, langues, peinture. Installée avec ses parents à Venise, elle se spécialisa tout d'abord dans la réalisation de miniatures sur ivoire, avant de se consacrer aux portraits au pastel. Sa réputation était telle qu'elle fut reçue dans toutes les cours d'Europe, suscitant l'admiration et l'amitié de ses pairs, comme Coypel, Watteau. Dans son atelier sur le Grand Canal, Rosalba, *prima pittrice dell'Europa,* continua à peindre en menant une vie très simple. Ses dernières années furent malheureuses : des troubles de la vue la plongèrent peu à peu dans la cécité, et elle sombra dans la folie.

FLORIANO FRANCESCONI (? -1773)

Ce Vénitien dont on sait très peu de chose eut l'idée, en 1720, de louer aux procurateurs de Saint-Marc un local de deux petites salles, situé sous les Procuraties neuves. Il y ouvre une boutique de café, *Alla Venezia Trionfante*, qui prendra très vite le prénom de son propriétaire, prononcé à la vénitienne, Floriano devenant

Florian. La notoriété du Caffè Florian ne s'est jamais démentie depuis plus de deux siècles.

GASPARO GOZZI (1713-1786)
Écrivain et dramaturge vénitien, il fut directeur du Théâtre Sant'Angelo, traduisit la *Zaïre* de Voltaire, créa la *Gazzetta Veneta*, qui parut deux fois par semaine entre 1760 et 1762. Il épousa la poétesse Luisa Bergalli, âgée de dix ans de plus que lui, et qui lui donna cinq enfants. Il passa les dernières années de sa vie à Padoue.

LUISA BERGALLI (1703-1779)
Après avoir été l'élève de Rosalba Carriera, elle se rapprocha de plusieurs hommes de lettres vénitiens, et fit ses débuts de dramaturge avec *Agide,* en 1725. Epouse de Gasparo Gozzi, elle continua à écrire tragédies et poésie (sous le pseudonyme arcadien d'Irminda Partenide), et traduisit notamment Terence et Racine.

CATERINA SAGREDO BARBARIGO (1715-1772)
Fille du *nobiluomo* Gherardo Sagredo et de la *nobildonna* Cecilia Grimani Calergi, elle fut mariée à seize ans au vieil Antonio Pesaro. Très vite veuve, elle épousa alors Gregorio Barbarigo, qui la laissa vivre à sa guise. Très belle et fortunée, elle tint un salon littéraire, voyagea beaucoup, reçut la noblesse vénitienne dans ses casinos privés, et défraya la chronique par sa vie extrêmement libre, ce qui lui valut les foudres des inquisiteurs.

MADAME D'URFÉ (1705-1775)
Jeanne Camus de Pontcarré, marquise d'Urfé, épouse de Louis-Christophe de La Rochefoucauld-Lascaris, était la fille d'un premier président du Parlement de Rouen. Mère de trois enfants, veuve et fort riche à vingt-neuf ans, elle se passionna pour la cabale et l'alchimie, attirant autour d'elle des aventuriers habiles à détrousser cette femme exaltée et trop crédule, qui pensait sincèrement être en communication avec les esprits. Le comte de Cagliostro fut l'un d'eux, et Casanova alla plus loin

en lui affirmant qu'il pourrait la faire renaître dans un nouveau corps, pour lui épargner la mort.

FRANÇOIS-AUGUSTIN PARADIS DE MONCRIF (1687-1770)

Écrivain, poète, musicien, comédien à l'occasion, courtisan avant tout, d'origine franco-écossaise, Moncrif fut lecteur de la reine Marie Leszczynska, élu à l'Académie française en 1733, et secrétaire général de l'Administration des Postes. On lui doit notamment *L'Oracle de Delphes* (1722), créé à la Comédie-Française, *Histoire des chats* (1727), *Les Âmes rivales* (1738), *Zélindor roi des sylphes* (1745), créé à l'Opéra de Versailles. La reine l'appréciait mais lui reprocha vivement son goût pour le libertinage.

PIETRO GRIMANI (1677-1752)

Le 115e doge de Venise, élu en 1741, se destinait à la diplomatie, tout en se faisant un nom comme poète. À Londres, il fréquente le savant Isaac Newton, et de retour à Venise, sera nommé procurateur de Saint-Marc. Il est un doge plutôt habile dans les affaires commerciales, et un mécène pour les lettres et les arts. Néanmoins, l'homme n'est pas très populaire auprès du peuple.

ALVISE FOSCARI (1679-1758)

Aloysius ou Alvise Foscari est nommé patriarche de Venise le 3 juillet 1741, et le restera jusqu'à sa mort le 28 octobre 1758. Il succède à Francesco Correr, mort le 17 mai 1741.

Les autres personnages sont le fruit de mon imagination, même si leur fréquentation, au fil de l'écriture, en a fait pour moi des personnes tout aussi vivantes que les autres. Les lieux décrits sont la plupart du temps réels, néanmoins, j'ai recréé à ma fantaisie l'intérieur de certains palais. Il en est de même pour les personnages historiques, à qui j'ai prêté bien entendu des aventures inédites.

L'ouvrage de l'abbé Nicolas Montfaucon de Villars, *Le Comte de Gabalis, ou Entretiens sur les sciences secrètes,* a paru en 1670.

La recette complète du *Lièvaro in salmi* se trouve dans *La Table des Doges,* de Pino Agostini et Alvise Zorzi (Casterman, 1992).

Je remercie mon oncle André Zahar pour ses connaissances de l'arabe littéraire parlé en Égypte.

COLLECTION FOLIO POLICIER

Dernières parutions

506.	Marcus Malte	*Carnage, constellation*
507.	Joe R. Lansdale	*Sur la ligne noire*
508.	Matilde Asensi	*Le dernier Caton*
509.	Gunnar Staalesen	*Anges déchus*
510.	Yasmina Khadra	*Le quatuor algérien*
511.	Hervé Claude	*Riches, cruels et fardés*
512.	Lalie Walker	*La stratégie du fou*
513.	Leif Davidsen	*L'ennemi dans le miroir*
514.	James Hadley Chase	*Pochette surprise*
515.	Ned Crabb	*La bouffe est chouette à Fatchakulla*
516.	Larry Brown	*L'usine à lapins*
517.	James Hadley Chase	*Une manche et la belle*
518.	Graham Hurley	*Les quais de la blanche*
519.	Marcus Malte	*La part des chiens*
520.	Abasse Ndione	*Ramata*
521.	Chantal Pelletier	*More is less*
522.	Carlene Thompson	*Le crime des roses*
523.	Ken Bruen	*Le martyre des Magdalènes*
524.	Raymond Chandler	*The Long Goodbye*
525.	James Hadley Chase	*Vipère au sein*
526.	James Hadley Chase	*Alerte aux croque-morts*
527.	Jo Nesbø	*L'étoile du diable*
528.	Thierry Bourcy	*L'arme secrète de Louis Renault*
529.	Béatrice Joyaud	*Plaisir en bouche*
530.	William Lashner	*Rage de dents*
531.	Patrick Pécherot	*Boulevard des Branques*
532.	Larry Brown	*Fay*
533.	Thomas H. Cook	*Les rues de feu*
534.	Carlene Thompson	*Six de Cœur*
535.	Carlene Thompson	*Noir comme le souvenir*

536. Olen Steinhauer *36, boulevard Yalta*
537. Raymond Chandler *Un tueur sous la pluie*
538. Charlie Williams *Les allongés*
539. DOA *Citoyens clandestins*
540. Thierry Bourcy *Le château d'Amberville*
541. Jonathan Trigell *Jeux d'enfants*
542. Bernhard Schlink *La fin de Selb*
543. Jean-Bernard Pouy *La clef des mensonges*
544. A. D. G. *Kangouroad Movie*
545. Chris Petit *Le Tueur aux Psaumes*
546. Keith Ablow *L'Architecte*
547. Antoine Chainas *Versus*
548. Joe R. Lansdale *Le mambo des deux ours*
549. Bernard Mathieu *Le sang du Capricorne III Carmelita*
550. Joe Gores *Hammett*
551. Marcus Malte *Le doigt d'Horace*
552. Jo Nesbø *Le sauveur*
553. Patrick Pécherot *Soleil noir*
554. Carlene Thompson *Perdues de vue*
555. Harry Crews *Le Chanteur de Gospel*
556. Georges Simenon *La maison du juge*
557. Georges Simenon *Cécile est morte*
558. Georges Simenon *Le clan des Ostendais*
559. Georges Simenon *Monsieur La Souris*
560. Joe R. Lansdale *Tape-cul*
561. William Lashner *L'homme marqué*
562. Adrian McKinty *Le Fils de la Mort*
563. Ken Bruen *Le Dramaturge*
564. Marcus Malte *Le lac des singes*
565. Chuck Palahniuk *Journal intime*
566. Leif Davidsen *La photo de Lime*
567. James Sallis *Bois mort*
568. Thomas H. Cook *Les ombres du passé*
569. Mark Henshaw – John Clanchy *L'ombre de la chute*
570. Olen Steinhauer *La variante Istanbul*
571. Thierry Bourcy *Les traîtres*

572. Joe R. Lansdale *Du sang dans la sciure*
573. Joachim Sebastiano Valdez *Puma qui sommeille*
574. Joolz Denby *Stone Baby*
575. Jo Nesbø *Le bonhomme de neige*
576. René Reouven *Histoires secrètes de Sherlock Holmes*
577. Leif Davidsen *Le dernier espion*
578. Guy-Philippe Goldstein *Babel Minute Zéro*
579. Nick Stone *Tonton Clarinette*
580. Thierry Jonquet *Romans noirs*
581. Patrick Pécherot *Tranchecaille*
582. Antoine Chainas *Aime-moi, Casanova*
583. Gabriel Trujillo Muñoz *Tijuana City Blues*
584. Caryl Férey *Zulu*
585. James Sallis *Cripple Creek*
586. Didier Daeninckx *Éthique en toc*
587. John le Carré *L'espion qui venait du froid*
588. Jeffrey Ford *La fille dans le verre*
589. Marcus Malte *Garden of love*
590. Georges Simenon *Les caves du Majestic*
591. Georges Simenon *Signé Picpus*
592. Carlene Thompson *Mortel secret*
593. Thomas H. Cook *Les feuilles mortes*
594. Didier Daeninckx *Mémoire noire*
595. Graham Hurley *Du sang et du miel*
596. Marek Krajewski *Les fantômes de Breslau*
597. François Boulay *Traces*
598. Gunnar Staalesen *Fleurs amères*
599. James Sallis *Le faucheux*
600. Nicolas Jaillet *Sansalina*
601. Jean-Bernard Pouy *Le rouge et le vert*
602. William Lashner *Le baiser du tueur*
603. Joseph Bialot *La nuit du souvenir*
604. Georges Simenon *L'outlaw*
605. Kent Harrington *Le serment*
606. Thierry Bourcy *Le gendarme scalpé*
607. Gunnar Staalesen *Les chiens enterrés ne mordent pas*

608.	Jo Nesbø	*Chasseurs de têtes*
609.	Dashiell Hammett	*Sang maudit*
610.	Joe R. Lansdale	*Vierge de cuir*
611.	Dominique Manotti	*Bien connu des services de police*
612.	Åsa Larsson	*Horreur boréale*
613.	Saskia Noort	*Petits meurtres entre voisins*
614.	Pavel Kohout	*L'heure étoilée du meurtrier*
615.	Boileau-Narcejac	*La vie en miettes*
616.	Boileau-Narcejac	*Les veufs*
617.	Gabriel Trujillo Muñoz	*Loverboy*
618.	Antoine Chainas	*Anaisthêsia*
619.	Thomas H. Cook	*Les liens du sang*
620.	Tom Piccirilli	*La rédemption du Marchand de sable*
621.	Francis Zamponi	*Le Boucher de Guelma*
622.	James Sallis	*Papillon de nuit*
623.	Kem Nunn	*Le Sabot du Diable*
624.	Graham Hurley	*Sur la mauvaise pente*
625.	Georges Simenon	*Bergelon*
626.	Georges Simenon	*Félicie est là*
627.	Ken Bruen	*La main droite du diable*
628.	William Muir	*Le Sixième Commandement*
629.	Kirk Mitchell	*Dans la vallée de l'ombre de la mort*
630.	Jean-François Vilar	*Djemila*
631.	Dashiell Hammett	*Moisson rouge*
632.	Will Christopher Baer	*Embrasse-moi, Judas*
633.	Gene Kerrigan	*À la petite semaine*
634.	Caryl Férey	*Saga maorie*
635.	James Sallis	*Le frelon noir*
636.	Gabriel Trujillo Muñoz	*Mexicali City Blues*
637.	Heinrich Steinfest	*Requins d'eau douce*
638.	Simon Lelic	*Rupture*
639.	Jenny Siler	*Flashback*
640.	Joachim Sebastiano Valdez	*Les larmes des innocentes*
641.	Kjell Ola Dahl	*L'homme dans la vitrine*
642.	Ingrid Astier	*Quai des enfers*
643.	Kent Harrington	*Jungle rouge*

644.	Dashiell Hammett	*Le faucon maltais*
645.	Dashiell Hammett	*L'introuvable*
646.	DOA	*Le serpent aux mille coupures*
647.	Larry Beinhart	*L'évangile du billet vert*
648.	William Gay	*La mort au crépuscule*
649.	Gabriel Trujillo Muñoz	*Mezquite Road*
650.	Boileau-Narcejac	*L'âge bête*
651.	Anthony Bourdain	*La surprise du chef*
652.	Stefán Máni	*Noir Océan*
653.	***	*Los Angeles Noir*
654.	***	*Londres Noir*
655.	***	*Paris Noir*
656.	Elsa Marpeau	*Les yeux des morts*
657.	François Boulay	*Suite rouge*
658.	James Sallis	*L'œil du criquet*
659.	Jo Nesbø	*Le léopard*
660.	Joe R. Lansdale	*Vanilla Ride*
661.	Georges Flipo	*Le commissaire n'aime point les vers*
662.	Stephen Hunter	*Shooter*
663.	Pierre Magnan	*Élégie pour Laviolette*
664.	James Hadley Chase	*Tu me suivras dans la tombe*
665.	Georges Simenon	*Long cours*
666.	Thomas H. Cook	*La preuve de sang*
667.	Gene Kerrigan	*Le chœur des paumés*
668.	Serge Quadruppani	*Saturne*
669.	Gunnar Staalesen	*L'écriture sur le mur*
670.	Georges Simenon	*Chez Krull*
671.	Georges Simenon	*L'inspecteur Cadavre*
672.	Kjetil Try	*Noël sanglant*
673.	Graham Hurley	*L'autre côté de l'ombre*
674.	John Maddox Roberts	*Les fantômes de Saigon*
675.	Marek Krajewski	*La peste à Breslau*
676.	James Sallis	*Bluebottle*
677.	Philipp Meyer	*Un arrière-goût de rouille*
678.	Marcus Malte	*Les harmoniques*
679.	Georges Simenon	*Les nouvelles enquêtes de Maigret*

680.	Dashiell Hammett	*La clé de verre*
681.	Caryl Férey – Sophie Couronne	*D'amour et dope fraîche*
682.	Marin Ledun	*La guerre des vanités*
683.	Nick Stone	*Voodoo Land*
684.	Frederick Busch	*Filles*
685.	Paul Colize	*Back up*
686.	Saskia Noort	*Retour vers la côte*
687.	Attica Locke	*Marée noire*
688.	Manotti – DOA	*L'honorable société*
689.	Carlene Thompson	*Les ombres qui attendent*
690.	Claude d'Abzac	*Opération Cyclope*
691.	Joe R. Lansdale	*Tsunami mexicain*
692.	F. G. Haghenbeck	*Martini Shoot*
693.	***	*Rome Noir*
694.	***	*Mexico Noir*
695.	James Preston Girard	*Le Veilleur*
696.	James Sallis	*Bête à bon dieu*
697.	Georges Flipo	*Le commissaire n'a point l'esprit club*
698.	Stephen Hunter	*Le 47e samouraï*
699.	Kent Anderson	*Sympathy for the Devil*
700.	Heinrich Steinfest	*Le grand nez de Lilli Steinbeck*
701.	Serge Quadruppani	*La disparition soudaine des ouvrières*
702.	Anthony Bourdain	*Pizza créole*
703.	Frederick Busch	*Nord*
704.	Gunnar Staalesen	*Comme dans un miroir*
705.	Jack Ketchum	*Une fille comme les autres*
706.	John le Carré	*Chandelles noires*
707.	Jérôme Leroy	*Le Bloc*
708.	Julius Horwitz	*Natural Enemies*
709.	Carlene Thompson	*Ceux qui se cachent*
710.	Fredrik Ekelund	*Le garçon dans le chêne*
711.	James Sallis	*Salt River*
712.	Georges Simenon	*Cour d'assises*
713.	Antoine Chainas	*Une histoire d'amour radioactive*

714.	Matthew Stokoe	*La belle vie*
715.	Frederick Forsyth	*Le dossier Odessa*
716.	Caryl Férey	*Mapuche*
717.	Franck Bill	*Chiennes de vies*
718.	Kjell Ola Dahl	*Faux-semblants*
719.	Thierry Bourcy	*Célestin Louise, flic et soldat dans la guerre de 14-18*
720.	Doug Allyn	*Cœur de glace*
721.	Kent Anderson	*Chiens de la nuit*
722.	Raphaël Confiant	*Citoyens au-dessus de tout soupçon…*
723.	Serge Quadruppani	*Madame Courage*
724.	Boileau-Narcejac	*Les magiciennes*
725.	Boileau-Narcejac	*L'ingénieur aimait trop les chiffres*
726.	Inger Wolf	*Nid de guêpes*
727.	Seishi Yokomizo	*Le village aux Huit Tombes*
728.	Paul Colize	*Un long moment de silence*
729.	F. G. Haghenbeck	*L'Affaire tequila*
730.	Pekka Hiltunen	*Sans visage*
731.	Graham Hurley	*Une si jolie mort*
732.	Georges Simenon	*Le bilan Malétras*
733.	Peter Duncan	*Je suis un sournois*
734.	Stephen Hunter	*Le sniper*
735.	James Sallis	*La mort aura tes yeux*
736.	Elsa Marpeau	*L'expatriée*
737.	Jô Soares	*Les yeux plus grands que le ventre*
738.	Thierry Bourcy	*Le crime de l'Albatros*
739.	Raymond Chandler	*The Long Goodbye*
740.	Matthew F. Jones	*Une semaine en enfer*
741.	Jo Nesbø	*Fantôme*
742.	Alix Deniger	*I cursini*
743.	Anders Bodelsen	*Septembre rouge (Rouge encore)*
744.	Patrick Pécherot	*La saga des brouillards*
745.	Thomas H. Cook	*Secrets de famille*
746.	Ken Bruen	*Chemins de croix*
747.	David Ellis	*La comédie des menteurs*

780.	Laurent Whale	*Les Rats de poussière I Goodbye Billy*
781.	Joe R. Lansdale	*Le sang du bayou*
782.	Boileau-Narcejac	*Le contrat*
783.	Boileau-Narcejac	*Les nocturnes*
784.	Georges Simenon	*Le bateau d'Émile*
785.	Dolores Redondo	*De chair et d'os*
786.	Max Bentow	*L'Oiseleur*
787.	James M. Cain	*Bloody cocktail*
788.	Marcus Sakey	*Les Brillants*
789.	Joe R. Lansdale	*Les Mécanos de Vénus*
790.	Jérôme Leroy	*L'ange gardien*
791.	Sébastien Raizer	*L'alignement des équinoxes*
792.	Antonio Manzini	*Piste noire*
793.	Jo Nesbø	*Du sang sur la glace*
794.	Joy Castro	*Après le déluge*
795.	Stuart Prebble	*Le Maître des insectes*
796.	Sonja Delzongle	*Dust*
797.	Luís Miguel Rocha	*Complots au Vatican I Le dernier pape*
798.	Caryl Férey	*Saga maorie*
799.	Thierry Bourcy	*Célestin Louise, flic et soldat dans la guerre de 14-18*
800.	Barry Gornell	*La résurrection de Luther Grove*
801.	Antoine Chainas	*Pur*
802.	Attica Locke	*Dernière récolte*
803.	Maurice G. Dantec	*Liber mundi I Villa Vortex*
804.	Howard Gordon	*La Cible*
805.	Alain Gardinier	*DPRK*
806.	Georges Simenon	*Le Petit Docteur*
807.	Georges Simenon	*Les dossiers de l'Agence O*
808.	Michel Lambesc	*La « horse »*
809.	Frederick Forsyth	*Chacal*
810.	Gunnar Staalesen	*L'enfant qui criait au loup*
811.	Laurent Guillaume	*Delta Charlie Delta*
812.	Laurent Whale	*Les Rats de poussière II Le manuscrit Robinson*
813.	J. J. Murphy	*Le cercle des plumes assassines*

814.	Éric Maravélias	*La faux soyeuse*
815.	DOA	*Le cycle clandestin, tome I*
816.	Luke McCallin	*L'homme de Berlin*
817.	Lars Pettersson	*La loi des Sames*
818.	Boileau-Narcejac	*Schuss*
819.	Dominique Manotti	*Or noir*
820.	Alberto Garlini	*Les noirs et les rouges*
821.	Marcus Sakey	*Les Brillants II Un monde meilleur*
822.	Thomas Bronnec	*Les initiés*
823.	Kate O'Riordan	*La fin d'une imposture*
824.	Mons Kallentoft, Markus Lutteman	*Zack*
825.	Robert Karjel	*Mon nom est N.*
826.	Dolores Redondo	*Une offrande à la tempête*
827.	Benoît Minville	*Rural noir*
828.	Sonja Delzongle	*Quand la neige danse*
829.	Germán Maggiori	*Entre hommes*
830.	Shannon Kirk	*Méthode 15-33*
831.	Elsa Marpeau	*Et ils oublieront la colère*
832.	Antonio Manzini	*Froid comme la mort*
833.	Luís Miguel Rocha	*Complots au Vatican II La balle sainte*
834.	Patrick Pécherot	*Une plaie ouverte*
835.	Harry Crews	*Le faucon va mourir*
836.	DOA	*Pukhtu. Primo*
837.	DOA	*Pukhtu. Secundo*
838.	Joe R. Lansdale	*Les enfants de l'eau noire*
839.	Gunnar Staalesen	*Cœurs glacés*
840.	Jo Nesbø	*Le fils*
841.	Luke McCallin	*La maison pâle*
842.	Caryl Férey	*Les nuits de San Francisco*
843.	Graham Hurley	*Le paradis n'est pas pour nous*
844.	Boileau-Narcejac	*Champ clos*
845.	Lawrence Block	*Balade entre les tombes*
846.	Sandrine Roy	*Lynwood Miller*
847.	Massimo Carlotto	*La vérité de l'Alligator*
848.	Benoît Philippon	*Cabossé*

849.	Grégoire Courtois	*Les lois du ciel*
850.	Caryl Férey	*Condor*
851.	Antonio Manzini	*Maudit printemps*
852.	Jørn Lier Horst	*Fermé pour l'hiver*
853.	Sonja Delzongle	*Récidive*
854.	Noah Hawley	*Le bon père*
855.	Akimitsu Takagi	*Irezumi*
856.	Pierric Guittaut	*La fille de la Pluie*
857.	Marcus Sakey	*Les Brillants III En lettres de feu*
858.	Matilde Asensi	*Le retour du Caton*
859.	Chan Ho-kei	*Hong Kong Noir*
860.	Harry Crews	*Des savons pour la vie*
861.	Mons Kallentoft, Markus Lutteman	*Zack II Leon*
862.	Elsa Marpeau	*Black Blocs*
863.	Jo Nesbø	*Du sang sur la glace II Soleil de nuit*
864.	Brigitte Gauthier	*Personne ne le saura*
865.	Ingrid Astier	*Haute Voltige*
866.	Luca D'Andrea	*L'essence du mal*
867.	DOA	*Le cycle clandestin, tome II*
868.	Gunnar Staalesen	*Le vent l'emportera*
869.	Rebecca Lighieri	*Husbands*
870.	Patrick Delperdange	*Si tous les dieux nous abandonnent*
871.	Neely Tucker	*La voie des morts*
872.	Nan Aurousseau	*Des coccinelles dans des noyaux de cerise*
873.	Thomas Bronnec	*En pays conquis*
874.	Lawrence Block	*Le voleur qui comptait les cuillères*
875.	Steven Price	*L'homme aux deux ombres*
876.	Jean-Bernard Pouy	*Ma ZAD*
877.	Antonio Manzini	*Un homme seul*
878.	Jørn Lier Horst	*Les chiens de chasse*
879.	Jérôme Leroy	*La Petite Gauloise*
880.	Elsa Marpeau	*Les corps brisés*

881. Sonja Delzongle — *Boréal*
882. Patrick Pécherot — *Hével*
883. Attica Locke — *Pleasantville*
884. Harry Crews — *Car*
885. Caryl Férey — *Plus jamais seul*
886. Guy-Philippe Goldstein — *Sept jours avant la nuit*
887. Tonino Benacquista — *Quatre romans noirs*
888. Melba Escobar — *Le salon de beauté*
889. Noah Hawley — *Avant la chute*
890. Tom Piccirilli — *Les derniers mots*
891. Jo Nesbø — *La soif*
892. Dominique Manotti — *Racket*
893. Joe R. Lansdale — *Honky Tonk Samouraï*
894. Antoine Chainas — *Empire des chimères*
895. Jean-François Paillard — *Le Parisien*
896. Luca d'Andrea — *Au cœur de la folie*
897. Sonja Delzongle — *Le hameau des Purs*
898. Gunnar Staalesen — *Où les roses ne meurent jamais*
899. Mons Kallentoft, Markus Lutteman — *Bambi*
900. Kent Anderson — *Un soleil sans espoir*
901. Nick Stone — *Le verdict*
902. Lawrence Block — *Tue-moi*
903. Jørn Lier Horst — *L'usurpateur*
904. Paul Howarth — *Le diable dans la peau*
905. Frédéric Paulin — *La guerre est une ruse*
906. Paul Colize — *Un jour comme les autres*
907. Sébastien Gendron — *Révolution*
908. Chantal Pelletier — *Tirez sur le caviste*
909. Sonja Delzongle — *Cataractes*
910. Elsa Marpeau — *Son autre mort*
911. Joe Ide — *Gangs of L.A.*
912. Francesco Dimitri — *Le livre des choses cachées*
913. Jo Nesbø — *Macbeth*
914. Dov Alfon — *Unité 8200*
915. Jérôme Leroy — *Un peu tard dans la saison*
916. Pasquale Ruju — *Une affaire comme les autres*
917. Jean-Bernard Pouy — *Trilogie spinoziste*

918.	Abir Mukherjee	*L'attaque du Calcutta-Darjeeling*
919.	Richard Morgiève	*Le Cherokee*
920.	Antonio Manzini	*La course des hamsters*
921.	Gunnar Staalesen	*Piège à loup*
922.	Christian White	*Le mystère Sammy Went*
923.	Yûko Yuzuki	*Le loup d'Hiroshima*
924.	Caryl Férey	*Paz*
925.	Vlad Eisinger	*Du rififi à Wall Street*
926.	Parker Bilal	*La cité des chacals*
927.	Emily Koch	*Il était une fois mon meurtre*
928.	Frédéric Paulin	*Prémices de la chute*
929.	Sonja Delzongle	*L'homme de la plaine du nord*
930.	Sébastien Rutés	*Mictlán*
931.	Thomas Cantaloube	*Requiem pour une République*
932.	Danü Danquigny	*Les aigles endormis*
933.	Sébastien Gendron	*Fin de siècle*
934.	Jørn Lier Horst	*Le disparu de Larvik*
935.	Laurent Guillaume	*Là où vivent les loups*
936.	J. P. Smith	*Noyade*
937.	Joe R. Lansdale	*Rusty Puppy*
938.	Dror Mishani	*Une deux trois*
939.	Deon Meyer	*La proie*
940.	Jo Nesbø	*Le couteau*
941.	Joe Ide	*Lucky*
942.	William Gay	*Stoneburner*
943.	Jacques Moulins	*Le réveil de la bête*
944.	Abir Mukherjee	*Les princes de Sambalpur*
945.	Didier Decoin	*Meurtre à l'anglaise*
946.	Charles Daubas	*Cherbourg*
947.	Chantal Pelletier	*Nos derniers festins*
948.	Richard Morgiève	*Cimetière d'étoiles*
949.	Frédéric Paulin	*La fabrique de la terreur*
950.	Tristan Saule	*Mathilde ne dit rien*
951.	Jørn Lier Horst	*Le code de Katharina*
952.	Robert de Laroche	*La Vestale de Venise*
953.	Mike Nicol	*L'Agence*

G077

Tous les papiers utilisés pour les ouvrages des collections Folio sont certifiés et proviennent de forêts gérées durablement.

Composition APS-ie
Impression Maury Imprimeur
45330 Malesherbes
le 31 janvier 2023
Dépôt légal : janvier 2023
N° d'impression : 267981

ISBN 978-2-07-295212-8 / Imprimé en France

397515